JN304409

庫

カーテン

—ポアロ最後の事件—

アガサ・クリスティー
田口俊樹訳

Agatha Christie®

早川書房

6933

日本語版翻訳権独占
早　川　書　房

CURTAIN
POIROT'S LAST CASE

by

Agatha Christie

Copyright © 1975 Agatha Christie Limited
All rights reserved.

Translated by
Toshiki Taguchi
Published 2021 in Japan by
HAYAKAWA PUBLISHING, INC.
This book is published in Japan by
arrangement with
AGATHA CHRISTIE LIMITED
through TIMO ASSOCIATES, INC.

AGATHA CHRISTIE, POIROT, the Agatha Christie Signature and the AC Monogram Logo are registered trademarks of Agatha Christie Limited in the UK and elsewhere.
All rights reserved.
www.agathachristie.com

カーテン

——ポアロ最後の事件——

登場人物

エルキュール・ポアロ……………………………私立探偵
ヘイスティングズ大尉…………………………ポアロの友人
ジュディス…………………………………………ヘイスティングズの娘
ジョン・フランクリン博士………………………ジュディスの雇い主。科学者
バーバラ……………………………………………ジョンの妻
クレイヴン…………………………………………バーバラの世話をしている看護婦
スティーヴン・ノートン…………………………愛鳥家
ウィリアム・ボイド・キャリントン卿………準男爵
アラートン少佐……………………………………色男
エリザベス・コール………………………………三十代の女性
ジョージ・ラトレル大佐…………………………スタイルズ荘の経営者
デイジー……………………………………………大佐の妻
カーティス…………………………………………ポアロの使用人

第一章

I

昔の思い出、あるいは昔覚えた感覚や感情が甦り、思わず胸を突かれるといった思いを一度も経験したことのない人などいるだろうか？

「これは身に覚えのあることだ……」

どうしてこんなことばがかくも激しく人の心を揺さぶるのか？

列車に揺られ、平坦なエセックスの景色を車窓から眺めながら、私はそんな自問をしていた。

これとまったく同じ旅路をたどったのはいつのことだっただろう？　その頃の私は（愚かにも）自分の人生で一番いいときはもう終わってしまったなどと考えていた。戦争で負傷したのだ。戦争――私にとって戦争といえばあの戦争しかない。今は二度目のさらに悲惨な戦争にすっかり取って代わられてしまったが。

一九一六年当時、私はまだ若かった。が、心はすでに老け込み、老成した気分だった。私の人生はまだ始まったばかりだったのに、そんなことには気づきもしなかった。

そのときには知るよしもなかったことだ。が、その旅は私に多大な影響を及ぼし、私の人生をかたちづくることになる人物と再会する旅となる。実のところ、私は旧友のジョン・カヴェンディッシュのところに——再婚したばかりの彼の母上が持っていたスタイルズ荘という邸宅に——逗留することになっていた。だから、そのときの私の頭にはカヴェンディッシュと旧交を温めることしかなかった。それが謎めいた殺人事件の迷宮の真っ只中に飛び込むことになろうとは。

ベルギーで知り合ったあの奇妙な小男、エルキュール・ポアロにそのスタイルズ荘でまためぐり合うことになろうとは。

あの大きな口ひげをたくわえた男が足を引きずるようにして村の通りを歩いてくるのを眼にしたときの驚きは、今でもよく覚えている。

エルキュール・ポアロ！　そのとき以来彼は私の一番の親友となり、私の人生は彼の影響を受けてかたちづくられた。私が妻と出会ったのも——どんな男も娶りえない、ひたむきで愛情こまやかな伴侶と出会ったのも——彼とともに別の殺人事件を追っているさなかのことだった。

今、その妻はアルゼンチンの大地に眠っている。おそらく彼女が望んだとおり、長く患うこともなく、老齢による肉体の衰えを知ることもなく。しかし、そのあとにはこの上なく孤独で、不幸な男がひとりぽつねんと残された。

ああ！　時をさかのぼることができたなら――人生をやり直すことができるなら！これが初めてスタイルズ荘を訪ねた一九一六年のあの日であったなら……あれからどれほどのことが起こったことか！　懐かしい顔がいくつ欠けてしまったことか！　スタイルズ荘もカヴェンディッシュ一族からすでに人手に渡っていた。ジョン・カヴェンディッシュももうこの世にいない。彼の妻のメアリ、あのすばらしく謎めいた女性はまだ存命で、デヴォンシャーに住んでいる。ローレンスは妻子とともに南アフリカで暮らしている。世の移ろい――世の移ろいは場所を選ばない。

ただ、おかしなことにひとつ変わらないことがある。私がエルキュール・ポアロに会いにスタイルズ荘に向かっていることだ。

エセックス州スタイルズ村スタイルズ荘から出された彼の手紙を受け取り、どれほど驚いたことか。

ポアロとは一年近く会っていなかったが、最後に会ったときには、その変わりように驚き、胸が痛んだものだ。すっかり老け込み、関節炎のために手足の自由が利かなくなっているようだった。手紙には、療養のためにエジプトに行って帰ってきたところだが、症状は好転するどころかむしろ悪化したと書かれていた。もっとも、文面自体はいかにも明るかったが……

II

さて、わが友（マイ・フレンド）よ、きみは私がこの手紙に書いた差出人住所を見て、さぞ興味をそそられたのではないでしょうか？　古い記憶が呼び起こされたのではありませんか？　そう、私は今、スタイルズ荘にいるのです。しかし、想像してもみてください。ここは今や「ゲストハウス」なるものになっていて、昔ながらのイギリス軍人――いかにもパブリックスクール出身で、インドのプーナ帰りの大佐――が経営しています。もちろん（ビアン・アンタンデュ）、商売を切り盛りしているのは細君のほうですが。これがなかなか才覚のある経営者でしてね。ただ、ことばがなんとも辛辣で、気の毒に、大佐は尻に敷かれっぱなしです。私なら、手斧のひとつも振りかざさずにはとてもすまないところでしょう！

その大佐夫妻の広告を新聞で見かけ、私としてはこの国で初めてわが家となったこの地をもう一度訪れてみる気になったというわけです。私くらいの歳になると、昔に帰ってみたくなるものなのです。

しかし、想像してもみてください。ここである紳士に出会ったのだが、この準男爵がなんときみの娘さんの雇い主の友人だったのです（この文はなんだかフランス語の練習文のように聞こえなくもないですね？）。

で、すぐに思いついたというわけです。その準男爵はフランクリン夫妻も避暑にここに呼ぼうとしていたので、私のほうはかわりにきみを説得すれば、娘さんも交えてみんなで（アン・ファミーユ）くつろげるとね。それはもう愉しくなることでしょう。だから、わが親愛なる（モン・シェール）ヘイスティングズ、急いでください（デペシェ・ヴー）。すぐに駆けつけてください。きみにはバスルームつきの部屋をもう取ってあります（わかると思うが、あの懐かしいスタイルズ荘も今ではすっかり当世風になっているのです）。料金はラトレル大佐夫人と掛け合って、格安（トレ・ボン・マルシェ）にしてもらいました。

フランクリン夫妻ときみの可愛いジュディスは一足先に来ています。すべて手配済みだから、どうか四の五の言わないように。

では（ア・ビアントー）。

不一

エルキュール・ポアロ

いかにも愉しそうな申し出だったので、私は旧友の誘いにふたつ返事で応じた。私にはどんなしがらみもなければ、決まった家もない。息子たちのひとりは海軍に在籍し、もうひとりは結婚してアルゼンチンで農場を経営している。娘のグレースは軍人と結婚して今はインドにいる。残るひとり、末娘のジュディスが実は昔からひそかに私の一番のお気に入りなのだが、私にはあの子がただの一度も理解できたためしがない。秘めごとの多い変わった娘で、胸のうちを決して明かそうとしないのがときに腹立たしく、私の悩みの種だった。妻はジュディスのことを私よりよく理解しており、妻によれば、あの子は私を信頼していないわけでも、頼りにしていないわけでもないのだが、強迫衝動が強すぎるせいなのだそうだ。もっとも、そう言いながらも、ときには妻も私同様、あの子のことを心配していたが。そんなとき、妻はジュディスのことをこんなふうに言った。あの子は感情の起伏が激しい、激情の持ち主なのだと。しかし、人と距離を置く性分のためにその激情の捌け口がない。実際、むっつりと黙り込むことがたまにあり、人の好き嫌いもはなはだしい。ただ、家族の中では一番頭がよく、大学に進学したいと言いだしたときには、私も妻も快く承諾した。そして、その大学で一年ほどまえに理学士の学位を取得すると、熱帯の風土病を研究している博士――その博士の奥さんはなにやら病気がちだそうだ――の助手になったのだった。

ジュディスの仕事への傾倒ぶりや雇い主への献身ぶりは、博士に心を奪われてしまっている証拠ではないかと私はときに懸念を覚えることもあったが、ふたりの関係はあくまでビジネスライクなものであることがわかると、その懸念も消えた。

嫌われているわけではないと思うが、ジュディスは情愛を表に現わすタイプではなく、私の考えは感傷的で古臭いと言って、ときに馬鹿にしたり、苛立ってみせることもある。そんなわが娘に対して、正直に言うと、私にはいささか臆するところがあるのも事実だ。

そんなことを考えているうちに、列車はスタイルズ・セント・メアリ駅に着いた。少なくとも、駅は変わっていなかった。時の流れもそこだけは避けて通り過ぎていた。いまだに畑の真ん中に、いかにも唐突にちょこんと置かれているといった体で、見るかぎり、存在理由さえないかのように見えた。

しかし、タクシーで村の中を走ると、歳月の流れに気づかされないわけにはいかなかった。スタイルズ・セント・メアリ村の変貌ぶりは見ちがえるほどだった。ガソリンスタンドに映画館。それに宿屋も二軒増え、低家賃の公営住宅が何軒も建ち並んでいた。

しばらくして、スタイルズ荘の門をくぐると、そこだけは現代から昔に逆戻りしたようだった。庭は記憶の中のものと大して変わらなかったが、荘内の車道は手入れがあまりされておらず、敷かれた砂利を雑草が覆ってしまっていた。角を曲がると屋敷が見えてきた。外観は昔のままだが、ペンキがところどころ剝げていた。

何年も昔にここを訪れたときと同じように、花壇のまえに女性がひとり屈み込んでいた。心臓が一拍停止した。が、そこでその女性は立ち上がり、私のほうに向かって歩きだした。私は自分を笑わないわけにはいかなかった。あの逞しいエヴリン・ハワード（『スタイルズ荘の怪事件』の登場人物）とは似ても似つかなかった。

ほっそりとした老婦人で、巻き毛の白髪が波を打ち、頰は桃色で、冷ややかで淡いブルーの眼をしていたが、その眼は彼女の気やすさと愛想のよさとはまるで相容れないものだった。もっとも、その気やすさと愛想のよさも私にはいささか押しつけがましく感じられたが。

「ヘイスティングズ大尉？」と彼女は詰問するかのように言った。「わたしったら手が泥だらけ。これでは握手もできませんわね。ようこそお越しくださいました。いろいろとお噂はうかがっておりますのよ！　申し遅れましたが、わたくし、ラトレルの家内です。主人とわたしともども何を思ったんでしょうね、ここを衝動買いしてしまいまして、以来、なんとか帳尻を合わせようと四苦八苦しておりますの。自分がホテルの経営者になる日が来るなんて夢にも思いませんでしたわ！　ご用心なさいましね、ヘイスティングズ大尉、わたくし、こう見えても商売人ですのよ。追加料金の取り方はちゃんと心得ておりますから」

私たちはそれがまるで気の利いたジョークででもあるかのように笑い合った。が、今ラトレル夫人が口にしたことは十中八九、事実そのままなのだろうと私は内心思った。愛想のいい老婦人という装いの下に、火打ち石のような強靭さが垣間見えていた。

また、彼女は話すことばに時折アイルランド訛りをにじませたが、その実、アイルランド系ではなかった。それまたうわべだけのものだった。

私はわが親友の容体を尋ねた。

「ああ、お気の毒なミスター・ポアロ。あなたがいらっしゃるのをそれはもう愉しみになさっています。でも、そのご様子を見たら、どんな冷血漢の心も溶けだすことでしょう。ほんとうに心が痛みます。あんな患いをなさって」

私たちは屋敷に向かって歩いていた。

「でも、あなたのお嬢さまのなんとお可愛いこと」と彼女は手袋をはずしながら続けた。

「ほんとうに素敵なお嬢さまですね。わたしたちみんなで言い合ってますのよ。でも、わたしは昔気質の女でしてね。お嬢さまのような娘さんはパーティに出かけて、若い男性とダンスをするべきです。一日じゅうウサギを切り刻んだり、顕微鏡をのぞき込んだりなんかしてないで。そんなのは恥ですよ。罪ですよ。言ってはなんですが、そういうことはどこかの野暮ったい娘さんたちに任せておけばいいんです」

「ジュディスはどこにいます？　近くですか？」

ラトレル夫人は子供たちの言う〝しかめっ面（フェース）〟をしてみせた。

「まったく気の毒に。庭の奥のあの研究室とかにこもりっきりなんですの。フランクリン博士にお貸ししてるんですが、博士はまるで実験室みたいにしてしまって。モルモットの檻なんかもいっぱいあるし。まったく可哀そうな生きものですよ。それにネズミやウサギもいます。ヘイスティングズ大尉、わたくしはこの科学というものがどうにも好きになれません。あら、主人ですわ」

ラトレル大佐がちょうど屋敷の角から現われたところだった。かなり背が高い、ひょろりとした老人で、げっそりと痩せこけた顔におだやかなブルーの眼、思案顔をして、小ぶりな白い口ひげをやたらと引っぱる癖があった。

神経質そうで、曖昧きわまりない態度の持ち主だった。

「ジョージ、ヘイスティングズ大尉がお見えになったわ」

ジョージ・ラトレル大佐は私と握手を交わして言った。「五時……四十分の列車で来られたのですかな？」

「それ以外にどの列車で見えるというの？」とラトレル夫人がきつい口調で横から言った。「それにそれがどうしたっていうの？　二階のお部屋にご案内してさしあげて、ジョージ。それから、ミスター・ポアロにすぐお会いになられるかもしれないから――それとも、まずお茶になさいます？」

お茶は辞退し、友人に会いたい旨を彼女に伝えた。

ラトレル大佐が言った。「わかりました。それではまいりましょう。お荷物は当然……その……もう二階に運ばれていることでしょうな……その、デイジー？」

ラトレル夫人は鋭く言い放った。「それはあなたの仕事でしょうが、ジョージ。わたしは庭仕事していたの。いくらわたしでもそうなんでもかんでも手はまわりませんよ」

「ああ、もちろんそうだ、もちろん。私が――私がやるよ、デイジー」

私は大佐について玄関の階段をあがった。白髪まじりのほっそりとした男が双眼鏡を手に急いで出てくるのと戸口で鉢合わせした。男は片足を引きずってはいるものの、少年のような熱意にあふれる顔で口ごもりながら言った。「ス、スズカケノキのところに、ズグロムシクイのつがいが巣をつくってるんです」

玄関ホールにはいると、ラトレル大佐が言った。「今のがノートンです。いい人物です。鳥が大好きでしてね」

玄関ホールには大柄な男がテーブルの脇に立っていた。電話をかけおえたばかりのようで、顔を起こすと、男は言った。「土建屋や大工なんぞはみんな吊るし首にして、腸（はらわた）を抜き出して、八つ裂きにしてやりたいね。あいつらは何ひとつまともにできやしないんだから」

その怒りよう、悔しがりようがあまりに滑稽だったので、私たちはともに思わず笑ったものの、私はこの男に会うなり強く心惹かれた。かなりの美男だったが、五十路は優に超えているだろう。ずいぶんと日焼けしていた。アウトドア派のようで、近頃はますます見られなくなってきている類いの男――率直で、屋外の生活を好む昔気質のイギリス人。加えて人を統率することのできる人物と見受けた。

だから、彼がウィリアム・ボイド・キャリントン卿だとラトレル大佐から紹介されても、私はさして驚かなかった。私の知るかぎり、彼はインドのある地方の行政官を務めて偉大な功績を挙げた男だった。また、射撃の腕も一級で、ハンティングの達人としても知られていた。イギリス本来の文化を失ったこの時代にはこういう男は今後もう現われまい。そう思うと、私は一抹の淋しさを覚えた。

「ああ」とボイド・キャリントンは声をあげた。「かの有名な〝わが友(モナミ)ヘイスティングズ〟ご本人にお目にかかれるとは嬉しいかぎりだね」そう言って、彼は笑い声をあげた。「あのベルギー人のご老体はあなたのことをしょっちゅう話しておられる。それからあなたのお嬢さん。実にいい娘さんだ」

「ジュディスは私のことをあまり話してはいないと思いますが」と私は笑みを浮かべて言った。

「そう、そう、現代っ子ですからな。近頃の娘さんは父親や母親がいるのを認めることすら気恥ずかしいことのようですな」

「親などというものは」と私は言った。「ほとんど恥辱そのものなんですよ」

彼は笑って言った。「いや、まったく――私にはそんな苦労はありませんが。生憎(あいにく)と子供はいませんので。しかし、あなたの娘さんは器量よしながら、なんとも頭脳明晰な女性だ。そこのところはいささか心配ですな」彼はまた受話器を取り上げた。「どうか気にしないでほしいんだが、ラトレル、またきみの交換手を怒鳴りつけてしまうかもしれん。どうにも私はこらえ性がなくてね」

「存分に怒鳴るといい」と大佐は言った。

私は大佐のうしろについて階段をあがった。大佐は屋敷の左棟に向かい、廊下のつきあたりにある部屋に私を通した。ポアロは私が以前泊まったのと同じ部屋を取ってくれていた。

二階は少なからず変わっていた。廊下を先に進むと、部屋のいくつかはドアが開いており、昔風の大きな寝室がいくつかの小部屋に仕切られているのがわかった。

もともと広くはなかった私の部屋そのものは、水道が引かれたことや、部屋の一部を仕切って小さなバスルームがつくられたことを除くと、あまり変わっていなかった。それでも、そうした当世風の安っぽい改装にはいささかがっかりさせられた。私としては邸宅の建築様式にもっと見合った内装のほうがよかった。

私の荷物も運び込まれ、ポアロの部屋は廊下をはさんで向かいだと大佐が言い、私をそっちに案内しようとしたところで、「ジョージ」という甲高い声が玄関ホールから階段を駆け上がってきた。

ラトレル大佐は臆病な馬のようにびくっとすると、手を口にやった。

「私は――その、いや――これでよろしいかな？　何かご用があれば、呼び鈴を――」

「ジョージ」

「今行くよ、おまえ、今行く」

大佐は慌てて廊下を歩いていった。私はしばらくその場に佇み、大佐のうしろ姿を見送った。そして、鼓動がわずかに高まるのを覚えながら、廊下を横切り、ポアロの部屋のドアを叩いた。

第二章

思うに、老齢による衰えほど悲しいものはない。

気の毒なポアロ。彼の描写はこれまでに何度もしてきた。が、今はこれまでとのちがいを伝えなければならない。関節炎に手足の自由を奪われ、車椅子生活になって、かつては恰幅のよかったポアロがすっかり痩せ細ってしまっていた。ただの痩せこけた小男に成り果てていた。顔にはいくすじも線が刻まれ、皺が寄っていた。なるほど口ひげと頭髪はまだ黒々としていたが、正直なところ、それは心得ちがいと言わざるをえない。そのことをわざわざことばにして本人に伝え、彼の気持ちを傷つけようとは思わなかったが。白髪染めを使っていることが痛々しいほど明らかになるときは誰にも必ずやってくる。ポアロの黒々とした髪が毛染め薬のおかげと知って、驚いたこともあったが、今やそのわざとらしさは一目瞭然だった。子供を喜ばせるのに、鬘（かつら）をかぶって鼻の下につけひげをつけたような印象を与えているだけだった！

ただ、眼だけは昔どおりだった。抜け目なくきらきらと光っていた。が、今このときにかぎってはーーそう、まちがいなくーーそんな眼に感情がたたえられ、眼光も和らいでいた。

「ああ、モナミ・ヘイスティングズーーモナミ・ヘイスティングズ……」

私が背を屈めると、彼はいつもどおり温かく抱きしめた。

「モナミ・ヘイスティングズ！」

ポアロは頭をうしろに反らせ、小首を傾げて私を見た。

「ああ、変わっていないーーまっすぐな背中、広い肩幅、白髪ーーまことに立派なもの（トレ・ディスタング）です。わが友よ、いい歳の取り方をしましたね。これではご婦人方（レ・ファム）がまだまだ放ってはおかないでしょう。ちがいますか？」

「まったく、ポアロ」私は抗弁した。「あなたという人はどうしてーー」

「いやいや、これだけは請け合いましょう。これはテストだということだけはね。そう、まさしくテストです。若い女性が近寄ってきて、やさしく、実にやさしく話しかけてきたとするーーそんなことになったら、もうおしまいということです！〝お気の毒なお爺ちゃん、やさしくしてあげなければ。まったくお辛いでしょうね〟というわけです。しかし、きみ、ヘイスティングズ、きみはまだ若い（ヴー・ゼット・ザンコール・ジューヌ）。きみにはまださきがある。いいですとも。そうやって肩をすぼめて口ひげをひねっているといい。でも、図星だったわけですね。そうでなければ、そんなに決まり悪がるはずがない」

私は思わず笑った。「ポアロ、あなたには敵わない。でも、そう言うあなたはどうなんです？」

「私ですか」とポアロは顔をしかめて言った。「私はもう駄目です。生ける屍（しかばね）です。歩くこともできないんだから。体も手足も曲がってしまいましてね。ただ、幸いなことに、まだ食事に人の手を借りることはないが、それ以外はそれこそ赤ん坊のように面倒をみてもらわなければならない。ベッドにはいるにも、風呂にはいるにも、着替えをするにも、人さまの手を借りるありさまです。畢竟（アンファン）、あまり愉しいことではありません。幸いなことに、殻は朽ちても芯はまだ無傷ですが」

「まったくそのとおりです。あなたは世界一の心の持ち主です」

「心？　そうかもしれないが、私は心のことを言ったわけではありません。私が芯と言ったのは、きみ（モン・シェール）、脳のことです。私の脳はまだ立派に働いてくれている」

少なくとも、彼の脳が謙遜という方向に向かって衰えていないことだけはよくわかった。

「で、ここでの暮らしはどうです？」と私は尋ねた。

ポアロは肩をすくめた。「悪くはありません。見てのとおり、リッツホテルというわけにはいきませんが。いや、まったく。ここに来て最初に泊まった部屋は狭くてね。家具もろくになかったのだが、料金はさほど変わらなかったので、この部屋に移ったんです。食事のほうは最悪のイギリス式でね。イギリス人がなんとも好きなあの馬鹿でかくて固い芽キャベツ。茹でたジャガイモは固すぎるか、ぼろぼろに煮崩れしているかのどっちかでね。野菜はもうただひたすら水っぽい。どんな料理もまったく塩コショウが利いていなくて――」ポアロはそのあとは沈黙に託した。

「なんともひどそうですね」と私は言った。

「文句を言うわけではありませんがね」とポアロは言って、さらに文句を言いだした。「もうひとつ言えば、近代化というやつです。バスルームに蛇口。それで蛇口から何が出てくると思います？　ぬるま湯ですよ、モナミ。ほとんど二十四時間ずっと。それにタオルときたら、いや、これがもう薄っぺらで！」

「古い時代もそう捨てたものじゃないというわけですね」と私は感慨を込めて言った。往年のスタイルズ荘にあったバスルームの蛇口から、熱湯が湯気を立てて勢いよく流れ出すさまが眼に浮かんだ。バスルームといっても、あのマホガニー材の巨大な浴槽が部屋の真ん中に鎮座しているようなバスルームだ。それに、バスタオルがやたらと大きかったことや、昔ながらのたらいの中によく磨かれた真鍮の容器が置かれていたことも思い出された。

「しかし、人は文句を言ってはいけません」とポアロはまた同じことを言った。「私だって甘んじて我慢もしますよ……ちゃんとした理由さえあれば」

ある考えがふとひらめいた。

「ひょっとして、ポアロ、その――なんというか――お金に困っているというわけじゃないでしょうね？　今度の戦争であなたの投資が大打撃を受けたのは知っていますが――

――」

ポアロは私の懸念をただちに打ち消した。

「いや、友よ、そういうことはありません。私の懐具合はまったくもって心配要りません。実のところ、これでなかなか裕福でね。ここにやってきたのは金銭上の理由のためではありません」

「それならいいんですが」と私は言って続けた。「でも、あなたの気持ちはわかる気がします。人は歳を取るにつれて、昔に帰りたくなるものです。若かりし頃の思いを取り戻そうとするものです。ここに来るのは、ある意味では私にとって辛いものでした。それでも、あの頃自分がどう思い、どう感じていたか、すっかり忘れてしまっていた記憶が甦ってくる。あなたもそうなんでしょう?」

「いや、全然。そんな気持ちにはまるでなりません」

「あの頃はよかった」と私は一抹の淋しさを込めて言った。

「きみはそうかもしれないが、ヘイスティングズ、スタイルズ荘に流れ着いたあの頃は、私にとっては辛くて悲しい時代でした。私は負傷し、祖国を失い、異国の地で人の情けにすがるしかない亡命者でした。そう、およそ愉しい時代などではなかった。あの頃は、自分がいつかイギリスをわが国と呼び、ここで幸福を見つけることになろうとは毫も思っていませんでしたからね」

「そのことは忘れていました」と私は認めて言った。

「まさにそのとおり。きみは自分が味わった思いを人にもあてはめすぎます。ヘイスティングズが幸せなら、みな幸せだと!」

「いやいや」と私は笑いながら抗議した。

「それにそもそもきみはまちがっている」とポアロは続けた。「きみは昔を振り返ると、眼に涙を浮かべて、〝ああ、古き良き時代よ。あの頃私は若かった〟となるわけです。しかし、友よ、きみは今思っているほど幸せだったわけではありません。きみは当時、重傷を負ったばかりで、軍隊を辞めなければならなくなることを思い煩っていました。

気がふさぐような療養所での生活で、語るに耐えない精神的な傷を負ってもいた。あまつさえ、私が覚えているかぎり、きみは同時にふたりの女性と恋に落ちて、事情をさらにややこしくしていた」

私は笑ったものの、さすがに顔が赤くなっていた。

「ポアロ、あなたはなんて記憶力がいいんです！」

「これはどうも――きみはふたりの魅力的な女性にのぼせあがって、世にも哀れなため息をついていた。それだけはよく覚えています」

「だったら、あなたが私になんて言ったかも覚えていますか？　あなたはこう言ったんです、〝これでどっちがどっちもきみのものではないときている！　でも、元気を出しなさい、モナミ。われわれはまた犯人狩りに出ることもあるかもしれません。そのときにはひょっとすればひょっとするということも――〟」

私はそこで口をつぐんだ。ポアロとフランスでまた犯人狩りに繰り出して、私は唯一無二の女性と出会ったのだった……

わが親友はやさしく私の腕を叩いて言った。

「ええ、ヘイスティングズ、わかりますよ。傷口はまだふさがっていないのですね。しかし、くよくよしていてはいけません。過去を振り返るのではなく、さきを見るのです」

　私は肩をすくめた。

「さきを見る？　見るほどのものがどこにあるというんです？」

「ところが（エ・ビアン）、友よ、仕事が待っているのです」

「仕事？　どこで？」

「ここで」

　私は呆気に取られて、彼をまじまじと見つめた。

「今さっき」とポアロは言った。「きみは私にどうしてここに来たのかと訊きましたね。きみは気づかなかったかもしれないが、私はその質問にまだ答えていません。今、答えましょう。私はここに殺人犯を捕まえにきたのです」

　私はますます当惑して、ポアロを見つめた。一瞬、彼はどうかしてしまったのではないかと思った。

「本気で言っているのですか？」

「もちろん、本気です。だいたいほかに私がきみを誘うどんな理由があるというのです？　手足の自由はもう利かないけれども、頭脳のほうはさきほど申し上げたとおり、変わりありません。それに忘れてもらっても困るのだが、私のやり方も変わりません。

椅子に腰かけて考える。それなら今でもできます。実のところ、今の私にはそれしかできません。だから、それ以上の肉体作業をわが比類なきヘイスティングズに頼みたいのです」

「本気で言ってるんですか？」と私は喘ぐように言った。

「もちろん。きみと私で、ヘイスティングズ、また犯人狩りに出るのです！」

私にはポアロが本気で言っていることがすぐにはわからなかった。

しかし、突拍子もないことながら、彼のことばを疑わなければならない理由もどこにもなかった。

かすかに笑みを見せて、ポアロは言った。「やっとわかってもらえたようですね。でも、最初は私がボケてきたとでも思ったのではないですか？」

「いやいや」と私は慌てて言った。「ただ、ここはとても殺人など起こりそうもないところですからね」

「ほう、そう思いますか？」

「もちろん、宿泊客の全員に会ったわけではありませんが――」

「誰に会いましたか？」

「ラトレル夫妻、それからノートンとかいういかにもひかえめな男。それに、ウィリアム・ボイド・キャリントン卿。会うなり、彼には心惹かれたと言わざるをえませんね」

ポアロはうなずいて言った。「まあ、ヘイスティングズ、こう言いましょうか。残りの全員と会ったあとでも、私のさっきのことばは今と同じくらい突拍子もないものに思えることでしょう」

「ほかにはどんな方々が泊まってるんです？」

「フランクリン夫妻――博士と夫人、夫人の世話をしている看護婦、それにきみのお嬢さんのジュディス。それから、ちょっとした色男のアラートンという男に、三十代のミス・コール。みなさんとてもいい方々だと申し上げておきましょう」

「しかし、そのうちのひとりが殺人者？」

「そうです。そのうちのひとりが殺人者です」

「でも、なぜ――どうして――なぜそんなことが――？」

どう訊けばいいのかわからず、私は何度か言い直した。

「落ち着いて、落ち着いて、ヘイスティングズ。そもそものことの起こりから説明しましょう。書きもの机の上にあるあの小箱を取ってきてください。ありがとう（ビアン）。さて、次は鍵だ――」

ポアロはその小箱の鍵を開けると、大量のタイプライター原稿と新聞記事の切り抜きを取り出した。

「ヘイスティングズ、時間のあるときにでも読んでください。とりあえず、新聞記事のほうはあとまわしにしましょう。悲劇をあれこれ取り上げただけのただの新聞報道で、不正確なものも多いいんで。ときに示唆に富んだものもないではないが、まずは私が書いた要約を読んで、事件の概要をつかんでください」

大いに興味をそそられ、私は読みはじめた。

事件A：エザリントン

レナード・エザリントン。下劣な悪癖——薬物使用癖に飲酒癖——の持ち主。変わり者で嗜虐的な性格。若い美人妻がいたが、不幸な結婚生活。そんなエザリントンが死亡。死因は食中毒のようだが、医師は納得せず。検死の結果、ヒ素による中毒死と判明。事件が起こるよりはるか以前に注文したものながら、自宅には除草剤があった。エザリントン夫人が殺人容疑で逮捕される。その後、夫人はインドから一時帰国中の文官と親しかったことが判明。実際に不倫関係にあったことを示唆する証拠はないものの、ふたりが深く心をかよわせていたのは明らかである。その後、この若い文官はインドに向かう船中で若い女性と知り合い、婚約する。この旨を伝える手紙をエザリントン夫人が受け取ったのは夫の死のまえかあとか。そのことについては疑問が残る。本人はまえだと主張。夫人に不利な証拠は主に状況証拠ながら、ほかに容疑者は現われず、と言って、事故であるとは考えにくい。それでも、夫人が虐待を受けていた事実、それに被害者の性格などから、裁判では夫人に同情が集まる。実際、判事の説示は夫人に有利なもので、判事は評決には合理的な疑いが残ってはならない点を強調した。

その結果、エザリントン夫人は無罪となる。が、世間がくだした判決は有罪だった。夫人はその後、友人らに冷たい眼で見られ、みじめな人生を送る。そして、判決の二年後、睡眠薬の過剰摂取により死亡。検死陪審では事故死と評決された。

事件B：ミス・シャープルズ

初老の未婚女性。肢体不自由で、その病苦のために気むずかしい性格の女性。姪のフレダ・クレイの世話を受けていたが、モルヒネの過剰摂取で死亡。フレダ・クレイは過失を認め、伯母があまりに苦しんでいたために耐えきれず、痛みを和らげようとモルヒネを過剰に与えてしまったという。過失ではなく、意図的な行為だというのが警察の見方だったが、証拠不十分により起訴には至らなかった。

事件C：エドワード・リッグズ

農夫。下宿人ベン・クレイグと妻の仲を疑う。クレイグとリッグズ夫人は射殺体で発見される。銃弾はリッグズの銃から放たれたものと判明。リッグズは警察に自首し、自分がやったにちがいないが、実のところ、よく覚えていないと主張。その間の記憶が欠落していると。死刑判決がくだされるが、のちに終身刑に減刑。

事件D：デレク・ブラッドリー

若い女性と浮気。妻に見つかり、殺すと脅される。その後、ビールに青酸カリを盛られて死亡。ブラッドリー夫人が逮捕され、殺人罪に問われ、反対尋問で罪を認める。有罪判決を受け、絞首刑となる。

事件E：マシュウ・リッチフィールド

年老いた暴君のような父親。四人の未婚の娘にいかなる娯楽も出費も許さない。ある夜、帰宅した際、家の裏口の外で何者かに襲われ、頭部に強打を受けて死亡。警察の捜査が始まると、長女のマーガレットが出頭し、父親殺しを自供する。妹たちが自由な人生を送ることができるよう、手遅れになるまえに父親を殺したという。リッチフィールドは莫大な財産を残した。マーガレット・リッチフィールドは心神喪失の裁定を受け、ブロードムア病院に収容されるも、ほどなく死亡。

私は注意深く読んだ。が、次第に困惑して、最後には書類を置くと、問い質す眼をポアロに向けた。

「どう思いました、モナミ？」

「ブラッドリーの事件は覚えています」と私はおもむろに言った。「当時新聞で読みました。とても器量のいい女性でしたね」

ポアロは黙ってうなずいた。

「でも、教えてください。これはいったいなんなんです？」

「そのまえにきみの眼にどう映るか話してください」

私はまだ困惑していた。

「これは異なる五件の殺人事件に関するメモですね。事件はどれも異なる場所で、異なる階層の人々のあいだで起きている。それ以上に、表面上の類似点は何もないように思えます。五つのうちのひとつは嫉妬、ひとつは不幸せな妻が自分の人生から夫を排除しようとしたもので、ひとつは金銭目的、それにもうひとつは利他的な動機とも言える——犯人は罰を逃れようともしなかったのだから。リッグズの件は単純に残忍な事件ですが、おそらく酔っぱらってでもいたのでしょう」私はそこでことばをいったん切ってから、おずおずと尋ねた。「私は何か五件の共通項を見過ごしてるのでしょうか？」

「いやいや、きみの要約は非常に的確です。ただ、ひとつだけ言及してもよかったのに、きみがしなかったことがあります。それはすなわち、どの事件においても〝疑惑〟が存在していないということです」

「それはどういうことです？」

「たとえば、エザリントン夫人は無罪放免になりました。しかし、彼女が犯人だということは最初から誰もが確信していた。フレダ・クレイは犯人と名指しされたわけではないが、ほかに真犯人がいると思った人はいないでしょう。リッグズは妻とその愛人を殺害した記憶はないというが、ほかの誰かが犯人だなどという説は一度も唱えられなかった。マーガレット・リッチフィールドは自供しています。わかりますか、ヘイスティングズ？　この五つの事件では、どの件においても明らかな容疑者がひとりだけ存在するのです」

私は眉をひそめて言った。「ええ、確かにそうです。でも、そのことからあなたがどんなことを推論されているのか、私には見当もつかない」

「ああ、それはね、きみがまだ知らない事実があるからです。それをこれから教えましょう。ヘイスティングズ、私がまとめたこれらの事件すべてに共通していながら、事件そのものとは無関係の要因があるとしたらどうします？」

「どういう意味です？」

ポアロはおもむろに続けた。「ヘイスティングズ、このことはことばを選んで慎重に話したいと思います。こう言えばいいでしょうか。ある人物、Xという人物がいるとします。どの事件においても、（見るかぎり）Xには被害者を消し去るいかなる動機もありません。実際、ある件では、私が調べたところ、Xは犯行時には二百マイルも離れたところにいました。しかしながら、このことも言っておかねばなりません。Xはエザリントンと親しく、リッグズとは一時期同じ村に暮らしたことがあり、ミセス・ブラッドリーとも知り合いでした。Xがフレダ・クレイと一緒に通りを歩いている写真もあれば、マシュウ・リッチフィールドが死んだときにはリッチフィールド邸の近くにいました。さあ、どう思います？」

私は彼を見つめた。それからゆっくりと言った。「ええ、偶然にしては偶然すぎますね。これが二件なら、いや、三件でも、偶然ということで説明がつくかもしれないが、五件となるといささか無理がある。可能性は低く見えても、これら別々の殺人事件にはなんらかの関連がありそうですね」

「ということは、きみの推理も私と同じなのですね？」

「Xが犯人だということですか？　ええ」

「だったら、ヘイスティングズ、きみもきっと私と一緒にもう一歩先に行きたくなるはずです。言いましょう。Xはこの家にいるのです」

「ここに？　スタイルズ荘に？」

「スタイルズ荘にです。このことからどのような推論が論理的に導き出されるか？」

私はポアロが何を言うかわかりながらも言った。「どうぞ——さきを続けてください」

エルキュール・ポアロは重々しく言った。「近いうちにここで殺人事件が起こります——このスタイルズ荘で」

第三章

私は戸惑い、いっときポアロをじっと見つめてから、彼のことばに応じた。

「いや、そうはならない。あなたがそうはさせない」

ポアロは私に情愛のこもった眼を向けて言った。

「わが忠実なる友よ、私はきみが寄せてくれる信頼をどれほどありがたく思っていることか。とはいえ（トゥ・ドゥ・メーム）、その信頼も今回は的はずれということになるかもしれません」

「馬鹿なことを。もちろん、あなたなら事件を防げます」

ポアロは重々しい声で言った。「ヘイスティングズ、考えてもみてください。殺人犯を捕まえるのは可能です、確かに。しかし、殺人を未然に防ぐには人はいったいどうすればいいのか」

「それは、あなたが——そう、あなたが——つまり、その——あなたにはまえもってわかっているのなら——」

私は力なくことばを切った。私にもいきなりそのむずかしさがわかったのだ。

ポアロは言った。「でしょう？　そんなに簡単なことではありません。実際のところ、方法は三つしかありません。第一の方法は被害者に警告することです。警戒させるのです。しかし、これは必ずしもうまくいくとはかぎらない。というのも、身に重大な危険が迫っていると——おそらくは身近にいる親しい人間に狙われているなどと——人に納得させるのは大変にむずかしいことだからです。その人はたぶん憤慨し、信じようとはしないでしょう。第二の方法は殺人者に警告することです。〝きみが何をするつもりかはわかっている。だから、誰それが死ぬようなことがあれば、友よ、きみは絞首台送りになる〟というメッセージを、はっきりとわかる言い方で伝えるのです。これはさきほどの方法よりうまくいくかもしれない。それでも、成功する可能性は低いでしょう。というのも、殺人犯というのは、友よ、この世の誰よりもうぬぼれの強い人種だからです。殺人犯は常にほかの誰より賢いと思い込んでいる。自分のことを疑う者などいないと、警察にも見当さえつかないと、などなど。だから、結局のところ、計画は実行に移され、こちらに残されるものといえば、事件後、犯人を処刑台送りにする満足感だけというわけです」ポアロはそこでことばを切ってから感慨深げに言った。「私は人生で二度、殺人犯に警告しました——一度はエジプトで、もう一度は別のところで。どちらの事件でも犯人は犯意を翻さなかった……今回もそうなるかもしれない」

「第三の方法があると言われましたね」と私は促して言った。

「ええ、はい。ただ、この方法は並大抵でない巧妙さを要します。犯行がおこなわれる時間とその手段を正確に推理し、犯人が殺人を犯そうというまさにその瞬間に割ってはいれるようでなければならない。文字どおりの現行犯というのではなく、その意図に疑いをはさむ余地がまったくない状況で捕まえなければならない。

誓って言いますが、友よ」とポアロは続けた。「これはきわめて困難な方法で、慎重な対応が必要になる。それに、必ずうまくいくと請け合うことなどとてもできない方法でもある。私はうぬぼれが強いほうかもしれないが、そこまで思い上がってはいません」

「この件ではどの方法を取るつもりですか？」

「おそらく三つともすべてです。しかし、最初の方法が一番むずかしい」

「どうして？　最初のが一番簡単なような気がしますが」

「はい、狙われているのが誰かわかればね。でも、ヘイスティングズ、きみにはわかっていないのですよ。誰が狙われているのか私にはまだわかっていないということが」

「なんですって？」

私はさして考えもせず、思わず声をあげた。それでも、事態の困難さが徐々に伝わってきた。この一連の犯罪にはそれぞれそれを結びつける環のようなものがある。あるにちがいない。が、その環がなんなのかまではわからない。動機、なにより重要な動機が欠けている。動機がわからない以上、誰の命が狙われているかなど知るよしもない。

私の表情から、事態のむずかしさが私にもわかったことを見て取ると、ポアロはうなずいて言った。

「わかりましたか、わが友よ。ことはそれほど簡単ではないのです」

「ええ」と私は言った。「わかりました。今のところ、これらの個別の事件には接点が見つからないのですね？」

ポアロは首を振って言った。「何ひとつとして」

私はまた考えた。ABC殺人事件では、一見アルファベット順に思える連続殺人事件に遭遇したが、これは見せかけで、実際の事件の様相はまったく異なるものだった。

私は尋ねた。「もってまわったものにしろ、金銭上の動機はほんとうに考えられないんですね――たとえば、イヴリン・カーライルの件のような？」

「そう。親愛なるヘイスティングズ、私がなによりまずさきに考えるのが金銭上の利益です。そのことはきみもよく知っていると思うが」

そのとおりだった。金銭に関するかぎり、ポアロというのは常にシニカルな考えの持ち主だった。

私はまた頭をひねった。なんらかの復讐劇だろうか？　そのほうが事実にうまく合致するように思えた。しかし、復讐としても、それぞれの事件を結ぶつながりに欠けている。私は一見目的のない連続殺人事件というものについて読んだことがあるのを思い出した。事件の鍵は、被害者たちがたまたまある裁判の陪審を務めたことがあるという点にあり、彼らに有罪判決をくだされた男が犯人だった。その類いの動機ならこの件にもあてはまりそうに思えた。が、恥ずかしながら、言っておかなければならない。そのときにはその考えを胸にしまっておいたことを。事件の真相をこの私が暴き出してポアロに教えることができたら、これほど自慢できることもなかったのだが。

かわりに私は尋ねた。「で、Xとは誰なんです？」

なんとも苛立たしいことに、ポアロはきっぱりと首を振った。「それは、わが友よ、教えられません」

「馬鹿な。どうしてなんです？」

ポアロは眼をきらめかせて言った。「なぜなら、モン・シェール、きみは今でも昔ながらのヘイスティングズだからです。〝物言う顔〟の持ち主だからです。つまり、Xのまえに坐って、口をぽかんと開けたきみの顔に、〝この男――眼のまえのこの男――がなんと殺人者とは〟とはっきり書かれている、などというのは困るからです」

「必要とあらば、私にだって少しくらいはごまかせますよ。それぐらい信用してもらえませんかね」

「ごまかそうとすると、きみはさらにひどくなります。いやいや、モナミ、私たちは隠密行動を取らなければなりません。きみも私もね。そして、襲いかかるべきときが来たら、一気に襲いかかるのです」

「相変わらず頑固だなあ、あなたは」と私は言った。「そういうことなら、私としても――」

そこでドアをノックする音がした。私はことばを切った。ポアロが「どうぞ」と言うと、娘のジュディスがはいってきた。

できればジュディスの描写もきちんとしたい気もするが、私は人物描写というものが得意であったためしがない。

ジュディスは背が高く、いつも毅然としている。黒い眉が横にまっすぐに伸び、頬から顎にかけての線が美しく、妥協のない謹厳さをたたえている。性格は生真面目ながら、いささか皮肉っぽいところもあり、私にはいつもどこかしら悲劇の影が漂っているように見える。

ジュディスは私に近づいてキスなどしなかった。そういうタイプではないのだ。ただ私に笑みを向けて、「いらっしゃい、お父さま」とだけ言った。

その笑みは遠慮がちで、少し照れているようにも思えたが、愛情表現はひかえめでも、私と会えたことを喜んでいることは私にも感じ取れた。

「ああ、来たよ」そう言って、私はいかにも間の抜けたことを言ってしまったような気がした。若い世代と話すときにはよくそうなるのだ。

「それはとてもとても賢明なことよ」とジュディスが言った。

「私は今、彼に料理のことを話していたのです」とポアロが言った。

「そんなにひどいですか？」とジュディスは訊き返した。

「それは訊くまでもないでしょうが、ジュディス。あなたには試験管や顕微鏡以外に考えることがないのですか？　中指がメチレン・ブルーに染まっていますね。自分の伴侶が口にするものに関心がないというのは、それはあなたのご夫君には朗報とは言えません」

「わたし、夫なんて持たないと思います」

「もちろん、持ちますとも。神さま（ボン・デュー）はあなたをなんのために創ったと思うのです？」

「いろいろなことのため。そう思ってますけど」とジュディスは言った。「なによりまず結婚(ル・マリヤージュ)のためです」

「わかりました」とジュディスは言った。「エルキュールおじさまがいい人を見つけてきてくださったら、せいぜいその人が口にすることには関心を持つことにします」

「きみの娘さんは私のことを心の中で笑ってるんです」とポアロは私に言った。「でも、年寄りはいかに賢いか。そのことはいつか彼女にもわかるでしょう」

またドアをノックする音がし、フランクリン博士がはいってきた。長身痩軀ながら、がっしりとした顎の持ち主で、髪は赤みを帯び、鮮やかな青い眼の三十五歳の男。私としてもこれほど不器用な男には会ったことがない。いつもぼうっとしていて、すぐに何かにぶつかるのだ。

今もポアロの椅子のそばに置かれている衝立(ついたて)にぶつかり、形ばかりそっちを向くと、反射的に「すみません」と衝立につぶやいていた。

私は思わず笑いそうになった。が、ふと見やると、ジュディスはいたってしかつめらしい顔のままだった。博士のこうした行動には慣れっこになっているのだろう。

「父のことは覚えておられますよね」とジュディスは言った。

フランクリン博士は驚いたような顔をした。さらに神経質そうな、怯えたような顔にもなり、眉をひそめて私をじっと見つめた。それから手をいきなり差し出して、ぎこちなく言った。「もちろん、もちろんですとも、もちろん。お元気ですか？　いらっしゃることはうかがってました」それからジュディスに言った。「きみ、夕食には着替えなきゃならないかな。着替えなくてもいいようなら、夕食後も少し研究を続けてもいいかもしれない。スライドをもう数枚準備できれば——」

「今夜は駄目です」とジュディスは言った。「父とも話がしたいから」

「ああ、もちろん、もちろん、もちろんそうだ」博士はそこでいきなり笑みを浮かべた。いかにも申しわけなさそうな少年のような笑みだった。「失礼、失礼——ひとつのことを考えると、どうもそのことしか眼にはいらなくなってしまって。いや、まったくもって赦されないことです——自分のことしか考えられないというのは。どうかお赦しのほどを」

そこで時計が鳴った。フランクリンは慌てて時計を見た。

「大変だ、もうこんな時間か。怒られてしまう。夕食のまえに本を読んで聞かせるってバーバラに約束してたのに」

彼は私たちふたりに笑いかけ、慌てて出ていった。部屋を出る際、ドア枠にぶつかりながら。

「フランクリン夫人の具合は？」と私は尋ねた。

「相変わらずね。いえ、まえよりひどいかもしれない」とジュディスは言った。

「そんなに病気がちというのはねえ。まったく気の毒なことだ」と私は言った。

「医者にとってはなおさら耐えられないことね」とジュディスは言った。「お医者さんって健康な人が好きなのよ」

「おまえたち若者というのはなんとも薄情なことを言うもんだ」と私は語気を強めて言った。

するとジュディスは冷ややかに言った。「わたしはただ事実を言っただけよ」

「それでも」とポアロが横から言った。「博士は奥さんに朗読するためにすっ飛んでいきましたね」

「ばかばかしいったらないわ」とジュディスは言った。「本を読み聞かせてほしいのなら、あの看護婦にだって朗読くらい充分できるのに。誰かに朗読してもらうなんてわたしはそもそも願い下げだけど」

「まあ、愉しみというのは人それぞれだからね」と私は言った。

「バーバラってほんとに馬鹿な人よ」とジュディスは言った。

「それは、お嬢さん」とポアロが言った。「同意しかねますな」

「でも、あの人が読むのはとことんくだらない小説ばかりなんですよ。先生の研究にはなんの興味もない。新しい考えを学ぼうともしない。聞いてもらえさえすれば、誰彼なく自分の病気のことばかりしゃべってるんだから」

「それでも」とポアロは言った。「お嬢さん、あの女性はあなたがまったく知らないやり方で灰色の脳細胞を使っているのです」

「つまり、それはすごく女らしいタイプの女性ってことね」とジュディスは言った。「甘えた声で人に甘えるのがほんとに上手だもの。おじさまはきっとそういう女性がお好みなのね、エルキュールおじさま」

「いや、全然」と横から私が言った。「ポアロおじさんの好みは大柄で派手なロシア女性だ」

「そうやって私のことを裏切るんですね、ヘイスティングズ？　ジュディス、あなたのお父さまは昔から鳶色の髪の女性が好きでね。それで何度も困った目にあっておいでです」

ジュディスはまるで子供をあやすような笑みを私とポアロに向けた。「おじさまとお父さま、ほんとうに可笑しなコンビね」

そう言って、ドアのほうに行きかけた。私も立ち上がって言った。

「荷解きをしなくては。夕食のまえにひと風呂浴びるのも悪くない」

ポアロは手が届くところに置かれた小さなベルを鳴らした。彼の身のまわりの世話をしている男がすぐに現われた。見たことのない男だったので私は驚いた。

「おや！　ジョージはどうしたんです？」

ポアロにはもう何年も彼に仕えているジョージという世話係がいた。

「ジョージは実家に帰してやりました。お父上がご病気なのです。そのうちに戻ってきてくれるものと思っていますが。それまでは――」ここでポアロは新しい世話係に笑みを向けた。「――カーティスが私の面倒をみてくれています」

カーティスは恭しく笑みを返した。鈍重そうな、あまり頭のよくなさそうな顔をした大男だった。

部屋を出ようとして、私はポアロがさきほどの書類を入れた小箱に用心深く鍵をかけているのに気づいた。

頭を混乱させたまま、私は廊下をはさんで反対側の自室に戻った。

第四章

その夜、急に人生がすべて非現実的なものになってしまったかのような思いで、私は夕食の席へ向かった。

すべてはポアロの想像の産物ではないのか。夕食のために着替えをしたときには、そんなことを一、二度自分に問いかけもした。なんといっても、わが旧友も今ではまぎれもない老人であり、気の毒なことに健康を損ねてしまっている。頭脳は以前と変わらず健常だと本人は言っているが、実際のところ、どうなのか。全人生を犯罪捜査に捧げてきた結果、彼がありもしない犯罪を夢想してしまったとしても、それは驚くほどのことだろうか。無為の暮らしを強いられ、そのことにひどく苛立っていたとしても少しもおかしくない。それが昂じて、自分から新たな犯人狩りを創出してしまうというのは、大いにありうることだ。精神分析でいう願望的思考——いかにもありそうな神経症ではないか。ポアロは報道された事件を何件か選び、そこには実在しないもの——事件の背後にひそむ狂った大量殺人犯の影――を見て取ったのではないだろうか。十中八九、エザリントン夫人はほんとうに夫を殺害し、農夫は妻を射殺し、若い女性は年老いた伯母にモルヒネを過剰に与え、嫉妬に狂った妻は脅したとおり夫を始末し、狂ったオールドミスは進んで自供したまま実際に殺人を犯しているのに。実際のところ、これらの事件は見かけどおりのものではないのか！

この見解（まちがいなく常識的な）に対する唯一の反証は、私自身がポアロの慧眼をどこまでも信じているということだけだ。

そんなポアロが、殺人が計画されていると言ったのだ。スタイルズ荘が二度目の殺人事件の舞台になると。

彼の主張が正しいかどうかはときが証明してくれるだろうが、もし正しければ、そんなことが起こるのを未然に防ぐのがわれわれの務めだ。

ポアロは殺人犯の正体を知っている。一方、私は知らない。

そのことを考えれば考えるほど、ますます腹立たしく思えてきた！　まったく。はっきり言って、このポアロの無礼さ！　私の協力を求めながら、すべてを打ち明けようとしないとは！

しかし、それはなぜなのか。なるほどポアロはその理由を挙げはした。それがなんとも的はずれの理由だった！　私の〝物言う顔〟に関するジョークにはほとほとうんざりさせられる。私にも秘密ぐらいほかの誰にも負けず劣らず守れる。なのに、ポアロは昔から失礼千万な思い込みをしているのだ。私のことを誰にでも心のうちを見透かされてしまう、わかりやすい性格だと思っている。それはあらゆる類いの欺瞞を嫌う美しくも正直な性格のせいだ、などと慰めを言うことさえときにあるほどだ！

しかし、言うまでもなく、すべてがポアロの想像の産物だとしたら、打ち明けたがらないのも容易に説明がつくではないか。

夕食の時間を知らせる銅鑼が鳴ったときにはまだ考えがまとまっていなかったので、先入観は持たず、しかし、眼を光らせ、ポアロの言う謎の人物Xとは誰なのか、自分で突き止めてやろうと思い、夕食に向かったのだった。

さしあたり、ポアロの話はあくまで真実として受け容れるつもりだった。この建物の中に、すでに五回殺人を犯し、さらに犯行を企んでいる人物がいる。いったいそれは誰なのか？

夕食のまえに客間でミス・コールとアラートン少佐に紹介された。ミス・コールは歳の頃は三十三、四、いまだ容色の衰えとは無縁の背の高い女性だった。アラートン少佐に対しては直観的に反感を覚えた。四十代前半のハンサムな男で、肩幅が広く、よく日焼けしていて、屈託のなさそうな話しぶりながら、その実、ことばの大半に二重の意味がありそうに思えた。眼の下には放蕩者らしい弛(たる)みができていて、そんな顔から連想されるのは馬鹿騒ぎに博打に大酒。おまけに典型的な女たらし。そんなふうにしか私には見えなかった。

ラトレル老大佐もアラートンのことはあまり快く思っていないようで、ボイド・キャリントンの彼に対する態度もいささか不自然だった。ただ、女性陣にはなかなかうけがよかった。ラトレル夫人などいかにも嬉しそうに彼にぺちゃくちゃ話しかけていた。アラートンはと言えば、そんな夫人におざなりのお世辞を言うばかりで、無作法な態度を隠そうともしていなかった。ジュディスもまたアラートンと同席しているのがいかにも愉しそうで、普段よりはるかに会話に身を入れていた。それにはなんとも苛々させられた。どうして最低の男に最高の女性たちを喜ばすことができるのか。彼女たちに興味を持たせることができるのか。そのわけが私には昔からわかったためしがない。アラートンがろくでなしであるのは私には本能的にわかるのに。男なら十人中九人までが私に同意するだろう。が、これが女性となると、十人中九人、いや、ともすれば十人全員がたちまち彼の手練手管に騙されてしまうのである。

夕食の席につくと、白くてねっとりとしたスープ状の料理がまず供された。私はテーブルを見まわして、考えられる可能性を頭の中で整理した。

ポアロの言うことが正しく、その明晰な頭脳がまだ衰えていないとしたら、この中のひとりが危険きわまりない殺人者ということになる。しかもおそらく精神異常者でもあるのだろう。

ポアロが実際にそう言ったわけではないが、Xはおそらく男だろうと私は思っていた。Xと考えられそうなのは果たしてこの中のどの男か。

優柔不断で、全体的に弱々しい感じがするラトレル老大佐ということはまず考えられない。だったら、双眼鏡を手にいそいそと屋敷から出ていくところに鉢合わせしたあのノートンは？　彼もまた可能性は低そうだ。気のいい男のようだし、あまり有能そうには見えず、生気にも欠ける。もちろん、と私は自分に言い聞かせた。しがない小男にも殺人者は大勢いる。むしろそういった男たちはそのためにこそ犯罪を犯そうとするのだ。自己主張に駆られて。人に相手にされず、無視されることを恨みに思って。ノートンがこの類いの殺人者ということは大いに考えられる。しかし、彼は愛鳥家だ。私は常々、自然を愛することは本質的に健全な人間の証しだと思っている。

ボイド・キャリントンはどうだろう？　問題外だ。彼は世間に広くその名が知られた男ではないか。立派なスポーツマンで、行政官で、誰にでも好かれ、尊敬されている男だ。フランクリン博士も除外していいだろう。ジュディスがあれほど博士を尊敬し、慕っているのがわかっている以上。

次はアラートン少佐だ。私は彼をとくと品定めした。見ればすぐにそれと知れる悪党だ！　自分の祖母の身ぐるみさえ剝ぎかねない類いの男だ。それに、表面的には魅力的に見える物腰ですべてを取りつくろっている。今も話している――失敗談を披露し、自らを物笑いにしたジョークに自ら悔しそうに笑ってみせ、さらにみんなの笑いを誘っている。

アラートンがXなら、犯行はなんらかの利益のためにちがいない。

とはいえ、Xは男だとポアロは断言したわけではない。私はミス・コールも候補者にして考えてみた。彼女の態度は落ち着きがなく、どこかぎくしゃくしている。明らかにこの女性は神経質だ。悪夢に怯える美女といった風情がある。それでも、異常なところがあるわけではない。夕食の席についている女性は、彼女とラトレル夫人とジュディスの三人だけで、フランクリン夫人は二階の自室で食事をとり、その付き添いの看護婦はみんなのあとで食事した。

夕食のあと、私は客間の窓ぎわに立って、外の庭を眺めた。鳶色の髪をした若いシンシア・マードック（『スタイルズ荘の怪事件』登場人物）が芝生の上を走ってきたときのことが思い出された。

白い制服を着た彼女がいかに愛らしかったことか……

そんな回想にふけっていた私は、いきなりジュディスに腕をからめられ、いささか驚いた。わが娘は窓辺からテラスへ私を連れ出した。

そして、唐突に言った。「どうかしたの？」

私はまた驚いた。「どうかした？　なんの話だ？」

「お父さま、今夜はずっと様子がおかしかったわ。夕食のとき、どうしてみんなをじろじろ眺めまわしてたの？」

私は苛立ちを覚えた。自分が考え事をしていたことがそれほどあからさまだったとは！

「そうかね？　それはたぶん昔のことを思い出していたからだろう。昔の亡霊でも見ていたんだろう」

「そう、そうだったわね。お父さまはここに滞在したことがあったのよね？　そのときお年寄りの女性がここで殺されたりしたのよね？」

「ストリキニーネで毒殺されたんだ」

「その女性はどういう方だったの？　いい人だったの、それとも嫌な人だったの？」

私はいっとき考えてからおもむろに言った。

「とても親切な女性だった。心が広かった。慈善事業にずいぶんと寄付をしていてね」

「ああ、そういう意味での心の広さね」

ジュディスの口調にはかすかに人を見下したような響きがあった。そのあと娘は妙なことを訊いてきた。「ここの人たちは――幸せだった？」

いいや、幸せではなかった。少なくともそれは知っていた。私はまたおもむろに言った。「いいや」

「どうして？」

「みんな自分のことを囚われ人のように思っていた。イングルソープ夫人が財布のひもを握っていたんだが――まあ、それをちびちびみんなに恵んでいたので、義理の子供たちは自分自身の人生を持つことができなかった」

ジュディスが鋭く息を吸い込んだのがわかった。私の腕にかけられた手にも力が込められた。

「意地悪だったのね――ほんとに。それって権力の濫用よ。許してはいけないことよ。年寄りや病人は若者や元気な人から人生を奪うような力を持っちゃいけないのよ。若くて元気な人たちを縛りつけて、思い悩ませて、活力も無駄にさせるなんて。彼らの活力は何かに使えるのに――何かに有用なことに。身勝手そのものね」

「身勝手は年寄りの専売特許じゃないよ」と私は皮肉を言った。

「ええ、お父さまは若者のほうが利己的だと思ってる。そうかもしれない。でも、若者のそれは裏表のないエゴよ。少なくとも、わたしたちは自分がしたいことをするだけで、ほかの人たちを自分の思いどおりにしようなんて思わない。奴隷にしたいとは思わない」

「そう、おまえたちはほかの人が邪魔になったら、ただ踏みつけるだけだ」

ジュディスは私の腕をぎゅっとつかむと言った。「ひどいことを！　わたしは人を踏みつけるようなことなんて何もしてないわ――でも、お父さまもわたしたちの人生を思いどおりにしようなんて一度もしなかった。そのことはみんなありがたく思ってる」

「ほんとうのところは」と私は正直に言った。「そうしたかったんだ。ただ、おまえたちには自分で過ちを犯す自由も与えるべきだとおまえたちのお母さんに言われてね」

ジュディスはまた私の腕をぎゅっとつかむと言った。「わかってる。お父さまは雌鶏みたいにうるさく世話を焼くのが好きだものね！　でも、わたしはうるさくされるのが大嫌い。そんなのは耐えられない。でも、有用な人の人生が役立たずの人生の犠牲にされてしまうことについては、お父さまもわたしに同意してくれるでしょ？」

「確かにおまえの言うようなこともないわけじゃない」と私は認めて言った。「でも、だからといって、極端な手段に訴えることはない……黙って立ち去ることは誰にだってできるんだから」

「ええ。でも、ほんとうにそう？　ほんとうにそうなのかしら？」

娘の口調がやけに真剣だったので、私はいささか驚いて娘の顔を見た。が、外は暗くてはっきりとはわからなかった。思い悩んでいるような低い声でジュディスはさらに続けた。「いろんなことがあれこれありすぎる——むずかしい問題よ——金銭的なこともあるし、責任感の問題もあるし、好きな人を傷つけたくないという気持ちも——そういうことすべてがある。でも、世の中には良心のかけらもない人がいる——そういう人たちって人間の真面目な気持ちをどう利用すればいいかよく心得てる。そんな人って——そんな人って蛭同然だわ！」

「ジュディス！」私はジュディスのそのあまりに激しい口調に驚いて声をあげた。

ジュディスも興奮しすぎたことに気づいたようで、笑い声をあげて私の腕から手を離した。

「むきになりすぎてる？　こういう話題になると、どうしても熱くなってしまう。でも、それはこんな話を知ってるからよ……年老いた人でなしの話。ある人が勇敢にも……その人でなしの束縛を断ち切って愛する人々を自由の身にしたら、世間から狂人扱いされた話。それって狂ったこと？　わたしはこれほど正気の行為もないと思うけど――それにこれほど勇敢な行為も！」

私は激しい不安に駆られた。ごく最近そんな話をどこかで耳にしなかっただろうか？

「ジュディス」と私は語気を強めて言った。「なんの話をしてるんだ？」

「あら、お父さまが知っている人の話じゃないわ。フランクリン夫妻のお友達の話。リッチフィールドというお爺さんの話。大金持ちのくせして、気の毒な娘さんたちには文字どおり飢え死にしそうな思いをさせてたのよ――決して誰にも会わせようとせず、外出も許さなかったんですって。狂ってたのはそのお爺さんよ。でも、医学的にそう診断されるほどではなかったのね」

「それで一番上の娘が父親を殺した事件か」と私は言った。

「あら、新聞で読んだのね？　世間では殺人ということになるんでしょうけど――でも、自分のためじゃないのよ。マーガレット・リッチフィールドは警察にすぐ出頭して、自白したの。彼女はとっても勇敢だとわたしは思うわ。わたしにはそんな勇気はないもの」

「自白する勇気？　それとも殺人を犯す勇気か？」

「どっちも」

「それを聞いて安心したよ」と私はユーモアのかけらもなく言った。「しかし、事情によっては殺人も正当化されるなどという話をおまえがするとはね」私はそこでことばをいったん切ってから言い添えた。「この事件についてフランクリン博士はどう言ってる?」

「殺されていい気味だって言ってる」とジュディスは言った。「お父さま、世の中には殺してくれって自分から頼んでいるような人もいるということよ」

「おまえの口からそんなことばは聞きたくないね、ジュディス。誰にそんな考えを植えつけられた?」

「誰にも」

「まあ、ひとつ言わせてもらうと、そんなのはまさに有害無益なたわごとだよ」

「わかったわ。だったら、そういうことにしておきましょう」ジュディスはそこでいったん口をつぐみ、そのあと続けて言った。「ほんとうはわたし、フランクリン夫人からことづてを言いつかって、それを伝えにきたの。お父さまさえかまわなければ、夫人の部屋まで会いにきてほしいみたい」

「喜んで伺わせてもらうよ。しかし、具合が悪くて夕食に降りてこられないとはまったくお気の毒に」

「あら、あの人は元気よ」とジュディスは冷ややかに言った。「ただちやほやされたいだけよ」

若者というのはなんと薄情な生きものであることか。

第五章

フランクリン夫人にはまだ一度しか会ったことがなかったが、歳は三十前後——いわゆるお嬢さまタイプと言えばいいだろうか。大きな茶色の眼に真ん中で分けた髪、おだやかな面長の顔。実にほっそりとしていて、透き通るような、いかにも虚弱そうな肌の持ち主だった。

今は白と水色のとても優雅な部屋着をまとい、クッションをあてがって、ソファベッドに横になっていた。

部屋にはフランクリン博士とボイド・キャリントンがいて、コーヒーを飲んでいた。フランクリン夫人は私に手を差し出すと、笑みを浮かべて歓待してくれた。

「ようこそおいでくださいました、ヘイスティングズ大尉。ジュディスにとってても嬉しいことです。お嬢さまは働きすぎですよ。ほんとうに」

「それがどうも愉しいみたいで」と私は言って、バーバラ・フランクリンの華奢な手を取った。

彼女はため息をついて言った。「ええ、お嬢さまは恵まれています。わたしなんか羨ましくてなりません。病弱の身というのがどんなものか。きっとお嬢さまには理解できないでしょう。そうじゃありませんか、看護婦さん？　あら、いけない！　ご紹介させてください。こちらはクレイヴン看護婦。彼女にはそれはもうよくしてもらっています。彼女がいなかったらどうすればいいかわからないほどです。それこそ赤ん坊のように何から何まで世話をしてもらってるんです」

クレイヴン看護婦は若くて長身、きれいな女性で、血色がよく、見事な鳶色の髪の持ち主だった。とてもほっそりとした白い手をしていて、病院の看護婦とはずいぶんと異なる手だった。どちらかと言えば、無口なほうで、話しかけられても応えないことさえあった。今もひとことも発さず、ただ首を傾げただけだった。

「でも、ほんとうに」とフランクリン夫人は続けた。「ジョンはあなたの気の毒なお嬢さまを働かせすぎですよ。これじゃまるで奴隷使いですよ。ジョン、あなたって奴隷使いみたい。でしょ？」

彼女の夫は窓辺に立って、窓の外を眺めていた。ひそかに口笛を吹きながら、ポケットの中の小銭をじゃらじゃら言わせていた。妻のその質問にはいささか虚を突かれたようだった。

「なんだって、バーバラ？」

「あなたは気の毒なジュディス・ヘイスティングズを働かせすぎてるって言ったの。でも、ヘイスティングズ大尉が見えましたからね。これからはふたりで相談して、もうそんなことさせませんから」

軽口はフランクリン博士の得意科目ではなかった。どこかしら気がかりな様子で物問いたげにジュディスのほうを向くと、ぼそっと言った。「私がきみを働かせすぎてるようなら、そのとおり言ってくれ」

ジュディスは言った。「ふたりはただ冗談を言ってるんですよ。仕事と言えば、二枚目のスライドのあの染料についてお訊きしたかったんですが――ほら、あの――」

彼はジュディスのことばをさえぎると、勢い込んで言った。「ああ、うん。きみがかまわなければ、これから研究室に行こう。私も確かめたい――」

さらにことばを交わしながら、ふたりは部屋を出ていった。

バーバラ・フランクリンは枕に体をあずけると、ため息をついた。クレイヴン看護婦が唐突にむしろ不快げに言った。「奴隷使いはミス・ヘイスティングズのほうだと思いますけど、わたしは！」

フランクリン夫人がまたため息をついてつぶやくように言った。「自分がまったくの役立たずのような気がするんです。ジョンの仕事にもっと関心を持つべきなのはわかってるんです。でも、できないんです。それはきっとわたしに何か問題があるのでしょう。それでも――」

暖炉の脇に立っていたボイド・キャリントンが鼻を鳴らし、彼女のことばをさえぎって言った。

「馬鹿なことを言わないでくれ、バーバラ。きみは全然問題ないよ。そんな心配はいっさいしないことだ」

「あら、ビル、でも、心配なのよ。ほんとうに自信がなくなるの。だって――どうしてもそう感じてしまうのだけれど――ほんとうに残酷なんだもの。モルモットやらネズミやら何やら。おお、嫌だ！」彼女は身を震わせた。「馬鹿げてるのはわかってるけれど、でも、わたしって馬鹿なのよ。気分がすっかり悪くなってしまうの。わたしはただ幸せで、素敵なことだけ考えていたいの――鳥さんたちとか、お花とか、子供たちが遊んでいるところだけを。わかるでしょ、ビル？」

彼はソファベッドまで歩み寄ると、フランクリン夫人が訴えかけるように差し出した手を取った。夫人を見下ろす彼の表情はすっかり変わり、まるで女性のようなやさしい顔つきになっていた。これにはなんとも胸を打たれた。というのも、ボイド・キャリントンというのは男らしさの権化のような男だからだ。

「バーバラ、きみは十七の頃からほとんど変わっていない」と彼は言った。「きみのところのあの東屋(あずまや)。それに小鳥の水浴び場にココナッツの木。覚えてるかい?」

そこで彼は私に顔を向けて言った。「バーバラとは古い遊び仲間でね」

「古い遊び仲間!」とバーバラ・フランクリンは大きな声をあげた。

「ああ、きみが私より二十歳以上も年下だということは否定しないよ。でも、若い頃、私はまだちっちゃな赤ん坊だったきみとよく遊んだもんだ。肩車もよくしてあげた。それから何年も経って、私が帰国すると、きみは美しい若い女性になっていた——今まさに大人の社会にデビューしようというところだった——だから、私もきみをゴルフコースに連れ出してゴルフの手ほどきをして、デビューに向けて私なりに一役買ったりしたものだ。覚えてるかい?」

「まあ、ビル、わたしが忘れると思う?」

「わたしの家族は以前こっちに住んでたんです」と彼女は私に説明した。「ビルのほうは伯父さまのエヴァラード卿を訪ねて、〈ナットン〉のお屋敷によく泊まりにきてたんです」

「広大壮麗な霊廟みたいな屋敷だったな――それは今もそうだが」とボイド・キャリントンは言った。「あれを住めるような家にするなんてどだい無理なんじゃないかと、時々、暗澹たる思いになることがあるよ」

「いいえ、ビル、素敵な家になるわ――とっても素敵なお屋敷に！」

「ああ、バーバラ。でも、問題は、どうすればいいのか、私にはとんと見当もつかないことだ。坐り心地のいい何脚かの椅子と風呂――私に思いつくのはそれくらいでね。どうしても女性の手助けが要る」

「だから、わたしが見にいって手伝うって言ったでしょ？　本気よ。ほんとに本気」

ボイド・キャリントンはクレイヴン看護婦のほうを疑わしげに見やりながら言った。

「きみが大丈夫なら、車で連れていけるけど。看護婦さん、どうだろう？」

「ええ、もちろん、サー・ウィリアム。そうしてくださるのは、フランクリン夫人のお体にもとてもいいことだと思います――もちろん、疲れすぎないように気をつけていただかないといけませんが」

「それじゃ決まりだ」とボイド・キャリントンは言った。「今夜はぐっすり眠ってくれ。明日に向けて体調を整えておいてくれ」

私たちふたりはフランクリン夫人におやすみの挨拶をして、一緒に部屋を出た。階段を降りながら、ボイド・キャリントンがうなるような声で言った。「十七の頃、彼女がどれほど愛らしかったか、あなたには想像もつかないんじゃないかな。私はビルマから帰国したところだったんだけれど——その、妻を向こうで亡くしましてね。だから、言わせてもらうと、あの子にすっかりまいってしまったんですよ。それから三年か四年で、あの子はフランクリンと結婚したんだけれども、幸せな結婚だとはどうも思えない。彼女の具合が悪いのはそれが一番の原因というのが私の考えです。ジョンは彼女のことを理解もしていなければ、彼女の値打ちをわかろうともしていない。彼女は繊細なタイプですからね。病弱なのには神経の問題もあるような気がする。気ばらしでもさせて、愉しませて、関心を惹いてやりさえすれば、別人のようになると思うんだが。ところが、あの藪医者は試験管やら西アフリカの土着民やら文化やらにしか興味がないときてる」

彼はそう言って、憤然と鼻を鳴らした。

おそらく彼の言うことにも一理あるのだろうと私は思った。それでも、ボイド・キャリントンがフランクリン夫人に魅了されているとは驚きだった。結局のところ、フランクリン夫人は、今にも壊れそうな、チョコレートの化粧箱のような少女趣味的な愛らしさは備えていても、病気がちな女性だ。一方、ボイド・キャリントンは生気と活力に満ちあふれた男だ。そんな男は神経質な半病人には我慢がならないはずだ。それでも、娘時代のバーバラ・フランクリンはさぞかし愛くるしかったのだろう。多くの男にとって——私の見るかぎりボイド・キャリントンのような理想家肌の男にとってはなおさら——昔の印象というのは忘れがたいものなのだろう。

階下でラトレル夫人につかまり、ブリッジに誘われたが、私はポアロのところに行くと言って逃れた。

わが友人はもうベッドにはいっていた。カーティスが部屋の片づけをしていたが、やがてドアを閉めると部屋から出ていった。

「いやいや、ポアロ」と私は言った。「あなたとあなたのいまいましい秘密主義ときたら。そのせいで私はXが誰なのか突き止めようとして、まるまる一晩つぶしてしまいましたよ」

「ということは、きみはいささか上の空になっていたにちがいありません」とポアロは言った。「そんな様子を誰かに見咎められて、どうしたのかなんて訊かれたりしなかったでしょうね？」

ジュディスの質問を思い出し、私はかすかに顔を赤らめた。ポアロは私が気まずそうにしているのを見て取ったのだろう、口元に意地悪そうな笑みが薄く浮かぶのがわかった。それでも、口に出したのは次のようなことばだけだった。「それで、その点に関してきみはどのような結論に達しました？」

「私の推理があたっていたら、Xは誰か教えてくれますか？」

「もちろん教えませんよ」

私は彼の顔をじっと見つめた。

「ノートンのことを考えました――」

ポアロの表情に変化はなかった。

「と言っても」と私は続けた。「何か考えられるだけの材料があったわけじゃありませんが。ただ、ほかの人たちより容疑者として可能性があるように思えただけです。それに、彼は――ほら――めだたないから。私たちが追っているタイプの殺人者はめだたない人物でなくてはならない。私はそう思ってるんで」

「それはそのとおりです。しかし、めだたない方法というのはきみが思うよりもっとたくさんあるものです」

「というと？」

「ある事件を仮定してみましょう。殺人事件の起こる数週間前に、不審なよそ者がこれといった理由もなく現われたら、これはめだちます。それでも、そのよそ者がいかにも取るに足らない人物に見え、何か釣りなどの無害なスポーツを趣味としていたら、それはそのよそ者にとってはとても好都合でしょう」

「あるいは、野鳥観察とか」と私は同意して言った。「ええ。でも、私はまさにそのことを言ったのです」

「一方」とポアロは言った。「殺人者がすでによくめだつ人物なら、これはこれでまた都合がいい——たとえば、肉屋というのも悪くない。肉屋なら服に血のしみがついていても誰も気にもしない。そういう利点があります！」

「馬鹿なことを。肉屋がパン屋と諍いを起こしたら町じゅうの人に知られてしまいますよ」

「そうとも言えません。そもそも肉屋がただパン屋を殺害する機会を得るために肉屋になったのであれば。ヘイスティングズ、物事は常に一歩さがって見ることが肝要なのです」

ポアロのことばに何かヒントでも隠されていまいかと、私は彼を注意深く見つめた。今のことばに何かはっきりとした意味があるとしたら、ラトレル大佐を指しているように思われた。彼は宿泊客のひとりを殺害する機会を狙って、わざわざゲストハウスを始めたのか。

ポアロはきわめて繊細に首を振って言った。「私の顔に答は書いてありません」

「ポアロ、あなたってほんとうに腹の立つ人ですね」と私はため息をついて言った。

「いずれにしろ、私が眼をつけたのはノートンだけじゃない。あのアラートンという男はどうです？」

ポアロはやはり表情を変えることなく訊き返した。「きみは彼が気に入らないのですね？」

「ええ、気に入りませんね」

「ああ。いわゆる〝善人たちの中の卑しいひとり〟というわけですね。でしょう？」

「そのとおり。そうは思いませんか？」

「もちろん。彼は男です」とポアロはおもむろに言った。「女性にとてももてる男です」

私は軽蔑の吐息を洩らして言った。「どうして女性はそれほど愚かしくなれるのか。あんなやつにいったい何を見てるんでしょう？」

「そんなこと誰にわかります？　しかし、決まってそうなのです。悪いやつ（モーヴェ・シュジェ）——女性はとかくそういう手合いに惹かれるものです」

「でも、どうして？」

ポアロは肩をすくめた。「おそらく何かを見ているのでしょうね。おそらく私たちには見えない何かを」

「でも、何を？」

「危険、でしょうか……ヘイスティングズ、誰しも己が人生に多少なりとも危険の香りを求めるものです。他人の危険を愉しむ者もいれば——闘牛などを見物して——それを読書に求める者もいます。映画に求める者も。このことは断言できます——安全すぎる人生に嫌悪を覚えるのも人の性なのです。で、男はさまざまな方法で危険を求める——一方、女性のほうはだいたいにおいて性的関係に危険を求めるしかないので、虎のような危険性を秘めた男を好むのでしょう——爪を隠して、いつ飛びかかってくるともしれない男をね。善良でやさしい夫になるようなすばらしい男はだいたいのところ、女性からお呼びがかからないものです」

　私はむっつりと黙り込んでしばらく考えた。それからさきほどの話をまた持ち出して言った。

「いいですか、ポアロ、Xが誰か探し出すのは、ほんとうのところ、造作のないことです。ただ訊きまわって、全員と知り合いだった人物を見つければいいのですから。つまり、あなたが言った五つの事件の関係者全員とね」

　私は得意になってそう言ったのだが、ポアロはただ蔑むような眼を私に向けただけだった。

「ヘイスティングズ、私がきみをここに呼び寄せたのは、私がすでに通った道をきみが汗をかきかき、また不器用にたどるのを見るためじゃありません。それと、きみが思うほどことは簡単ではないとも言っておきます。事件のうち四件はこの州で起きました。また、この宿に集まったのは、別々にここにたどり着いた見知らぬ他人同士の集まりでもなければ、スタイルズ荘は世間で言う通常のホテルでもありません。ラトレル夫妻は地元出身ですが、暮らし向きが悪くなったのを見て、スタイルズ荘を買い上げ、このゲストハウスの経営に賭けたわけです。だから、ここを訪れる人々は夫妻の友人や、友人に勧められてきたその友人です。現にフランクリン夫妻がここにいるのはボイド・キャリントンに勧められたからです。それで、今度はフランクリン夫妻がノートンと——私が思うに——ミス・コールを誘ったのでしょう。つまり、ここの人々の誰かひとりにでも知られていたら、その人は全員の知り合いである可能性が充分にあるということです。それは取りも直さず、自分とほかの人たちの関係がよく知られている場所であっても、Xには犯行可能ということです。農夫のリッグズの件を考えてみてください。あの悲劇の舞台となった村はボイド・キャリントンの伯父の邸宅からそう遠くありません。フランクリン夫人の家族もその近くに住んでいた。村の宿屋には観光客がよく訪れ、フランクリン夫人の家族の友人もよくそこに泊まっていた。フランクリンも泊まったことがあり、ノートンとミス・コールも泊まったかもしれない。いや、おそらく泊まったことでしょう。

だから、わが友よ、お願いですから、私がきみに明かそうとしない秘密を下手にほじくり返すような真似だけはしないでください」

「まったく馬鹿げている。私が秘密を洩らしてしまうとでも？　ポアロ、〝物言う顔〟のジョークにはもううんざりです。全然面白くない」

ポアロは静かに言った。「理由はそれだけだとほんとうに思っているのですか？　ヘイスティングズ、この秘密を知ることの危険がきみにはわからないのですか？　きみの身を案じているのがわからないのですか？」

私は口をぽかんと開けて彼を見つめた。そのときまで私はこの件のそうした面にはまるで気づいていなかった。しかし、もちろん言われてみればそのとおりだ。すでに五件の犯罪をやり遂げた機略縦横の殺人鬼が――誰かに疑われているなどとはつゆ思っていなかったのに――誰かがしっぽをつかまえようとしているという事実に気づいたら、それは犯人を追う者にとってはまさに危険きわまりないことだ。

私は語調を強めて言った。「でも、そういうことなら、あなただって――あなた自身危険な立場に置かれているのではないですか、ポアロ?」

ポアロは不自由な体が許すかぎり、とことん尊大な仕種をしてみせた。

「私は慣れていますからね。自分の身は自分で守れます。それに、ほら、私のことを守ってくれる忠実な番犬もここにいるでしょうが。私の優れて忠実なヘイスティングズが!」

第六章

早寝早起きもまたポアロの療養のひとつになっていた。で、私は彼を寝かせるために部屋を出て、階下(した)に向かい、その途中、ポアロの世話係のカーティスと少し立ち話をした。

彼は鈍重で、呑み込みも悪かったが、無能というわけではなく、信頼も置けそうな人物だった。ポアロがエジプトから帰国して以来、ポアロの世話をしているということだが、カーティスの語るところによれば、ポアロの健康状態はまずまずながら、時折危険な心臓発作を起こすことがあり、ここ数カ月で彼の心臓はずいぶん弱っているとのことだった。エンジンが少しずつ駄目になっているようなものなのだろう。

もちろん、ポアロの人生はすばらしい人生だった。それでも、終焉への道を一歩一歩勇敢に闘いながら進んでいる旧友のことを思うと、私の胸は張り裂けそうになった。体力が衰え、体の自由を奪われた今でも、不屈の精神で、卓越した能力をまだ発揮しようとしている彼のことを思うと。

悲しみに沈む心を抱えて階下に降りた。ポアロのいない人生など想像もできなかった……

客間に行くと、ブリッジの三番勝負がちょうど終わったところで、ゲームに誘われた。そういうことで気がまぎれることもあるかと思い、加わることにした。ボイド・キャリントンが抜け、私はノートンとラトレル夫妻とテーブルを囲んだ。

「どうでしょう、ミスター・ノートン」とラトレル夫人がノートンを誘った。「わたしたちふたりであとのおふたりと対戦しません？　さっきのゲームではわたしたち、とてもいいコンビだったじゃありませんか」

ノートンは愛想笑いを浮かべながら、ぼそっと言った——いや、でも、そういうことはたぶん、カードを引いて決めるべきではないでしょうか。

ラトレル夫人は同意したものの、その態度はあまり礼に適ったものとは言えなかった。結局、ラトレル夫妻に対してノートンと私が組むことになった。それがラトレル夫人の気に召さなかったのは明らかで、唇を嚙み、愛想もアイルランド訛りもいっとき完全に鳴りをひそめた。

そのわけはすぐにわかった。ラトレル大佐とはこのあと何度も手合わせすることになるのだが、彼もそれほど下手というわけではない。まあまあのプレーヤーと言える。ただ、忘れっぽいのだ。そのためひどい失敗を犯すことがよくあった。それが妻と組むと、へまの連続になるのだ。見るからに妻のことを恐れており、そのせいで普段の三倍は下手になってしまうのである。ラトレル夫人は実際きわめて巧みなプレーヤーだったが、一緒にプレーするにはあまり愉しい相手とは言えなかった。考えられるありとあらゆる機会に乗じて、相手が知らなければルールを無視し、自分に都合がいいとなると、手のひらを返したようにルールの遵守を強要するのだ。また、相手の札をちらりと横目で盗み見る技術にもやたらと長けていた。つまるところ、ただ勝つことが彼女の目的なのだ。

さらに、ポアロが〝なんとも辛辣〟と言った意味もほどなくしてわかった。プレーを始めると、彼女は自制心をなくし、哀れな夫がへまをやらかすたびにその舌の矛先を容赦なく夫に向けた。ノートンと私としては、なんとも居心地が悪く、三番勝負が終わったときには心底ほっとした。

そして、もう夜も遅いということで、ふたりとも次の勝負は辞退した。

テーブルを離れると、ノートンがいささか軽率に胸のうちを明かした。

「ねえ、ヘイスティングズ、ひどいものでしたね。あの気の毒なご老体があんなふうにいじめられるのを見ていると、こっちのほうも腹が立ってくる。しかも大佐のほうは言われるまま黙って聞いてるんですからね！　可哀そうに。舌鋒鋭いインド駐在大佐なんてところはもうほとんど残っていませんね」

「しいっ！」と私は注意した。ノートンは不用意にも大きな声で話しており、ラトレル大佐に聞こえはしまいかと私はひやひやした。

「でも、ひどすぎますよ」

私も感慨を込めて言った。「大佐が手斧のひとつでも振りかざすことになったとしても、私は驚かないな」

ノートンは首を振って言った。「それはないんじゃないでしょうか。まさに囚われの身で、魂まで鎖につながれてますからね。口ひげを引っぱりながら、哀れな声で〝ああ、おまえ、いいや、おまえ、悪いね、おまえ〟なんて、棺桶に入れられるまで弱々しく言いつづけるんでしょうよ。自分を主張するなんて、やろうとしてもあの人にはどだい無理ですよ！」

私はノートンの言うとおりだと悲しく思い、首を振った。

玄関ホールで足を止めた。庭に出る通用口が開いていて、風が吹き込んでいた。

「あのドアは閉めたほうがいいのかな？」と私はノートンに尋ねた。

ノートンは一瞬ためらってから答えた。「いや——あの——まだ全員が帰ってきてるわけじゃないから」

疑念がいきなり心をかすめた。

「誰が外に出てるんですか?」

「あなたのお嬢さん、だと思います――それに、その――ミスター・アラートンもかな」

彼はことさらさりげなさを装っていたが、さきほどポアロとあんな話をしただけに私は急に不安になった。

ジュディス――それにアラートン。ジュディス、私の賢く冷静なジュディスがあんな男に騙されるなどあるわけがないが。あんな男の本性など容易に見抜くだろうが。

私は着替えながら何度も自分に言い聞かせた。それでも、ぼんやりとした不安は消えなかった。寝つくことができず、何度も寝返りを打った。

夜中の心配事というのはえてしてそうだが、何もかもが誇張されて見えるものだ。絶望と喪失感が改めてどっと押し寄せてきた。愛する妻が生きてさえいてくれたなら。長年、私は妻の判断力を頼みにしてきた。子供たちのことでは妻は常に賢明で、よき理解者だった。

妻なき今、私はみじめなまでの無力感を覚えた。子供たちの身の安全と幸福を守る責任は私にある。その責任を果たすことが私にできるだろうか？　悲しいかな、私は才気煥発というタイプではない。へまもやらかせば、失敗もする。幸せになる可能性をジュディスが自ら台無しにしてしまったら、娘が辛い目にあうことにでもなったら――

私はたまらなくなって明かりをつけ、起き上がった。

こんなふうにただ思い煩っていてもしかたがない。いくらかでも眠らなければ。そう思ってベッドを出ると、洗面台のまえに立ち、アスピリンのはいった壜を眺めて思案した。

いや、アスピリンより強いものが必要だ。ポアロなら何か睡眠薬を持っているだろう。そう思い、私は廊下を横切り、彼の部屋のまえに立った。が、ドアの外でしばらく躊躇した。ご老体を起こすのはなんだか悪い気がした。

そんなふうにためらっていると、足音がして私は振り返った。アラートンが廊下を私のほうに向かってやってきていた。廊下は薄暗く、近くに来るまで顔がはっきりと見えず、一瞬誰だろうと思ったのだが、顔がわかるなり、全身がこわばった。なにやらひとりほくそ笑んでいたのだ。その笑みに私は激しい嫌悪を覚えた。

アラートンは顔を起こすと、両眉を吊り上げて言った。「やあ、ヘイスティングズ、まだ起きてたんですか？」

「眠れなくてね」と私はにべもなく言った。

「そんなことですか。だったらすぐ解決してあげましょう。ついて来てください」

私は彼に従い、隣室のアラートンの部屋にはいった。そこで妙な誘惑に駆られ、この男をできるだけ観察してやろうと思って言った。

「あなたはずいぶん遅くまで起きてるんですね」

「ぼくは早寝などついぞしたことがなくてね。外で愉しいことがあるときにはね。こんなすばらしい夜を無駄にするわけにはいかない」

そう言って、笑い声をあげた。その笑い声にも私は嫌悪を覚えた。

アラートンについてバスルームにはいった。アラートンは小さな戸棚を開けると、錠剤のはいった壜を取り出した。

「これです。これこそ本物の薬です。これで丸太のようにぐっすり眠れるはずです――それにいい夢も見られる。ほんとうによく効く薬ですよ、このスランバリルは――それがこいつの商品名でね」

その熱心な口ぶりに私はいささかたじろいだ。彼は薬物中毒者でもあるのだろうか？　私は訝しんで言った。「でも、それは――危険な薬ではないでしょうね？」

「過剰に摂取すれば危険です。バルビツール酸塩ですからね――服用量をちょっとでも超えると、中毒になってしまう」彼は口角を吊り上げて笑みを浮かべた。見ていてなんとも不快な笑みだった。

「医師の処方箋なしに手に入れられないものと思っていました」と私は言った。

「ええ、手に入れられません。まあ、とにかくあなたにはね。ただ、ぼくにはそっち方面にちょっとばかり伝手がありましてね」

思えば愚かしいことだが、私にはどうしても衝動が抑えられなくなることがある。

「あなたはレナード・エザリントンと知り合いだったんですよね？」

手応えがあったのはすぐにわかった。アラートンの眼が険しく、用心深くなった。口を開くと、その口調も変わっていた。取りつくろった明るい声で彼は言った。「ええ、もちろん――エザリントンとは知り合いでした。まったく気の毒に」私が何も言わずにいると彼は自分からさきを続けた。「エザリントンは薬を常用していた――そう、もちろん――で、やりすぎてしまった。こういうものはやめどきを心得ていないと。でも、彼は心得ていなかった。ひどい話ですよ。でも、あの奥さんにはつきがありましたね。陪審の同情票がなかったら、まずまちがいなく絞首刑になっていたでしょう」

彼は私に睡眠薬を数錠手渡してから、さりげなく言った。「エザリントンとは知り合いだったんですか？」

私は正直に答えた。「いいえ」

そのあとどう続けたものか、彼はいっときことばに窮したようだったが、最後には軽く笑ってその話題を切り上げた。

「おかしなやつでしたよ。善良な人間だったとはとても言えないが、一緒にいて面白いこともありました」

私は睡眠薬の礼を言い、自分の部屋に戻った。

そして、またベッドに横たわり、明かりを消した。馬鹿なことをしてしまったのだろうか、という思いが頭をもたげた。

というのも、アラートンがほぼまちがいなくXだと確信できたからだ。にもかかわらず、彼を疑っていることを本人に知らせてしまったのだから。

第七章

I

スタイルズ荘での日々を語るとき、私の話はどうしてもいささかとりとめのないものになってしまう。記憶の中のスタイルズ荘が一連の会話として残っており、意味深長なことばや言いまわしが私の意識に深く刻み込まれているからだ。

しかし、それよりなにより、着いて早々わかったのは、エルキュール・ポアロが無力な病人になってしまっていたということだ。彼のことばどおり、その頭脳の明晰さは今もまだ失われていないとは信じていたが、それを包む殻はげっそりと痩せこけており、それを見るなり、私は今回の自分の役割がこれまでよりはるかに行動的なものになることを悟った。いわば、ポアロの眼となり耳とならなければならないことを。

晴れた日には、あらかじめ車椅子を階下に降ろしておいて、カーティスがよくポアロを抱えて階段を慎重に降り、車椅子に坐らせていた。そうして庭に出て、風のない場所まで車椅子を押していく。あまり天気のよくない日には、ポアロは客間のほうに押してもらっていた。

どこにいようと、誰かがやってきて彼の話し相手になっていたが、これはつまるところ、ポアロのほうからはおしゃべり（テタ・テート）の相手を選べないということだ。もはや彼には話したい人と話すというわけにはいかなくなっていた。

スタイルズ荘に着いた翌日、私はフランクリンに案内され、庭の一画にあるアトリエに行った。そこは研究室に造り変えられており、科学的な目的に適う設備が施してあった。

ここでひとつはっきりさせておくと、私は理科系の人間ではまるでない。だから、フランクリンの研究を説明するに際しては、おそらく用語をまちがえたりして、かかる方面の学問を修めた人々から失笑を買うかもしれない。

そんな門外漢の私が理解したかぎり、フランクリンはカラバルマメ――フィソスチグマ・ヴェネノスム――から採取できるさまざまなアルカロイドの実験をおこなっており、ある日、フランクリンとポアロがこのことについて話し合っているのを聞いてからは、私にもいくらかは詳しく理解できるようになった。ジュディスも教えてくれようとしたが、生真面目な若者のご多分に洩れず、専門用語の羅列で、その説明にはほとんどついていけなかった。娘はいかにも学者然として、フィゾスチグミン・アルカロイド、エゼリン、フィゾヴェイン、ゲネセリンなどに言及したかと思うと、次いでプロスチグミン、三基のハイドロキシフェニル・トリメチル・ラモナムのデメチルカーボニック・エステルなどなど、まるで理解不能な物質へと移り、さらに多くの用語を挙げた。が、その大半が同じものを指しているようで、ただ呼び方がちがうだけのようなのだ！　つまるところ、私にはまったくもってちんぷんかんぷんで、挙句、そういったことが人類にどんな利益をもたらしそうなのか、などと質問してしまい、ジュディスの軽蔑を買う破目になった。こういう質問ほど真の科学の徒を苛立たせるものもない。ジュディスは間髪を入れず、侮蔑しきった眼を私に向けてから、また長々と小むずかしい説明を始めた。その説明を聞くかぎり、つまるところ、よく知られていない死病に対して驚くべき免疫性を示す、これまたよく知られていない部族が西アフリカにいるということのようだった。その死病はジョーダン病という病気で、なんでもジョーダン博士という熱心な医者が発見したらしい。きわめて稀な熱帯病ながら、白人が罹病し、死に至った事例が一、二例あるという。

私は火に油を注ぐ危険を冒して言ってみた――はしかの後遺症の治療薬を見つけたほ

うがもっと賢明ではないか、と。

ジュディスは私を蔑み、憐れむように、人として達成するに値する唯一の目標は、人類に恩恵を施すことではなく、人類が有する知識を広げることだと言明した。

私は顕微鏡でいくつかスライドをのぞき、西アフリカの部族の写真を何枚か眺め（それは実に面白かった！）檻に入れられた眠たそうなラットと眼を合わせると、そそくさと研究室から退散した。

さきに述べたとおり、彼らの研究にいくらかでも興味を持てたのは、フランクリンとポアロのやりとりを耳にしてからのことだ。

フランクリンは言った。「ねえ、ポアロ、実際のところ、これは私よりあなたの専門なんですよ。なにしろ審判の豆ですからね――無実か有罪か、これでわかるということになってるんです。西アフリカのこの部族は完全に信じてるんですよ――いや、信じていたと言うべきか――最近はすっかり文明化されてしまいましたからね。彼らは有罪なら死に、無実なら何も害はないと信じきって、粛々とこの豆を嚙むんです」

「それで――やれやれ――みんな死ぬんですね？」

「いいえ、みながみな死ぬわけではありません。それがこれまで見過ごされてきた点なんです。このことには裏があるんですよ――思うに、祈禱師のトリックというやつです。

この豆にはふたつの別個の種（しゅ）があるんです。ただ、見かけがそっくりなので、そのちがいはほとんどわからない。でも、ちがいは厳然とあるんです。どちらもフィゾスチグミンやらゲネセリンやら何やらすべて含有していますが、二種目のほうは別のアルカロイドを単離させることができるんです。そう、少なくとも、私はできると思っています。で、このアルカロイドの作用により、ほかのアルカロイドの毒が中和されるんです。それどころか、部族の中心にいる者たちはこの二番目の種類の豆を秘密の儀式で定期的に食べてるんです。これを食べていれば、ジョーダン病には決してかかりません。でもって、この第三の物質が筋肉組織にすばらしい効果をもたらすんです――有害な副作用など何もなく。ここが実に面白い。ただ、残念ながら、純粋なこのアルカロイドはとても不安定でしてね。もちろん、成果は出てきていますが。でも、必要なのは現地でのさらなる研究です。これはなんとしてもやらなければならない仕事なんです！　そうですとも……ああ、いまいましい。私は魂を売ってでも――」彼はそこで突然ことばを切り、苦笑して言った。「すみません。仕事の話ばかりしてしまって。こういうことになると、つい熱がはいりすぎてしまうんです！」

「あなたが言われたように」とポアロはおだやかに言った。「有罪と無実をそんなに簡単に見きわめることができたら、私の仕事はずっと楽になるでしょうね。ああ、カラバルマメにあると言われる効用を持った物質がほんとうにあるといいのですが」

フランクリンは言った。「いや、あったとしても、それで問題が片づくものでもないでしょう。つまるところ、何が罪で、何が罪ではないのか?」

「それには疑問の余地がないと思うけれど」と横から私が言った。

フランクリンは私のほうを向いて言った。「だったら悪とはなんなんです? 善とはなんなんです? 善悪の概念は時代によって異なるものです。だから、結局のところ、われわれに調べることができるのは、罪の意識、あるいは無実の意識なんですよ。そんな審判にはなんの意味もない」

「どうしてそんなことをおっしゃるのか私には皆目わからない」

「いいですか、独裁者であれ高利貸しであれポン引きであれ、誰でもいい。そういった義憤を駆り立てられる輩を殺す神聖なる権利が自分にはある。ひとりの男がそう思ったとしましょう。その結果、その男はあなたには犯罪としか思えない行為をおこなう。しかし、本人は罪のない行為だと思っている。この場合、審判の豆にいったい何ができます?」

「言うまでもなく」と私は言った。「殺人には必ず罪の意識がともなうものでしょうが」

「私には殺したいと思う相手が大勢いるけど」とフランクリンは呑気に言った。「そんな相手を殺しても、そのために良心が咎めて一晩悶々とするなんてことはないと思いますね。これはあくまで私の考えだけれど、実のところ、私は人類の約八十パーセントは排除されるべきだと思ってるんです。そのほうがずっと暮らしやすくなるだろうってね」

彼はそう言って立ち上がると、ひとり陽気に口笛を吹きながら歩き去った。

私は不可解な思いのままそんな彼を見送り、ポアロの低いくすくす笑いにふと我に返った。

「まるでヘビの巣でも想像してしまった人みたいな顔をしていますね。フランクリン博士が有言実行ではないことを祈りましょう」

「ええ」と私は言った。「でも、もしそうだったら？」

Ⅱ

ジュディスはアラートンのことをどう思っているのか。あれこれ思案した結果、私はやはり本人に訊くべきだという結論に達した。彼女の反応を確かめなくてはと思ったのだ。あの子には分別があり、自分のことは充分自分でできる。それはわかっていた。アラートンのような男の安っぽい魅力に騙されるとは思っていなかった。実際のところ、この件についてジュディスに直接問い質したのは、娘に対する自分の判断がまちがっていないことを確かめたかったからだろう。

が、残念ながら、そうした私の思いは満たされなかった……たぶん私の訊き方がまずかったのだろう。年長者の助言ほど若者が嫌うものもない。私としてはことばを選び、さりげなく何気なく聞こえるよう努めたつもりだったが、そうは聞こえなかったのだろう。

ジュディスはたちどころに喧嘩腰になった。

「なんなの、これって？　悪い虫がつかないようにという親の警告？」

「いや、ジュディス、もちろんちがうよ」

「アラートン少佐はお気に召さないのね？」

「はっきり言ってそうだ。いや、おまえだってそうなんじゃないのか」

「どうして？」

「いや――その――おまえの好きなタイプではないだろう？」

「だったら、お父さまはどんな人がわたしの好きなタイプだと思うの？」

ジュディスにはいつもまごつかされる。つまるところ、私はひどくしくじってしまったということだ。娘は突っ立って私をじっと見た。両の口角を吊り上げ、うっすらと嘲笑を浮かべて。

「それはお父さまには気に入らないでしょうよ」とジュディスは言った。「でも、わたしは気に入ったわ。とても面白い人だと思う」

「まあ、面白いと言えば――そうかもしれない」私は努めて軽く受け流そうと思った。

ジュディスは聞こえよがしに言った。「彼はとても魅力的な人よ。女性なら誰だってそう思うでしょう。男性にはわからないでしょうけれど。もちろん」

「確かにわからないね」私はいささかぎこちない口調で続けた。「しかし、ゆうべはずいぶん遅くまで彼と一緒に外に出ていたようだが――」

最後まで言わせてもらえなかった。嵐を惹き起こしてしまった。

「まったく。お父さまったら。馬鹿なことを言わないで。わたしぐらいの歳になったら、誰だって自分のことは自分でできるわ。わからないの？　わたしのすることにしろ、わたしがつきあう相手にしろ、そういうことを選ぶ権利なんてお父さまにはひとつもないの。父親や母親の何が腹立たしいって、子供の人生にそんなふうに愚かしく干渉しようとするところよ。お父さまのことは大好きよ――でも、わたしはもう大人の女なんだから、わたしの人生はわたしのものよ。よけいなお節介はやめて」

なんとも心ないことばに深く傷つき、ことばを返すことさえできないでいると、ジュディスはさっさと立ち去ってしまった。

あとにひとり残され、私はかえってよけいなことをしてしまったとつくづく後悔した。そうして物思いに沈んでいると、フランクリン夫人の看護婦のいたずらっぽい声がした。「何をぼんやりなさってるの、ヘイスティングズ大尉！」私ははっとして現実に引き戻された。

そして、考え事に邪魔がはいったのをむしろ歓迎して振り返った。

クレイヴン看護婦は実に器量のいい若い女性だった。茶目っ気と元気がいささかありすぎるきらいがあるものの、陽気で頭もよかった。

即席の研究室からそう離れていない日だまりまで、フランクリン夫人を連れていったところのようだった。

「フランクリン夫人はご主人の仕事に興味を持ってるんですか？」

クレイヴン看護婦は馬鹿にしたように首を振った。「あら、あの方にとってはちょっと専門的すぎますわ。その、つまり、奥さまはあまり頭のよい女性とは言えませんから、ヘイスティングズ大尉」

「まあ、そうかな」

「もっとも、フランクリン博士の研究は、そもそも医学の心得がある人でなければ理解できないでしょうけど。博士はほんとうに頭のいい方です。頭脳明晰というのはああいう方のことね。でも、気の毒に。ほんとうにお気の毒に思います」

「気の毒に思う？」

「ええ。こういうことってよく起こるんですよね。わたし自身何度も見てきました。つまり、誤ったタイプの女性と結婚してしまうってことですけど」

「夫人は博士には誤ったタイプの女性だと、あなたはそう思うんですね？」

「ええ。そうは思いませんか？　ふたりのあいだには共通点なんて何ひとつないんですから」

「博士は夫人をずいぶん大切に思われているようだけれど」と私は言った。「夫人の望みとかいつも聞いておられるように見えるけれど」

　クレイヴン看護婦はいささか不快な笑い声をあげた。「それは夫人がそうさせているからですよ！」

「夫人は自分の――体の弱さを武器にしているとでも？」私は納得のいかない思いで訊

き返した。

クレイヴン看護婦はさらに笑って言った。「自分の思いどおりにするやり方にかけては、誰にもこれ以上あの方に教えられないでしょうね。もうなんでもあの方の望むがままです。女の中にはああいう人がいるんですよ——サルの大群ほどにも知恵のある女が。自分の思いどおりにいかないときには、ただ身を横たえて、眼を閉じて、哀れな病人を演じるか、ヒステリーを起こしてみせる。フランクリン夫人の場合は哀れな病人のほうですね。一晩じゅう寝ないで、翌朝、顔面蒼白で憔悴しきっているところを見せたりするんですから」

「でも、彼女が病気がちなのはほんとうなんでしょう?」と私はかなり面食らって訊き返した。

クレイヴン看護婦は私に妙な眼つきを向け、そっけなく言った。「ええ、それはね。もちろん」そのあと唐突に話題を変えた。

ずいぶん昔、第一次大戦の頃にここに来たというのはほんとうのことか、などと訊いてきた。

「ええ、そのとおりです」

そこで彼女は声をひそめた。「ここで殺人事件があったんですよね? メイドから聞いたんです。殺されたのは年配のご婦人だったんですって？」

「そうです」

「そのときあなたはここにいらしたんですね？」

「ええ」

彼女はわずかに身を震わせて言った。「それですべて説明がつきますね。でしょ？」

「説明がつく？」

彼女はちらりと私を横目で見た。「ここの――ここのこの雰囲気です。感じません？　わたしは感じます。何か変です。そんなふうに言えば、わかってもらえます？」

私はしばらく黙して考えた。彼女が今言ったことは事実だろうか？　ある場所で変死事件――邪悪な計画的殺人――が起きたという事実は、何年経ってもわかるような強い痕跡をその場所に残すものなのだろうか？　霊能者はそう言うが、実際、スタイルズ荘には何年もまえに起こった出来事の痕跡がその後も残っているのだろうか？　この建物の中で、庭園内で、殺意が生まれ、その場にいつき、大きくなり、ついには殺人という結果を招いてしまった。その事実がいまだに空気をよどませているのだろうか？

そんなことを思っていると、クレイヴン看護婦がまた唐突に話しはじめた。「わたしも殺人事件が起きた家にいたことがあるんです。今でも忘れられません。忘れるなんて無理です、でしょう？　わたしの患者さんが殺されたんです。それで、わたしは証言したりしなくちゃならなかったんです。すごく変な気持ちになりました。女にとってはほんとうに嫌な体験ですよ」

「でしょうね。私にも覚えが――」

屋敷の角からボイド・キャリントンが現われ、さっそうと歩いてきたので私はそこでことばを切った。

いつものことながら、彼の豪快で快活なところが、陰りや漠とした不安をいっぺんに吹き飛ばしてくれたような気がした。彼はいかにも泰然自若、理性そのもの、見るからにアウトドア派といった感じで、闊達さと良識があたりを払う、逞しくも愛すべき性格の持ち主だ。

「おはよう、ヘイスティングズ。おはよう、看護婦さん。フランクリン夫人はどこかな？」

「おはようございます、サー・ウィリアム。フランクリン夫人は庭の奥――研究室の近くのブナの木陰におられます」

「フランクリンのほうは研究室。でしょう？」

「ええ、サー・ウィリアム――ミス・ヘイスティングズと一緒に」

「彼女も気の毒に。こんな天気のいい日に部屋に閉じ込められて、化学の実験をさせられるとは！　あなたも文句を言うべきですよ、ヘイスティングズ」

クレイヴン看護婦が口早に言った。「あら、ミス・ヘイスティングズはとても幸せなんですよ。だってそういうことがお好きなんですから。それに博士は彼女なしにはどうにもならないんです。それはもうまちがいないです」

「哀れな人ですね、彼も」とボイド・キャリントンは言った。「あなたの娘さんのような可愛い女性が助手だったら、私なら彼女を眺めてますよ、その、モルモットでしたっけ、そんなものより」

ジュディスがことさら毛嫌いする類いの冗談だったが、クレイヴン看護婦にはうけたようで、大笑いしながら大きな声をあげた。

「まあ、ウィリアム卿ったら。そんなことは絶対に言ってはいけません。あなたならどうなさるかなんてみんな知っていますから。でも、ほんとにお気の毒に。フランクリン博士ってとことん生真面目な方なんです——仕事のことしか頭にないんです」

ボイド・キャリントンは陽気に言った。「それでも、その妻は夫を監視できる場所に陣取ったということですね。きっと嫉妬しているんでしょう」

「なんでもお見通しなんですね、サー・ウィリアム！」

クレイヴン看護婦はこうした軽口のやりとりが愉しいようで、しぶしぶ言った。「さて。フランクリン夫人の麦芽ミルクをつくりにいかなくては」

そう言って、ゆっくりと歩き去った。彼女のうしろ姿を見送りながら、ボイド・キャリントンが言った。

「彼女はなかなかの別嬪さんだ。髪と歯がいい。いかにも女らしいタイプですな。なのに、いつも病人の相手をしなければならないとはなんと退屈な毎日であることか。ああいう女性はもっとまっとうな人生を送っていいのに」

「まあ、彼女もいつかは結婚するでしょうよ」

「でしょうね」

彼はそう言ってため息をついた。亡くした妻のことを思っているのだろうと私は忖度《そんたく》した。すると彼が言った。「一緒に〈ナットン〉の屋敷を見にいきませんか？」

「ええ、是非。そのまえにポアロが私に用を言いつけたがっていないかどうか確かめてきます」

ポアロは防寒具にくるまってヴェランダにいて、快く〈ナットン〉行きを勧めてくれた。

「もちろんです、ヘイスティングズ、是非行ってらっしゃい。とても立派なところだという話です。行ってみるべきです」

「私も行きたいんですが、でも、あなたを残していくのが気になって」

「いやいや、わが忠実なる友よ、ウィリアム卿と一緒に行きなさい。確かに魅力的な男です、彼は」

「最高の男です」と私は力を込めて言った。

ポアロは苦笑した。「ええ。きっときみ好みのタイプだと思いました」

Ⅲ

私はこの小旅行を大いに愉しんだ。

天候に恵まれただけでなく――実際、気持ちのいい夏晴れの日だった――ボイド・キャリントンと一緒にいること自体が愉しかった。

ボイド・キャリントンにはそんな人間としての魅力があった。さまざまな場所で豊かな人生経験を積んできているので、一緒にいてこれほど愉しい人物もいない。インドでの行政官時代のことや、東アフリカの部族の興味深い民話を詳しく語り聞かせてくれ、そのどれもがすこぶる面白く、私はジュディスについての懸念も、ポアロに明かされた事実がもたらした強い不安もいっとき忘れることができた。

　また、ポアロのことを話すボイド・キャリントンの話しぶりにも大いに好感を持った。彼はポアロに対して、その業績についても、その人間性についても、深い尊敬の念を抱いていた。今のポアロの健康状態がよくないのはいかにも悲しいことながら、ボイド・キャリントンは安易な同情のことばなどひとことも口にしなかった。ポアロが過ごしてきたような人生はそれ自体すでに充分報われており、過去を振り返れば確かな充実感と誇りが得られるものと考えているようだった。

「それに」と彼は言った。「賭けてもいいな。彼の頭脳は今でも昔どおり鋭いままですよ」

「そう、そのとおりです」と私は勢い込んで同意した。

「足腰が立たなくなったら、頭まで駄目になるなどという誤解ほどはなはだしいものもない。そう、それは勘ちがいもいいところだ。歳を取っても、加齢は人が思うほど脳の働きに影響を及ぼしたりしません。いやいや、私ならミスター・ポアロの眼のまえで殺人事件を起こそうなんて絶対に思わない――彼が今はあんなふうになっていてもね」

「そんなことしたらポアロに捕まるだけです」と私はにやりとして言った。

「でしょうね。いや」と彼はむしろ残念そうに言った。「どうせ私には殺人などうまくできっこないだろうけど。計画を立てるということができないんですよ。まどろっこしくて。私が殺人を犯すとしたら、その場の勢いででしょうね」

「そういうのが一番犯人を見つけにくい犯罪かもしれない」

「そうかな。どこもかしこも私が残した手がかりだらけになるんじゃないですか。でも、まあ、犯罪者の頭脳が自分にはなくて幸運なんでしょう。私の場合、自分が殺す相手として想像できるのは恐喝犯ぐらいのものです。まったくのところ、恐喝というのは卑劣な行為です。まえから思ってるんですが、恐喝犯など撃ち殺されて当然の輩です。あなたはどう思います？」

彼の考えにはある程度共感することを私は正直に明かした。

そこで私たちは若い建築家に出迎えられ、これまでに完了した邸宅の改修工事の吟味が始まった。

〈ナットン〉は主にチューダー朝時代に建てられたもので、その後、翼(よく)が増築されていた。一八四〇年代に旧式のバスルームがふたつ設えられたものの、それ以来、近代化も改装もされていなかった。

ボイド・キャリントンの説明によれば、彼の伯父は隠者も同然の人間嫌いで、この広大な屋敷の一隅にひっそりと暮らしていたという。それでも、ボイド・キャリントンと彼の弟は大目に見られていたようで、エヴァラード卿の人嫌いがいっそうひどくなるまでは、よく休暇をここで過ごしていたのだそうだ。

ご老体は一度も結婚せず、支出は莫大な収入の十分の一にすぎなかったので、相続税を払っても現準男爵は相当に裕福な身分だった。

「でも、なんとも孤独な身だけれど」と彼はため息まじりに言った。

私は何も言わなかった。彼の気持ちはわかりすぎるほどわかり、かえってそれをことばにすることができなかった。なぜなら、私もまた孤独な男だからだ。妻のシンデレラが死んで以来、私は身の半分を失ったように感じていた。

ややあって、ことばにつまりながらも、私は自分の胸のうちを少しばかり明かした。

「ああ、そうですか、ヘイスティングズ。でも、あなたは私には決して手にはいらなかったものを持っている」

彼は一瞬口をつぐんでから——むしろぶっきらぼうに——自らの身に起きた悲劇の顚末をかいつまんで話した。

彼の美しい若妻は魅力にあふれ、教養も豊かな女性だった。が、代々受け継いだものに問題があった。彼女の一族はほぼ全員深酒が原因で命を落としており、彼女自身もこの呪いの犠牲になったのだった。結婚して一年も経たないうちに酒の魅力に取り憑かれ、アルコール中毒で亡くなったのだ。が、ボイド・キャリントンは妻を責めなかった。遺伝に抗うことが彼女にはできなかった。そう理解していた。

そして、妻の死後は終生孤独な人生を貫こうと覚悟し、再婚はしないと心に決めたのだった。それほど辛い経験だったのだろう。

「ひとりでいるほうが無難に思えて」と彼は淡々と言った。

「ええ、そういう気持ちはよくわかります——少なくとも初めのうちはそんなふうに思うものです」

「まったくもって悲劇ですよ。で、歳よりすっかり老け込んで、気持ちもひねくれてしまった」そこで彼はしばらく口をつぐんでから続けた。「確かに——一度は大いに心が動いたこともあったんだけれど。でも、彼女は若すぎた——若い女性を人生に幻滅した男に縛りつけるなんてフェアじゃない。そんなふうに思ったんです。私は彼女には年寄りすぎる——彼女のほうはまだほんの子供でした——とにかく可愛くて、どこまでも純真無垢で——」

彼はそこでいきなりことばを切ると、あとは何も言わずただ首を振った。

「でも、それは相手が決めることなんじゃないですか？」

「さあ、どうなんでしょうね、ヘイスティングズ。私はそうじゃないと思った。彼女も――彼女のほうも私に好意を持っているようだったけれど、でも、言ったとおり、いかんせん私には若すぎました。あの休暇の最後の日の彼女の姿。私は終生忘れないでしょう。一方に首を傾げて――あの少し困惑したような表情を浮かべて――小さな手を――」

彼は口をつぐんだ。彼の話から浮かび上がった情景がほのかになじみのあるもののように思えた。なぜかはわからなかったが。

追憶にかすれたボイド・キャリントンの声が、考え事をしかけた私の耳に飛び込んできた。

「ぼくは馬鹿だった」と彼は言った。「せっかくのチャンスをみすみす逃すような男は馬鹿以外の何者でもない。で、今ここにこうしているわけです。自分には広すぎる邸宅で、夕食のテーブルの上座に着いてくれる優雅な人もなく、ひとり暮らしをしているというわけだ」

彼のいささか古めかしい考え方には心惹かれるものがあった。古い時代の魅力や安らぎが呼び起こされた。

「その女性は今どうしてるんです？」

「ああ――結婚しました」と彼は軽く受け流すように言って話題を変えた。「要するに、ヘイスティングズ、私ももうすっかり独身暮らしが身についたということです。ちょっとした愉しみもできたし。庭を見てください。ろくに手入れもしていないのだけれど、これはこれでなかなかどうして悪くない」

私たちは地所を見てまわった。私はそのすべてに少なからず印象づけられた。〈ナットン〉はまちがいなく立派な地所だった。ボイド・キャリントンが誇りに思うのも無理はないと思った。彼は近隣のことをよく知っており、近所の住民のほとんどと知り合いだった。もちろん、彼がこの地に身を落ち着けたあとから新たにやってきた人々もいたが。

ラトレル大佐とは古くからの知り合いのようで、スタイルルズ荘の経営がうまくいくことを心から祈っていると言った。

「あの気の毒なラトレル翁。今はなんだか金に困っているようだけれど。いい人物なのにねえ。すぐれた軍人でもあった。射撃の腕もよくてね。一度アフリカのサファリに一緒に行ったことがあるんです。よかったなあ、あの頃は！　もちろん、彼のほうはもう結婚していたけれど、細君はついてこなかった。ありがたいことにね。美人だったけれども、昔から手強い女性でね。おかしな話ですよ。男が女のために耐え忍ぶなどというのは。昔、ラトレルは部下を震え上がらせたものなのに。それはもう厳格な軍人でしたよ！　それがどうです、女房にまくし立てられ、尻を叩かれても、ひとことも言い返せないとは！　まちがいなく、彼女は毒舌家ですよ。それでも、実務能力はある。あの下宿を切り盛りできる人がいるとしたら、それはあの人を措いてほかにはいないでしょう。ラトレル大佐のほうは昔からあまり商才のない人でね――でも、あの細君なら自分の祖母の身ぐるみだって剝ぎかねない！」

「それに加えて、おしゃべりがわざとらしい」と私も不満を言った。

ボイド・キャリントンは嬉しそうな顔をした。「そうそう。あのべたべたしたことば。あの夫婦とブリッジはもうやりましたか？」

私はある種の感慨を込めて、あると答えた。

「私は基本的に女性のブリッジ・プレーヤーは避けるようにしています」とボイド・キャリントンは言った。「悪いことは言いません。あなたもそうなさるといい」

最初の夜、ノートンとふたりでどれほど決まりの悪い思いをさせられたか、私は彼に明かした。

「まったくね。眼のやり場にさえ困ることになるんだから！」そう言って、彼はつけ加えた。「ノートンはいい人物ですね。ひどく物静かだけれど。年がら年じゅう鳥だかなんだか鑑賞してるんです。でも、撃つのは好きじゃないそうだ。変わってますよねぇ！　スポーツはまるっきり好きじゃないんだそうです。それではずいぶん損をしていることになるって言ったんですが。寒い森の中をうろついて、双眼鏡で鳥をのぞくことのどこがそんなに面白いのか。その気が知れない」

ノートンのその趣味がのちに起こる出来事において、どれほど重要な役割を果たすことになるか。そのときの私たちには知るよしもなかった。

第八章

I

何日かが過ぎた。何かが起こるのをただ待つしかないような不安をともなう、もどかしい日々だった。

その間、現実には何も起こらなかった、と言ってもいいだろう。とはいえ、こまごまとした出来事はないでもなかった。ちょっとしたやりとりの断片や、スタイルズ荘に集まった人々に関する付随的な情報や、示唆に富む個々の台詞はのべつ堆積していた。それらをちゃんとつなぎ合わせることができていれば、さまざまなことが私にももっと明らかになっていたのだが。

そんな私が嘆かわしいほど看過してしまっていたことに、強いことばで気づかせてくれたのがポアロだった。

そのときもまた私はポアロに不平をぶつけていた。それまで幾度となく言ってきたように、ポアロが断固として秘密を明かさないことに対して。フェアじゃない、と私は彼に言った。それまで私たちは常に同等に情報を分かち合ってきたのに。その情報から正しい結論を導き出すことにかけてはこれまでずっと私は暗愚で、明敏なのは彼だったとはいえ。

ポアロは腹立たしげに手を振って言った。「まったくそのとおりです、モナミ。フェアじゃない！　スポーツマンシップに則っていない！　正々堂々とプレーしていない！　でも、そんなことは全部受け容れて、さきに進んでください。これはゲームじゃないんですから——競技(ル・スポール)じゃないんですから。きみはXの正体をああでもないこうでもないと考えてばかりいます。そんなことのためにきみをここに呼んだのではありません。そんなことをしてもらう必要はありません。その質問の答は私にはもうわかっているのですから。しかし、私にもまだ答がわからず、なんとしてもその答を見つけ出さなければならない問題があります——〝誰が死ぬことになるのか……それもすぐ〟。これは、きみ(モン・ヴィユー)、きみのあてっこ遊びの問題ではありません。人ひとりの命を守るためになんとしても解かねばならない問題です」

私は虚を突かれた思いだった。それでも、「ええ、もちろん」とおもむろに言った。

「私は――いや、あなたがそんなことをまえに言ったのは覚えてるんですが、ちゃんとわかってはいなかったようです」

「それなら今わかってください――今すぐ」

「ええ、ええ、そうします――いや、わかりました」

「結構(ビアン)！　よろしい！　では、教えてください、ヘイスティングズ。誰が死ぬことになるんです？」

私はぽかんとしてポアロを見つめた。「まったく見当もつかない！」

「でも、何か考えくらいあるでしょうが！　いったいなんのためにここに来たのです？」

「確かに」と答え、この問題についてまえに考えたことを思い出した――「〝被害者とXのあいだには接点があるはずですから、Xが誰か教えてくれれば――〟」

ポアロは見ていて痛々しく思えるほど激しく首を振って言った。

「私はそれがXの手口の真骨頂なのだと言いませんでしたか？　Xと殺人を結びつけるものは何ひとつつないのです。それはまちがいありません」

「つながりは隠されている、ということですか？」

「あまりにも巧妙に隠されているので、きみにも私にも見つけられないでしょう」

「でも、Xの過去を調べればきっと――」

「言ったでしょうが。無理です。とにかくそれでは間に合わないのです。殺人はいつ起こるともわからないのですから。わかりますか？」

「ここにいる誰かの身に？」

「ここにいる誰かの身に」

「あなたには誰がどんなふうに殺されるのか、ほんとうにわからないんですね？」

「ああ！　わかっていたら、きみに見つけ出してくれと頼みはしませんよ」

「でも、あなたはXがここにいるという仮定に立っているだけのことじゃないんですか？」

私の声がいささか懐疑的に聞こえたのだろう。手足の自由を奪われ、自制心も弱くなったポアロは私を手ひどく怒鳴りつけた。

「ああ、まったく！　何度繰り返し説明しなければならないのです？　ヨーロッパのどこかに突然何人もの従軍記者が集まりだしたら、それはどういうことですか？　戦争です！　世界じゅうからある市に医者がやってきたら、それはどういうことですか？　医学会議が開催されるということです。ハゲワシが上空を飛んでいたら、その下には死骸があるということです。勢子が荒野を行くのが見えたら、これから猟がおこなわれるということです。突然男が立ち止まり、外套を脱ぎ、海に飛び込んだら、それは溺れかけている人を助けようとしているということです。

身なりのいい中年の女性が垣根の向こうをのぞいていたら、それはなんらかのよろしからぬことがおこなわれているのだと思ってよろしい！　おしまいにもうひとつ、美味しそうな香りがしてきて、数人が廊下を同じ方向に歩いていくのを見かけたら、食事の時間なのだと思ってよろしい！」

私はこれらのたとえ話についてしばらく考えてから、最初のたとえについて意見を述べた。「それでも、です。従軍記者がただひとり現われたからといって、戦争にはならない！」

「もちろん。ツバメが一羽飛んできたからといって、夏にはならない。しかし、ヘイスティングズ、ただひとり殺人者がいるだけで、殺人は起こるのです」

それは、もちろん、否定のしようがない。しかし、ポアロはまるで考えていないようだったが、私はふと気づいた。殺人者も休暇を取るはずだ、と。Xはなんの殺意もなく、ただ休暇を愉しみにスタイルズ荘にやってきたのかもしれない。しかし、ポアロはすっかり興奮してしまっているので、この意見を述べるのは差しひかえ、この件についてはまったく望みがないように思えるとだけ言った。私たちとしては相手の出方を待つしか

――

「ない」とポアロは私のことばを引き取って言った。「まえの大戦でのアスキス首相のように。モン・シェール、それこそわれわれが絶対に取ってはならない態度です。いいですか、われわれはうまくやれるなどと私は一度も言っていません。まえにも言ったとおり、いったん殺人者に殺意を固められてしまったら、その計画の裏をかくのは容易なことではありません。それでも、少なくとも裏をかこうと試みることだけはできる。ヘイスティングズ、これを新聞に載っているブリッジの詰め手の問題だと思ってください。手持ちのカードはすべて知らされています。今やるべきは〝勝負の結果を予想する〟ことなのです」

私は首を振って言った。「無理ですよ、ポアロ。まったくお手上げだ。Xが誰かさえわかれば――」

ポアロはまた私を怒鳴りつけた。その声があまりに激しかったので、カーティスが隣の部屋から飛び出してきた。心底驚いたような顔をしていた。ポアロは手を振って彼をさがらせると、カーティスが従うのを待って、さきほどより落ち着いた声音で言った。

「いいですか、ヘイスティングズ、きみはそれほど馬鹿じゃない。よくそういうふりをしたがりますが。読むようにと私が渡した事件についてはもうよくわかっているはずです。Xが誰かまではわからなくても、Xの犯行の手口はもうわかっているはずです」

「ええ、確かに」と私は言った。

「そのとおり。きみのよくないところは精神的に怠惰なところです。なんでも遊びごとにして、あてずっぽうを言いたがる。頭を使おうとしないところです。Xの手口に共通して見られる要素とは何か。どの犯行もそれがおこなわれたときには完璧だったということです。ちがいますか？　つまり、どの事件においても、犯行の動機も、機会も、手段も、最後に最も大切な容疑者も、すべてがお誂え向きにそろっていた。そういうことです」

　ポアロの言わんとすることは私にも即座に理解できた。どうしてもっと早くそのことに気づかなかったのか。自らの愚かさを認めないわけにはいかなかった。

「わかりました」と私は言った。「私が探さなければならないのはそういう人物——そういった条件にあてはまる人物——被害者になりうる人物、ということですね」

　ポアロは椅子の背にもたれ、ため息をついた。「やれやれ（アンファン）！　疲れました。カーティスを呼んでください。これでもうきみにも自分の仕事がわかったでしょう。きみは体の自由が利くから動きまわることができる。人々をつけまわし、話しかけ、こっそり観察することができる——」（私はもう少しで憤然と抗議しかけたが、どうにか自分を抑えた。これは昔からのふたりの議論の種だ）——「会話に耳を傾けることができ、曲げられる膝があるのだから、床に膝をついて鍵穴からのぞくこともでき——」

「私は鍵穴から他人の部屋をのぞいたりなどしませんよ」と私は憤慨してポアロのことばをさえぎった。

ポアロは眼を閉じて言った。「それはそれは大いに結構。鍵穴からのぞいたりなどしない。その結果、きみは英国紳士のプライドを保ち、誰かが殺されることになるのです。しかし、大したことではありません。そんなことはね。イギリス人にとっては名誉がなにより大事なんですから。きみの名誉は誰かの命よりも重要なんですから。大いに結構（ビアン）！　よくわかりました」

「ちがいますよ。まったく。いいですか、ポアロ——」

ポアロは冷ややかに言った。「カーティスを呼んでください。もう出ていってください。きみは頑固で、とことん愚かな人だ。誰かほかに信頼できる人物がいればいいのですが。私はどうやら、きみ自身とも、きみのそのフェアプレー精神などという馬鹿げた考えともつきあわねばならないようです。灰色の脳細胞を使うことはできなくても——そういうものは持ち合わせていないのなら——少なくとも、必要に応じて眼と耳と鼻を名誉の問題に触れない範囲でできるだけ駆使してください！」

Ⅱ

　これまでに一度ならず心に浮かんだ考えを私が思いきって持ち出したのは、その翌日のことだった。いささか胡乱（うろん）な持ち出し方になってしまったのは、ポアロがどんな反応を示すかわからなかったからだ。

「少し考えてみたのだけれど、ポアロ、自分が大した男ではないことは自分でもわかっているつもりです。昨日はあなたに愚かとまで言われた――まあ、それはある意味であたっているのでしょう。私はもう昔の私じゃない。シンデレラを亡くしてからは――」

　私はそこで口ごもった。ポアロは咽喉（のど）から声を発して、同情する意を表してくれた。

　私は続けた。「しかし、われわれの力になってくれそうな男がいます――まさにうってつけの男がね。知力、想像力、機略を使って決断することができる経験豊かな男です。ボイド・キャリントンのことを言ってるんです。ポアロ、彼こそわれわれに必要な男だ。彼に秘密を明かすといい。すべて包み隠さず教えるのです」

　ポアロは眼を開けると、断固とした口調で言った。「そんなことは金輪際できません」

「どうして？　彼が賢いことはあなたも否定できないでしょうが――私よりずっと賢い男です」

「そう言われても」ポアロは痛烈な皮肉を込めて言った。「驚きませんが、そんな考えは捨ててください、ヘイスティングズ。われわれは誰にも秘密を明かしたりしません。これはもう決めたことじゃないですか、でしょう（アン）？　どうかわかってもらいたい。この件については口外することを禁じます」

「わかりました。あなたがそう言うなら。でも、ほんとうにボイド・キャリントンは――」

「ああ、まったく！　ボイド・キャリントン。どうしてそんなにボイド・キャリントンにご執心なんです？　いったい彼がなんだというのです？　〝閣下〟などと呼ばれていい気になっているだけの尊大な大男。それがボイド・キャリントンです。なるほど、機転がよく利いて、物腰に人を惹きつけるものがあるかもしれない。しかし、きみのボイド・キャリントンはそんなにすばらしい人物ではありません。同じことを繰り返す癖があります。同じ話を何度も繰り返す――さらに、記憶力があまりに悪いものだから、そもそもその話をしてくれた相手に同じ話をする始末です！　卓越した才能の持ち主？

まるでそんなことはありません。昔ながらの退屈な男、口先だけの男です——要するに——あの男は張り子の虎です！」

「なるほど」そう言われて、私にも合点がいった。

実際、ボイド・キャリントンの記憶力がよくないというのはほんとうのことで、そのためにひどくポアロの機嫌を損ねたことがあったのをそのとき思い出したのだ。ボイド・キャリントンはポアロからベルギー警察時代の話を聞いておきながら、そのほんの数日後、庭に数人が集まったときにはもう、その話の情報源をすっかり忘れてしまっていた。で、〝フランス警察犯罪捜査課の課長が教えてくれたのですが……〟と前置きをして、ポアロを相手にまったく同じ話を始めてしまったのだ。

ポアロはそのことを根に持っている！

よけいなことは戦略的に何も言わず、私は彼の部屋から退散した。

Ⅲ

階下に降りて、庭に出た。外には誰もいなかった。木立の中を歩いていくと、草の生い茂った丘に出た。その丘のてっぺんに、ハサミムシでもはびこっていそうな、相当に荒れ果てた東屋(あずまや)がぽつんと建っていた。私はその東屋の中の椅子に腰かけ、パイプに火をつけて、とくと考えてみることにした。

スタイルズ荘の宿泊客の中で、誰かを殺そうという明白な動機を持つ者は誰だろう——あるいは、持っていてもおかしくなさそうに見える人物は？

ラトレル大佐以外にはすぐには思いつかなかった。ラトレル大佐はある意味で明白な例だ。しかし、大佐にどれほどもっともな動機があろうと、ブリッジの三番勝負の最中に彼が斧を妻に振りかざすとはとても思えない。

問題は私がこれらの人々をあまりよく知らないということだ。たとえばノートン。それにミス・コール。よくある殺人の動機は何か。金銭？　ボイド・キャリントンはおそらくここにいる中でただひとりの金持ちだろう。彼が死ねば、誰がその財産を相続することになるのか。スタイルズ荘に今滞在している誰かだろうか。そうは思えなかったが、この点は調べてみる価値がありそうだ。もしかしたら、ボイド・キャリントンはフランクリンを財産管理者にして、彼の研究に財産を遺そうとしているかもしれない。もしそうだとすると、あの赤毛の博士にとっては不利な状況となる。人類の八十パーセントは除去すべきだなどという博士のいささか思慮に欠ける発言も考え合わせるとなおさら。

あるいは、ノートンやミス・コールがボイド・キャリントンの遠い親戚で、自動的に財産を相続することになっているということも考えられなくはない。あまりありそうにない話だが、ありえないことではない。ラトレル大佐はボイド・キャリントンの古い友人だが、遺言によって何か得をするということはあるのだろうか？　いずれにしろ、金銭面で考えられるのはこんなところか。私は感情がらみの動機についても考えた。フランクリン夫妻。フランクリン夫人は病人だ。もしかして、じわじわと毒を盛られているということはあるだろうか——その場合、彼女が死んだら、それは夫のせいということになるのだろうか。フランクリンは医者だ。言うまでもなく、彼には機会もあれば手段もある。では、動機はどうか。もしかしたらジュディスもからんでくるのか。そんな疑問がふと起こり、不快な懸念が心をよぎった。ふたりの関係がどれほどビジネスライクなものか、私はこの眼で見て知っているのに。しかし、世間はそれを信じるだろうか。皮肉な警察官がそれを信じるだろうか。ジュディスは若くてとてもきれいな女だ。魅力的な秘書や助手というのはこれまであまたの犯罪の動機になっている。そのことを思うと、私はいささか不安になった。

次にアラートンのことを考えた。アラートンが殺される理由は何かあるだろうか？　どうしても殺人事件が起こるとすれば、願わくばアラートンが被害者であってほしいものだ！　彼を抹殺する動機などいくらあってもおかしくない。ミス・コールはもう若くはないが、いまだに容色は衰えていない。彼女とアラートンがかつて深い仲にあったとしたら、嫉妬に駆られて犯行に及ぶということも大いに考えられる。そんなことを勘ぐる理由は何ひとつないとしても。それに、そもそもアラートンがXなら――

　私は自らに焦れて首を振った。こんなことをただ考えていても埒が明かない。丘の下のほうから砂利を踏みしめる音が聞こえ、私は注意を向けた。フランクリンがスタイルズ荘に早足で向かうのが見えた。両手をポケットに突っ込み、頭を突き出すようにして前屈みになって歩いていた。その様子が訴えているのは明らかに失意だった。そんな無防備な彼の姿を見て、私もようやくはたと気づいた。フランクリンがどこまでも不幸な男に見えるという事実に。

　博士を見るのに気を取られ、もっと近くでの足音に気づかなかったのだろう、ミス・コールに話しかけられ、私は驚いて振り返った。

「足音が全然聞こえなかったな」私は立ち上がり、言いわけがましく言った。

　彼女は東屋を見まわして言った。

「まさにヴィクトリア朝時代の遺物ですね！」

「確かに。クモの巣だらけです。おかけになりませんか？　今、埃を払います」

今こそ宿泊客のひとりをよく知るチャンスと思い、私はクモの巣を払いながらミス・コールをひそかに観察した。

歳は三十代、いくらかやつれて見えるものの、くっきりとした線の横顔はとてもきれいな眼の持ち主だった。そして、どこかしら他人行儀なところ、いや、疑い深そうなところがあった。過去に辛い経験をしたことがあるのだろう。そのため、人生に対して深い不信感を抱くようになったのではないか。私はふとそんなことを思い、よけいに彼女のことが知りたくなった。

「さあ」ハンカチで席をはたいて私は言った。「これぐらいしかできませんが」

「ありがとうございます」彼女は笑みを浮かべ、腰をおろした。私はその隣に腰かけた。椅子が不吉な音をたてた。が、悲惨な結果には至らなかった。

ミス・コールが言った。「教えてください。さっきわたしが来たとき何を考えてらしたの？　ずいぶんと物思いに沈んでいらしたようだけれど」

私はおもむろに言った。「フランクリン博士を見てたんです」

「ええ」

さきほど思ったことをまた繰り返して悪い法はなかった。

「ずいぶんと不幸せそうに見えるなと思いました」

私の隣に腰かけた女性は静かに言った。「もちろんそうでしょうとも。でも、そんなことにはまえからお気づきになっていたでしょうに」

驚きが顔に出てしまっていたはずだ。私はことばに窮しながら言った。「いや――いいえ――博士は研究のことで頭がいっぱいなんだと思っていました」

「それはそのとおりです」

「それを不幸とおっしゃるんですか？　むしろこれ以上望めないほど幸せなんじゃないでしょうか」

「ええ、それには異論はありません――でも、自分にできると思っていることをさせてもらえなかったら幸せとは言えません。つまり、自分の力を最大限に発揮することができなかったら」

私はまごついて彼女を見やった。彼女は続けて言った。「去年の秋、フランクリン博士は、アフリカに赴いて現地で研究を続けないかという申し出を受けたんです。ご存知のとおり、博士はとても研究熱心な方で、熱帯医学の分野ではすでに第一級の研究をなさってるんです」

「それなのに行かなかったのですか？」

「ええ。奥さんが嫌がったんです。奥さんは現地の気候に耐えられるほど丈夫ではないし、かといって、こっちにひとり残されるのは嫌だというわけです。とてもつましい暮らしをしなければならなくなるというのではなおさらね。お給料の条件があまりよくなかったそうなんです」

「なるほど」と私は言い、おもむろに続けた。「つまるところ、博士はあの健康状態の奥方をひとり残していくわけにはいかないと思ったんですね」

「あの方の健康状態のことはよくご存知ですの、ヘイスティングズ大尉？」

「いや、そういうわけでは――でも――病身なのでしょう？」

「彼女は病気を愉しんでるんですよ」とミス・コールは辛辣に言った。私は怪訝に思い、彼女を見やった。彼女の同情心がすべてフランクリンのほうに向けられているのは容易に見て取れた。

「まあ」と私はおもむろに言った。「病弱な女性というのは自己中心的になりがちなものです」

「ええ、病人というのは――慢性的な病気を患っている人は――たいてい自己中心的になります。それも無理はありません。そうなってしまっても不思議のないことです」

「実のところ、フランクリン夫人の健康にはこれといった問題はないと思っておられるわけではないですよね？」

「あら、そんなことを言おうとは思いませんが、ただ、疑わしいとは思っています。彼女はいつだって自分の思いどおりにことを運べるみたいなんですから」

私はしばらく無言で考えた。ミス・コールはフランクリン夫妻の家庭事情によく通じているようだった。いささか興味を惹かれて私は尋ねた。「フランクリン博士のことはよくご存知なんですね？」

彼女は首を振って言った。「いえいえ。ここでご一緒するまえにご夫妻にお会いしたのは一度か二度ぐらいのものです」

「それでも、博士は自身の話をあなたになさったんですね？」

彼女はまた首を振った。「いいえ。今、お話ししたのはみんなお嬢さんのジュディスから聞いたことです」

つまり、ジュディスは私以外の人間とは誰とでもよく話をしているということか。私はそんな苦々しい思いにふととらわれた。

ミス・コールはさきを続けて言った。「ジュディスは雇い主に対してものすごく忠実ですからね。だから、博士の側に立ってよく憤慨しています。フランクリン夫人の身勝手さについてはもう遠慮がないほど」

「あなたも夫人は身勝手だと思いますか？」

「ええ。でも、彼女の気持ちもわからないではありません。わたしは――わたしは病人のことはよく知ってるんです。フランクリン博士が彼女の言うことをなんでも聞いているのもよくわかります。ジュディスは、もちろん、博士は奥さんをどこかにやって研究に没頭すべきだと思っています。お嬢さんもとても熱心な研究者だから」

「ええ、そうなんですよね」と私はむしろ悄然として言った。「そのため時々不安になります。こう言えばわかっていただけるでしょうか、自然なこととは思えないんですよ。娘はもっと――人間らしく――もっと愉しいことに夢中になるべきだと思うのです。人生を愉しんで――好青年と恋の一度や二度ぐらいして。なんと言っても、若い頃こそしたい放題できるんですから――試験管をじっと見つめているのじゃなくて。そんなのは不自然です。私たちが若い頃はよく遊んだものです――恋もしたりして――愉しい思いをいっぱいしたものだった。わかるでしょう？」

一瞬、沈黙ができた。が、ミス・コールは妙に冷ややかな声で言った。「いいえ、わかりません」

そのことばを聞くなり、私は慌てた。知らず知らず、私は自分が彼女と同世代であるかのような話し方をしていた――彼女は私より十歳以上も年下なのに。心なくもなんとも礼を失していたことに気づいたのだ。

私はことばを尽くして詫びた。そんなしどろもどろの私のことばをさえぎって、彼女は言った。

「いえいえ、そういう意味ではありません。どうか謝らないで。ただことばどおりの意味です。わたしにはただわからないということです。それはわたしにはあなたのおっしゃるような〝若い頃〟がなかったからです。〝愉しい思い〟も一度もしたことがなかったからです」

その声音の何か、苦々しさ、深い恨みといったものに、私には返すことばが見つからなかった。で、なんとも頼りなく、それでも心を込めて言った。「それはお気の毒に」

彼女は笑みを浮かべて言った。「ええ、まあ。でも、どうでもいいことです。そんなにお気になさらないで。何かほかのことを話しましょう」

私はそのことばに従った。「ここのほかの人々について教えてください。誰とも面識がないというのでなければ」

「ラトレルご夫妻のことはずっと昔から存じ上げていますが、こんなことをしなければならなくなるなんてお気の毒なことです――大佐はとりわけ。とてもいい方なのに。それに奥さまもあれでなかなかいい方なんですよ。長いことつましい倹約生活をしなければならなかったものだから、なんというか――その――とても強引な方になってしまわれたけれども。でも、常にお金のことばかり考えていたら、しまいにはそれがこたえるようになってもしかたのないことです。ただひとつだけ、あのわざとらしいおしゃべりはどうにも好きになれませんけれど」

「ミスター・ノートンのことも何か教えてください」

「あまりお話しできることはありません。でも、とてもいい感じの方ですね——恥ずかしがり屋さんで——あまり頭脳明晰というタイプではないかもしれないけれど。それに昔から病弱な人でした。ずっとお母さまと一緒に暮らしてたんですが、そのお母さまというのが怒りっぽくて、感じの悪い人で、彼はお母さまにずっと振りまわされたんじゃないかしら。そのお母さまも数年前に亡くなられましたが。いずれにしろ、ミスター・ノートンは鳥やお花がとてもお好きですよね。ほんとうにやさしい方です——それによく観察している人でもありますね」

「双眼鏡を通して、ということですか？」

ミス・コールは笑みを浮かべて言った。「いいえ、文字どおりの意味で言ったんじゃありません。いろいろとよく気づく方だという意味です。物静かな人ってそうですよね。全然わがままじゃなくて——それに、男性にしてはとても気が利く方です。ただ、どちらかと言うと——あまり覇気がない。おわかりになるかしら」

私はうなずいて言った。「ええ、よくわかります」

エリザベス・コールはそこで唐突に話題を変えた。その声にはまたあの深い苦々しさがにじんでいた。「それがこういう場所の気の滅入るところですね。身分のあった人が落ちぶれて経営しているゲストハウスの。集まってくるのは人生に失敗した人ばかりなんだもの――これまでに一度も成功を味わったこともなければ、今後もなさそうな――挫折して、人生に敗れた人たち――年老いて疲れきって終わってしまった人ばかりなんですもの」

彼女の声は次第に細くなって消えた。深い悲しみが私の心に広がった。なんとそのとおりであることか！　ここに集まったわれわれはみな人生のたそがれにある者ばかりだ。髪も灰色なら、心も灰色、夢も灰色。私も悲しい孤独な男なら、私の横に坐っているこの女性も人生に失望し、世を恨んでいる。フランクリンは研究熱心で野心を持ちながら、轡（くつわ）をかけられ、夢を挫かれてしまっている。それに病気がちの彼の妻。物静かなノートンは足を引きずり、そこらをうろつきまわっては鳥なんかを眺めている。ポアロですら、かつては輝かしい栄光に包まれていたポアロですら、今では体を壊し、車椅子に縛りつけられた老人に成り果てている。

昔はなんとちがっていたことだろう――初めてスタイルズ荘を訪ねたあの頃は。そう思うと私はもうこらえきれなくなった。胸の痛みと悔いに、押し殺した苦悩の声が口から思わず洩れた。

ミス・コールはすかさず言った。「どうかなさいましたか？」

「いや、なんでもありません。ただ、あまりのちがいに改めて驚かされただけです――何年もまえになるけれど、若い頃、ここに来たことがあるんですよ。で、つい当時と今とのちがいを思ってしまったんです」

「そうでしたか。だったら、その頃ここは幸せな場所でした？　ここでは誰もが幸せだったんでしょうか？」

なんとも奇妙なことながら、人の考えというのはときに万華鏡のように変わる。それがそのとき私に起きた。思い出が、出来事が、目まぐるしくばらばらに組み替えられていき、最後にそのモザイク模様は真の姿に落ち着いた。

私の愛惜はただ過去としての過去に向けられていただけだった。現実の過去ではなく。なぜなら、当時からして、遠い昔のあの頃からして、スタイルズ荘には幸福などなかったからだ。私は現実としての過去を客観的に思い起こした。私の友人のジョンとその妻はふたりとも不幸だった。押しつけられた人生に身をすり減らしていた。ローレンス・カヴェンディッシュも鬱々としていた。シンシアは、人を頼らずにはいられない境遇にあり、娘らしいその明るさにもどこか陰りがあった。イングルソープは金めあてで、裕福な女性の夫の座に納まっているだけのことだった（『スタイルズ荘の怪事件』参照）。そう、彼らの誰ひとりとして幸せではなかった。そして今、またしてもここには幸せな者がひとりもいない。スタイルズ荘というのは幸せが訪れる家ではないのだろう。

私はミス・コールに言った。「どうも偽りの感傷にひたっていたようです。この家が幸せな場所だったことはない。今もそうですね。ここにいる人々はみな不幸せだ」

「いえいえ。お嬢さんは――」

「ジュディスも幸せではありません」

それはそのときたまたま思ったことだったが、私には確信を持ってそう言えた。そう、ジュディスもまた幸せではない。

「先日もボイド・キャリントンが」と私は言いたいことが定まらないまま言った。「自分は孤独だと言っていました――そうは言っても彼はずいぶんと人生を愉しんでいるように私には見えますが――あの屋敷やら、あれこれあるわけだから」

ミス・コールは語気を強めて言った。「それはそうでしょう。でも、ウィリアム・ボイド・キャリントン卿はそもそもちがうじゃありませんか。わたしたちとちがってここに属してはいないんですから。彼は外の世界の人です――成功や自立の世界のね。人生に成功して、そのことをご自分でもわかってらっしゃる。彼は——その——損なわれた者の仲間ではありません」

　彼女は妙なことばを選んでいた。私は彼女のほうを向くと、その顔を見つめて尋ねた。

「教えてください。〝損なわれた者〟だなんて、どうしてそんなことばを？」

「なぜなら」と彼女はいきなり熱を帯びた激しい口調で言った。「それが真実だからです。少なくとも、わたしの場合は。そう、わたしは損なわれた人間なんです」

「そうなんですか」と私は心を込めてやさしく言った。「あなたはこれまでとても不幸せな人生を送ってきたんですね」

　彼女は低い声でぼそっと言った。「わたしが誰かご存知ないんですね？」

「いや——お名前は知っていますが——」

「コールというのは私の名前ではありません——母の旧姓です。コールと名乗るようになったのは——あとのことです」

「あとのこと？」

「わたしの本名はリッチフィールドです」

　その名前の意味がわかるにはいくらかかかった——ただ、おぼろげに聞き覚えのある名前だった。やがて思い出した。

「マシュウ・リッチフィールド」

彼女はうなずいた。「やはりご存知でしたね。さきほど申し上げたのはそういうことです。父は病身で暴君で、普通の暮らしというものを金輪際わたしたちにさせてくれなかったんです。わたしたちは友達を家に招くこともできず、おこづかいもろくにもらえなかった。それはまさに――牢獄のようでした」

彼女はそこで口をつぐんだ。暗い光がその見開かれた美しい眼に宿っていた。

「それで姉が――姉が――」

彼女は口ごもった。

「いや、もうそのさきは結構です。お辛いことでしょう。そのことは知っています。話していただくまでもありません」

「でも、あなたはご存知ないのです。ご存知のわけがない。あのマーガレットが……考えられないことです。今でも信じられません。姉は警察に出頭して自首し、自供しました。それはわかっています。それでも、いまだに時々信じられなくなるんです！　どこかほんとうではない――そんなことは――姉が言ったようなことが実際にあったなんてありえない。そんなふうに思ってしまうんです」

「それはつまり――」と私はためらいがちに言った。「――事件の事実は――事実はちがうと――」

彼女は私をさえぎって言った。「いえ、いいえ。そうじゃありません。いいえ、マーガレット自身のことです。まったく姉らしくないということです。あれは――あれはマーガレットがやったことではありません！」

口の端までことばが出かかった。が、口にはしなかった。まだそのときは来ていなかった――〝あなたのおっしゃるとおりです。お姉さんではなかったのです……〟と言えるときはまだ。

第九章

ラトレル大佐が小径をやってきたのは六時頃だったにちがいない。鳥撃ちライフルをたずさえ、モリバトを数羽ぶら下げていた。

私が声をかけると大佐はぎくりとした。私たちの姿を見て驚いたようだった。

「やあ、これはこれは。そんなところでおふたりで何をしてるんです？　その壊れかけのぼろ屋は危ないですよ。いつ崩れてもおかしくない。おふたりの頭の上に落ちてきてもね。エリザベス、そこにいたら汚れてしまいますよ」

「あら、大丈夫ですよ。ヘイスティングズ大尉がわたしの服が汚れないよう、ハンカチを犠牲にしてくださったんです」

大佐は何やらもごもごと言った。「おお、そうですか？　それなら、まあ、いいでしょうが」

大佐は突っ立ったまま口ひげをつまんで引っぱっていた。私たちは立ち上がると、彼のいるところまで歩いた。

大佐はなんだか今夜はやけにぼんやりしているように見えたが、それでも気を取り直したように言った。「あの罰あたりのモリバトを何羽か成敗してやろうと思いましてね。あれでけっこう悪さをするんですよ」

「射撃の腕はなかなかのものだとお聞きしました」と私は言った。

「ええ？　誰がそんなことを？　ああ、ボイド・キャリントンか。昔の話ですよ——昔のね。今じゃもう錆びついています。歳はごまかせない」

「眼ですか」と私は言ってみた。

それはただちに打ち消された。「馬鹿な。眼は昔と変わりません。いや——もちろん、本を読むには眼鏡をかけないとならないが。でも、遠くを見るぶんには問題ありません」

しばらくして大佐は同じことばを繰り返した。「そう——問題ありません。それが問題になるということはね……」声は徐々に低くなり、しまいには上の空でつぶやいているだけになった。

ミス・コールがあたりを見まわして言った。「素敵な夕べですね」

まさにそのとおりだった。陽が西に傾き、その見事な黄金の光に木々の緑が深まり、まばゆく輝いていた。静かでおだやかな、人がはるか彼方の南国で思い出すようないかにもイギリスらしい夕べだった。私はそんなことを言ってみた。

ラトレル大佐はしきりに同意して言った。「ええ、ええ、私もこういう夕べをよく思ったものです——インド時代に。引退して、身を落ち着ける日が愉しみになる。そんな夕べです。でしょう?」

私もうなずいて同意を示した。彼はさらに言った。が、口調ががらりと変わっていた。

「まあ、帰国して腰を落ち着かせても——現実は思い描いていたものとずいぶんちがうものですが。いやはや」

彼の場合はことさらそうだったのだろう。下宿屋を始めて、口うるさい女房に年がら年じゅうがみがみ小言を言われ、やりくりに四苦八苦する破目になろうなどとは予想だにしなかったのだろう。

私たちは屋敷に向かってゆっくりと歩いた。ノートンとボイド・キャリントンがテラスに陣取っており、大佐と私はふたりに加わった。ミス・コールはそのまま家の中にはいっていった。

私たちはしばらく雑談をした。ラトレル大佐も気分が晴れたようで、ジョークのひとつやふたつも言い、いつもより明るく生き生きとして見えた。

「今日は暑かったですね」とノートンが言った。「咽喉が渇きました」

「それじゃ一杯やってください、みなさん。うちのおごりということで。どうですかな？」と大佐が勢い込んで言った。声が弾んでいた。

私たちは大佐に礼を言い、彼のことばに甘えることにした。大佐は立ち上がると、家の中にはいっていった。

私たちが坐っていたテラスはダイニングルームの窓のすぐ外で、窓はそのとき開いていた。

ダイニングルームで大佐が食器戸棚を開ける音、栓抜きが軋む音、続いて壜のコルク栓がポンと抜けるひそやかな音がした。

そこで、人前では披露されることのないラトレル大佐夫人の声が鋭く高く轟いた！

「何をしているの、ジョージ？」

大佐の声は抑えられ、つぶやきにしか聞こえなかった。口ごもりながらの返答がとぎれとぎれに聞こえてきただけだった。「みんなが外で——飲みものを——」

あの鋭い苛立った声がいかにも腹立たしげに爆発した。「そんなことをしては駄目、ジョージ。そんなこと。そんなふうにみんなにおごってまわって、どうやったらやりくりできると思うの？　ここの飲みものはただじゃないの。あなたには商才がなくてもわたしにはあるんです。まったく。わたしがいなかったら、あなたは明日にでも破産ですよ！　子供みたいに手がかかるんだから。ええ、まったく子供みたいにね。常識ってものがまるでないんだから。その壜を寄越して。寄越しなさいって言ってるの」

苦悩に満ちた低い声がまた何か抗議をつぶやくのが聞こえた。

ラトレル夫人はにべもなくぴしゃりと言った。「みんながどうだってわたしはかまいません。壜を戸棚に戻して。これからは戸棚に鍵をかけます」

鍵がまわされる音がした。

「さあ、これでいいわ」

今度は大佐の声がさっきよりはっきりと聞こえた。「デイジー、いくらなんでもやりすぎだ。そんな真似は許さない」

「そんな真似は許さない？　あなたは何様(なにさま)なの？　ここを切り盛りしてるのは誰なの？　わたしじゃないの。それを忘れないで」

衣ずれの音がかすかに聞こえ、ラトレル夫人が部屋からせかせかと出ていったのがわかった。

大佐がまた外に出てくるのにはしばらくかかった。その数分間でずいぶん老け込み、弱々しくもなったように見えた。

彼に心から同情しなかった者はわれわれの中にひとりもいなかっただろう。自ら進んでラトレル夫人を殺そうと思わなかった者も。

「みなさん、ほんとうに申しわけない」と大佐はこわばったぎこちない声で言った。「どうやらウィスキーを切らしてしまっていたようだ」

私たちがさきほどのやりとりを耳にしてしまっていることには、彼としても気づいたにちがいない。気づいていなかったとしても、私たちの態度ですぐにそれと知れたことだろう。みんな悲惨なまでに居心地の悪い思いをしており、ノートンなどすっかり動転してしまって、そんなに飲みたかったわけではないなどと慌てて言い――〝夕食はもうすぐだし〟――さらに、わざとらしく話題を変えると、脈絡のかけらもないことばを連発した。なんとも気まずいいっときで、私自身はなんだか麻痺したようになってしまっており、こんなときにはボイド・キャリントンがただひとり如才のなさを示してくれそうな人物だったが、ノートンがべらべらしゃべっているせいで、口をはさむことができなかった。

ラトレル夫人が庭仕事の手袋と雑草抜き（ダンデライオン・ウィーダー）を手に、小径を歩いていくのが眼の隅にとらえられた。確かに有能な女性なのだろうが、そのときの私はそんな彼女がほとほと苦々しかった。ほかの人間を辱める権利など誰にもないのに。

ノートンは憑かれたようにまだしゃべりつづけていた。モリバトを手に取り、小学校時代にウサギが殺されるところを見て気分が悪くなり、みんなに笑われたという話から、ライチョウの猟場の話に移ったかと思うと、次にスコットランドで勢子が撃たれた事故について長ったらしい埒もない話をした。が、それでみんなが自分たちの知っているハンティングにおける事故の話を披露しはじめると、やがてボイド・キャリントンが咳払いをして言った。

「私の従卒のことなんだけれど。アイルランド人だったんで、この男が休暇にアイルランドに帰ったときのちょっと面白い話でね。その休暇から戻ってきたんで、いい休みになったかどうか訊いてみたんだよ。

〝はい、閣下、そりゃあもう。人生で一番いい休みでした！〟

〝それはよかった〟と私は言ったものの、その男のあまりに熱心な口ぶりがいささか意外だった。

〝ええ、そりゃあもうすばらしい休暇でした！　なにしろ兄貴を撃ったんですから〟

〝兄上を撃った！〟と私は思わず大声をあげたよ。

〝はい、そりゃあもう実際の話でして。ここ何年もそうしてやりたかったんです。それがダブリンで建物の屋上に寝っ転がってたら、通りをやってくるのは誰あろう、って兄貴のやつだったんです。しかも自分の手にはライフルがあるときてる。そりゃあもう見事な一発でした、自分で言うのもなんですが。鳥かってくらいにきれいに仕留めました。ああ、そりゃあもうすばらしい瞬間でした。一生忘れません！〟」

ボイド・キャリントンは話し上手で、誇張して話を盛り上げ、みんなの笑いを誘った。それでそれまでの気まずい空気が和んだ。夕食のまえにひと風呂浴びなくてはと言いながら、彼が立ち上がって歩き去ると、ノートンが熱っぽく言った。「なんてすばらしい人なんだろう」そのことばはみんなの気持ちを代弁していた。

私はうなずいて同意し、ラトレル大佐は口に出して言った。「ええ、ええ、いいやつです」

「昔からどこへ行っても成功したんだそうですね」とノートンが言った。「手がけたことはなんでもうまくいったそうですね。頭が冴えていて、決断力がある――要するに行動力があるんですね。真の成功者です」

ラトレル大佐がおもむろに言った。「世の中にはそういう男もいるわけです。手がけたことはなんでもうまくいく。失敗することがない。そういう――運をひとり占めしているような人もいるもんだ」

ノートンは即座に首を振ると言った。「いやいや、ちがいます。運じゃありません」

そう言って、意味ありげに引用した。「星のさだめにあるのではない、ブルータス――われわれ自身にあるのだ」

ラトレル大佐は言った。「そのとおりかもしれない」

私は慌てて横から口をはさんだ。「いずれにしろ、〈ナットン〉を相続したのは運がよかったですね。すごく立派なお屋敷です！　でも、もちろん身は固めるべきです。あそこでひとり暮らしだなんて淋しすぎますよ」

ノートンが笑って言った。「結婚して身を固める？　それで女房の尻に敷かれて――」

なんと間の悪いことを！　誰でも気楽に口にするようなことばではあるものの、その場の雰囲気を考えると、いかにも不適切なことばだった。口にするなり、ノートンも気づいたようで、慌てて取り消そうとして口ごもり、しどろもどろになり、最後には気まずく黙り込んだ。そのため雰囲気がさらに居心地の悪いものになった。

ノートンと私が同時に口を開いた。私は夕焼けについていかにも間の抜けたことを言い、ノートンは夕食後ブリッジをやりましょうなどと言った。

ラトレル大佐はどちらの言うことも聞いておらず、抑揚のない奇妙な声音で言った。

「いいや、ボイド・キャリントンは女房の尻に敷かれたりはしないでしょう。黙って尻に敷かれているような男じゃない。彼なら大丈夫。なにしろ彼は男だからね！」

なんとも決まりが悪かった。すると、ノートンがまたブリッジについてべらべらしゃべりはじめた。その話の最中、大きなモリバトが頭上を飛び去り、そう離れていない木の枝にとまった。

ラトレル大佐が銃を取り上げて言った。「害鳥がまた一羽現われた」

しかし、モリバトは彼が狙いを定めるまえに飛び立ち、木々のあいだをすり抜けて飛んでいってしまい、撃つことはできなかった。

そのときだ。遠くの丘の斜面で何か動いているものがあり、ラトレル大佐はそっちに気を取られた。

「まったく。果物の若木の皮をウサギが齧ってる。あそこはもう針金で囲ったものと思ってたんだが」

大佐はライフルを構えると発砲した。すると——

女性の悲鳴が聞こえた。その悲鳴は最後には咽喉がごぼごぼと鳴るような不気味な音になって消えた。

大佐の手からライフルが落ちた。全身から力が抜けたのが傍からもわかった。唇を嚙んで、大佐は言った。

「なんてことだ――あれはデイジーだ」

私はすでに芝生の上を駆けだしていた。ノートンも私のあとに続いていた。現場にたどり着くと、地面に膝をついた。確かにラトレル夫人だった。そこにひざまずいて、果物の苗木の一本に支えの棒を結わえつけていたのだ。そのあたりは丈の高い草が生い茂っており、ラトレル大佐には妻の姿がはっきりと見えず、草むらに動きがあったことしかわからなかったのだろう。夕暮れの光も災いしたのにちがいない。夫人は肩を撃ち抜かれ、そこから血が噴き出していた。

私は屈み込んで傷口を調べ、ノートンを見上げた。彼は木に寄りかかり、今にも吐きそうな青い顔ですまなそうに言った。「血は駄目なんです」

私は鋭く言い放った。「すぐにフランクリン博士を連れてきてください。あるいは看護婦を」

彼はうなずくと走り去った。

最初に現場にやってきたのはクレイヴン看護婦だった。驚くほど早く駆けつけ、すぐさま専門家らしくてきぱきと止血に取りかかった。そのあとすぐにフランクリンも駆けつけ、ふたりで夫人を家の中に運び入れ、ベッドに寝かせた。傷の手当てを終えると、フランクリンは電話で主治医を呼んだ。クレイヴン看護婦はそのまま夫人に付き添った。

　私は電話をかけおえたフランクリンに尋ねた。

「具合はどうです？」

「いや、大丈夫でしょう。幸運にも大きな血管にはあたらなかった。でも、どうしてこんなことに？」

　私は彼にいきさつを伝えた。すると、博士は言った。「なるほど。で、ご老体はどこです？　すっかりまいってしまっていることでしょう。夫人より彼の手当てのほうが必要かもしれない。あまり心臓が丈夫とも思えないから」

　ラトレル大佐は喫煙室にいた。口元からすっかり血の気が失せていて、文字どおり放心状態にあった。とぎれとぎれに彼は言った。「デイジーは？　家内は――家内の容体は？」

　フランクリンは即座に答えた。「奥さんは大丈夫です。心配することはありません」

「私は――てっきり――ウサギが――木の皮を齧っているものと――しかし、どうしてそんな思いちがいをしたのかわからない。眼がくらんだにしても」

「よくあることです」とフランクリン博士はこともなげに言った。「私自身、開業していた頃に一、二度経験があります。さあ、気つけに一杯やってください。顔色がよくありませんよ」

「いや、大丈夫です。行っても――家内のところに行ってもかまわないでしょうか？」

「今すぐでなければ。今はクレイヴン看護婦がついています。でも、心配することはありません。奥さんは大丈夫です。オリヴァー先生がすぐにお見えになるでしょうが、先生もきっと私と同じことをおっしゃるでしょう」

私はふたりを部屋に残して、夕暮れの光の中に出た。ジュディスとアラートンが小径を歩いて私のほうにやってきた。アラートンが娘のほうに頭を寄せていた。ふたりで笑っていた。

たった今あんな悲劇が起きたばかりのところへ、ふたりのそんな場面を見て、私は心底腹が立った。語気荒くジュディスの名を呼んだ。娘はびっくりしたように顔を上げた。私は起きたことを手短に伝えた。

「なんて奇妙な事故なの」それが娘の感想だった。

少しもショックを受けていない。私にはそう思えた。

アラートンの態度にいたってはまさに言語道断だった。この一件を面白いジョークとでも思っているかのようだった。

「いい気味ですよ、あの鬼婆。ご老体はわざとやったんでしょうかね？」

「まさか」と私はぴしゃりと言った。「もちろん事故です」

「そう、でも、ぼくはこの手の事故については詳しくてね。なんとも好都合な事故というのがあります。だから、誓って言うけれど、ご老体が狙って撃ったんだとしたら敬服しますね」

「これはそういうことじゃない」と私は怒りもあらわに言った。

「そんなに断言しないほうがいいと思いますがね。ぼくは妻を撃った男をふたり知ってるんですが、ひとりはリヴォルヴァーの手入れをしているときだった。もうひとりは冗談で至近距離から撃った。拳銃に弾丸が込められているとも知らずに。そのためどちらも咎められることはなかった。それでふたりとも晴れて自由の身になれたというわけです」

「ラトレル大佐は」と私は冷ややかに言った。「そういう類いの男ではないよ」

「でも、いい厄介払いができるところだったとは言えるんじゃないですか？」とアラートンは執拗に言った。「口論か何かの直後だったってことも考えられるし。でしょ？」

私は腹立たしくてならず、ふたりに背を向けた。が、同時にある種の動揺を隠そうともしていた。アラートンの指摘は真相に近すぎた。初めて私の心に疑惑が湧いた。

その疑惑はボイド・キャリントンに行き合っても消えることはなかった。彼は湖畔を散歩してきたところのようで、事故のことを知らせると、即座に言った。「まさか大佐がわざと奥さんを撃ったなどと思っているわけじゃないでしょうね、ヘイスティングズ？」

「とんでもない」

「失敬、失敬。こんなことは言うべきじゃなかったな。ただ、ふと気になったものだから……彼女は――彼女は大佐を、そう、怒らせるようなことよく言うでしょう？」

聞きたくもないことを心ならずも聞いてしまった場面を思い出し、ふたりともしばらく押し黙った。

私は不安と憂鬱を抱え込んで二階にあがると、ポアロの部屋のドアを叩いた。

彼はすでに事故のことをカーティスから聞いており、詳細を知りたがった。スタイルズ荘に着いて以来、一日の出来事や会話の大半を事細かにポアロに報告するのが私の習慣になっていた。それで年老いた親友の疎外感がいくらかでも薄められればと思ってのことだ。実際、その私の報告は彼に幻想――ここで起きていることのすべてに自分も関わっているという幻想――を与えていたはずだ。私は昔から記憶力が特にすぐれており、会話を一言一句そのまま再現するぐらい造作もないことだった。

ポアロは実に注意深く耳を傾けた。私のほうは私の考えをポアロが一笑に付してくれることを期待していたのだが。その恐ろしい考えはすでに私の心を完全にとらえてしまっていた。が、ポアロが彼自身の考えを口にするところまでいかないうちに、ドアを軽くノックする音がした。

クレイヴン看護婦だった。私たちの邪魔をしたことを詫びてから彼女は言った。

「すみません、大佐はこちらかなと思ったものですから。ラトレル夫人が眼を覚まされて、ご主人のことを案じていらっしゃるんです。会いたいとおっしゃっています。どこにいらっしゃるかご存知ではないですか、ヘイスティングズ大尉？　わたしとしては患者さんのそばを長いこと離れていたくなくて」

私は大佐を探しにいくことを申し出た。ポアロは黙ってうなずいた。クレイヴン看護婦は心のこもった礼を私に言った。

ラトレル大佐は普段あまり使われていない小さな居間にいた。窓ぎわに立って外を見ていた。

私が部屋にはいると、すばやく振り返った。その眼が訊いていた。おどおどしているように見えた。

「ラトレル大佐、奥さんの意識が戻りました。あなたに会いたがっておられます」

「ああ」みるみる頬に血の気が戻り、それまで大佐の顔色がどれほど蒼白だったかに、逆に気づかされた。かなりの高齢者のように、ゆっくり、口ごもりながら大佐は言った。

「家内が――家内が――私に会いたいと？　すぐに――すぐに――今すぐに行きます」

ドアのほうに歩きだした大佐の足元があまりにおぼつかないので、私は近づいて手を貸した。大佐は私に体をあずけるようにして階段をのぼった。息をするのも苦しそうだった。フランクリンが言ったとおり、大佐はひどく動揺していた。

夫人が寝ている部屋のまえまで来て、私がドアをノックした。クレイヴン看護婦のきびきびとした有能そうな声が返ってきた。「どうぞ」

ご老体の体を支えて、私も一緒に中にはいった。衝立がベッドのまわりに置かれていた。私たちはその衝立をよけてベッドのそばまで行った。

ラトレル夫人はとても具合が悪そうだった。顔色が悪く、見るからに弱々しく見えた。私たちが衝立の端から姿を見せると、夫人は閉じていた眼を開けた。

そして、消え入りそうな声で言った。「ジョージ――ジョージ……」

「デイジー――デイジー……」

片腕には包帯が巻かれ、副木があてられていた。自由の利くもう一方の腕が弱々しく大佐のほうへ差し出された。大佐は一歩まえに出ると、妻のほっそりとした小さな手をしっかりと握った。そして、もう一度「デイジー……」と呼びかけてからしわがれ声で続けた。「ありがたい。おまえが無事だったことがなによりありがたい」

私は大佐の顔を見た。その眼は深い愛情と懸念をたたえ、涙がにじんでいた。それを見て、私はみんなでおぞましい想像をしていたことを深く恥じた。

そして、黙って部屋を出た。よくも事故に見せかけたなどと思ったものだ！　あの心からの感謝のことばには嘘のかけらもなかった。私はことばにできないほど深く安堵した。

廊下を歩いていると、いきなり銅鑼の音が鳴り響き、驚いた。時間の経過をまったく忘れていた。事故のためにすべてが混乱してしまっていたが、料理人だけはいつもと変わらず自分の仕事をしていたようで、いつもの時間に夕食の用意が整ったのだ。

私たちの大半が夕食のための着替えをしておらず、ラトレル大佐は顔を見せなかった。かわりに、フランクリン夫人が珍しく階下(した)での食事に参加した。薄いピンクのイヴニングドレスを身にまとい、それがとてもよく似合っており、体調も気分もすこぶるよさそうだった。一方、フランクリンのほうは逆に上機嫌とは言えず、何かに気を取られているようだった。

夕食後、なんとも腹立たしいことにアラートンとジュディスが連れだって庭に消えた。私はしばらくテーブルに残り、フランクリンがノートンを相手に熱帯病に関する話をするのを漫然と聞いた。ノートンは実に聞き上手で、一心に耳を傾けては博士の言うこととに共鳴していた。かかる話題についてはほとんど何も知らないのにもかかわらず。

フランクリン夫人とボイド・キャリントンは部屋の隅で話をしていた。ボイド・キャリントンが夫人にカーテンかクレトン更紗（カーテンや椅子張り用の厚手の木綿生地）の布地見本か何かを見せているようだった。

エリザベス・コールは本を広げて、すっかり読書に没頭しているようだった。私に対していくらか決まり悪く、居心地悪く思っているのだろうか。その日の午後、あんなふうに立ち入った話をしたあとでは当然だろう。それでも同じことだ。私としては残念だった。私にいろいろと話したことを彼女が後悔していなければいいのだが。秘密は守る、決して人に洩らしたりしないと、はっきり伝えられればよかったのだが、彼女はそう言える機会を私に与えてくれなかった。

しばらくのち、ポアロに会いに階上にあがった。

ひとつ灯された小さな電灯の光の輪の中にラトレル大佐が坐っていた。

大佐が話し、ポアロは耳を傾けていた。大佐は相手に話しかけるというより自分に向かって話していたのだろう。

「今でもよく覚えています――そう、あれは狩猟舞踏会でのことでした。家内は白い服を着ていました。確か〝チュール〟というやつです。それが家内のまわりをふわふわと舞っていました。ほんとうにきれいだった――そのときその場で私はもうすっかりまいってしまったんですよ。〃あの娘こそ自分の妻となる娘だ〃と私は自分に言い聞かせました。でもって、そのとおり、見事その娘を射止めたわけです。ほんとうに可愛かった――どうにも生意気でね。ことばがぽんぽん飛び出てきて。言われたぶんは必ず言い返す。それが家内でした」

大佐はさも可笑しそうにくすくす笑った。

私の心の眼にもその光景が浮かんだ。生意気な顔に達者な口先。そんな若き日のデイジー・ラトレルは容易に想像できた。当時はそれほど魅力的だったのだろうが、それは歳とともに辛辣になりがちな魅力でもあったわけだ。

それでも、今夜、ラトレル大佐が思い描いているのはその当時の若い娘、初めて恋した相手としてのラトレル夫人、彼のデイジーだった。

私はほんの数時間前に私たちが言っていたことを改めて恥じた。

ラトレル大佐がようやく腰を上げて、寝室に引き上げると、当然のことながら、私はすべてを洗いざらいポアロに話した。

彼はきわめて物静かに私の話に耳を傾けた。が、その表情からは何も読み取れなかった。

「で、きみはそんなふうに思ったんですね、ヘイスティングズ――わざと撃ったのだと？」

「ええ。今は恥ずかしく思っていますが――」

ポアロは今の私のそんな思いを手で払いのけるようにして言った。

「その思いは自然と起こったのですか、それとも、誰かほかの人にほのめかされて思ったのですか？」

「アラートンが何かそんなことを言っていました」と私はいまいましく思いながら言った。「いかにもあの男が言いそうなことです」

「ほかには？」

「ボイド・キャリントンも言っていましたね」

「ああ！　ボイド・キャリントンも」

「なんと言っても、彼は世情に通じていて、こういったことの経験もある人物ですからね」

「はい、確かに、確かに。そのとおりです。でも、彼自身は見ていなかったのでしょう？」

「ええ、散歩に出ていましたからね。夕食のために着替えるまえにちょっとした運動をしてたんでしょう」

「なるほど」

私は落ち着かない気分で言った。「私だって心から信じていたわけではないと思います。ただ――」

ポアロは私のことばをさえぎって言った。「大佐を疑ったことをそれほど悔やむことはありませんよ、ヘイスティングズ。こうした状況では誰だって考えることです。ええ、ええ、まったく自然なことです」

ポアロの態度には何か理解しがたいものがあった。どこかよそよそしくもあった。私を見る眼にも奇妙な表情があった。

私はおもむろに口を開いて言った。「そうかもしれない。しかし、大佐がいかに奥さんのことを大事に思っているかわかった以上は――」

ポアロはうなずいて言った。「そのとおりです。きみも覚えているでしょう、そういう場合は多々あるのです。日々の暮らしの中では諍いやいきちがいや仲たがいといったものを始終繰り返していても、嘘偽りない真実の愛というものは存在しうるのです」

私はうなずいた。ベッドの上に屈み込んだ夫を見上げる小柄なラトレル夫人の眼はやさしい愛情に満ち満ちていた。そこには辛辣さも、こらえ性のなさも、気むずかしさもなかった。

私はベッドに向かいながらしみじみ思った。結婚生活とはおかしなものだ、と。

ポアロの態度の何かがまだ心に引っかかっていた。あの奇妙な注意深い眼つき——まるで私が何かに気づくのを待っているかのような。しかし、何に気づけというのだ？

ベッドにはいったところでようやく思い至った。眉間をがつんとやられたような感覚を覚えた。

万一ラトレル夫人が死んでいたら、ほかの事件と同じようなことになっていたではないか！　表面上はラトレル大佐が妻を殺したことになる。事故ということにはなるかもしれないが、同時に、事故だったのか、それとも故意だったのか、それは誰にも断言できない〝事件〟になる。殺人と断定するには証拠不十分だが、殺人の嫌疑がかかるだけの証拠は充分そろっている。

となると——となると——

となると、どういうことになる？

となると——少しでも辻褄(つじつま)を合わせようとすれば——ラトレル夫人を撃ったのはラトレル大佐ではなく、Xだということになる。

それは明らかに不可能だ。この私が一部始終を眼にしているのだ。発砲したのはラトレル大佐で、ほかに銃弾は発射されていない。

ただ――いやいや、そんなことは明らかに不可能だ。いや、待て。明らかに不可能とは言えないかもしれない――可能性はきわめて低くても。そう、可能でないとは言えない……誰かほかの人間が絶好の機会を待ちかまえていて、ラトレル大佐が（ウサギを）撃ったまさにそのときに合わせて、その人物がラトレル夫人を撃ったというのも考えられないことではない。それなら、銃声は一度しか鳴り響かない。あるいは、わずかに時間差があったとしても、反響音に聞こえたことだろう（そう考えると、反響音は確かにあった）。

いやいや、そんなのは馬鹿げている。銃弾が発射された銃を正確に特定する方法がちゃんとあるのだから。銃弾についた痕跡は銃身の旋条（せんじょう）と必ず合致する。

しかし――私は思い出した――それは銃弾を発射した凶器がどれか、警察が突き止めようとした場合の話だ。本件では捜査はおこなわれない。なぜなら、ラトレル大佐がほかの誰より確信しているからだ。あの運命の一弾を撃ったのは自分だと。それはすんなり事実として認められ、疑われることなく受け容れられるだろう。銃弾のことなどそもそも調べられもしないのではないか。唯一の疑問点は、誤射だったのか、犯意があったのかという点だけなのだから。しかもこの疑問は永遠に決着することがない。

その結果、この件もほかの件とまったく同じところに落ち着くことになる——犯行の記憶はないものの、自分がやったのにちがいないと思った労働者のリッグズの件や、正気をなくし、自分が犯してもいない犯行を自供したマーガレット・リッチフィールドの件のように。

そう、この件もほかの件とぴたりと一致する。ポアロの態度の意味がこれでやっとわかった。彼はこの事実に私が気づくのを待っていたのだ。

第十章

I

翌朝、私は自分からこのことを持ち出してポアロに話した。ポアロは顔を輝かせると、満足げにうなずいて言った。

「すばらしい、ヘイスティングズ。果たしてきみがこの相似性に気づくかどうか気になっていました。わかってもらえると思うが、私のほうから急かせるような真似はしたくなかったのでね」

「それじゃ、私の考えるとおりなんですね。これもまたXの犯行なんですね？」

「明らかに」

「しかし、なぜです、ポアロ？　動機はなんなんです？」

ポアロは首を振った。

「あなたにもわからないんですか？　見当もつかないんですか？」

ポアロはおもむろに言った。「いえ、見当はついています」

「これらすべての異なる事件の接点がわかったんですか？」

「そう思います」

「だったら」

私はもどかしさにじりじりした。

「駄目です、ヘイスティングズ」

「いや、私も知っていたほうがいいでしょうが」

「いや、きみは知らないほうがずっといい」

「なぜです？」

「そうだという私のことばを信じてもらうしかありません」

「ほんとうに頑固なんだから」と私は言った。「あなたは関節炎で手足の自由も利かず、こうして車椅子に縛りつけられてるんですよ。それでもまだひとりでやろうと言うんだから」

「私がひとりでやっているなどとはどうか思わないでください。それどころか、この件にはきみも深く関わっているのです、ヘイスティングズ。きみが私の眼であり、耳なのです。ただ、危険なものとなりうる情報は提供できないと言っているだけです」

「危険というのは私にとって？」

「犯人にとってです」

「それはつまり」と私はゆっくりと言った。「こっちが気づいていることを犯人に悟られたくないということですか？　そうなんですね。そうでないなら、あなたは私には自分の身が自分では守れないと思ってるんですね」

「少なくともひとつだけよく理解しておいてください、ヘイスティングズ。一度殺人を犯した者は殺人を繰り返します——それこそ何度でも何度でも」

「いずれにしろ」と私はむっつりと言った。「今回、殺人は起こらなかった。少なくとも銃弾は的を逸れたんだから」

「はい、それはきわめて幸運なことでした——はい、実に幸運だった。まえにも言ったとおり、こういうことは予測するのがむずかしいのです」

ポアロはそう言ってため息をついた。その顔には苦悶の色が浮かんでいた。

どんな努力も持続させられないほどポアロは弱っているのだ。私は淋しくそのことに気づき、黙って部屋を出た。頭脳はまだ冴えていても、それでもポアロは疲れやすい病人なのだ。

Xの正体を突き止めようとはしないように。それがポアロの警告だった。が、私は内心Xの正体をすでに突き止めたという確信を捨てきれなかった。スタイルズ荘の宿泊客で明らかに邪悪な人間と思える者はひとりしかいないからだ。単純な質問ひとつで、あることを確かめることができる。消去法のようなテストながら、それでもやってみる価値はある。

朝食後、私はジュディスをつかまえて問い質した。

「昨日の夕方、おまえに――おまえとアラートン少佐にばったり会ったときのことだが、おまえたちはどこに行ってたんだね？」

あることの一面に集中していると、そのほかすべての面がおろそかになる。それがこういうことの厄介なところだ。ジュディスの激しい怒りに会って、私は呆気に取られた。

「まったく、お父さま。それがお父さまにどんな関係があるの！」

虚を突かれた恰好で、私はまじまじと娘を見つめた。「私は――私はただ訊いているだけだよ」

「ええ、でも、どうして？　どうしてそういつもいつも訊かなくちゃならないの？　何をしてた？　どこに行ってた？　誰と一緒だった？　我慢できない！」

ここで可笑しいのは、言うまでもない。今回私が訊きたかったのはジュディスがどこにいたかということではなかった点だ。知りたかったのはアラートンのことなのだから。私は娘をなだめて言った。

「まったく、ジュディス、娘に簡単な質問をしてどうしていけないんだ。理解に苦しむね」

「どうして知りたいのか、わたしも理解に苦しむわ」

「ことさら知りたいというわけでもない。ただ、ちょっと思っただけだ。おまえたちは——その——何があったのか、どうして知らなかったんだろうとね」

「事故のこと？　わたしは切手を買いに村に行ってたのよ、知りたいのならお答えしますけど」

〝わたし〟という一人称に私は飛びついた。

「それじゃ、アラートンと一緒ではなかったんだね？」

ジュディスはうんざりしたように大きく息を吸い込んでから、冷ややかな憤りに満ちた声音で言った。

「ええ、一緒じゃなかった。お父さまと会った二分くらいまえにこの家のすぐそばで行き合っただけよ。これで満足？　でも、これだけは言っておきたいけれど、たとえわたしが一日じゅうアラートン少佐とあちこち歩きまわっていたとしても、それはお父さまが気にしなくちゃならないことじゃないわ。わたしはもう二十一の大人で、もう自立してるの。だからわたしが何をしようとわたしの勝手でしょ?」

「そのとおりだ」と私は話の流れを堰き止めようとして口早に言った。

「わかってもらえてよかった」ジュディスも少しは気持ちをなだめてくれたようだった。悲しげな半笑いを浮かべて言った。「でも、お父さま、そんなに面倒くさい父親になんかならないで。こっちとしてはそれがどれだけ腹立たしいことか、お父さまにはわかってないのよ。もうそんなに大騒ぎしないで」

「しないよ——金輪際もうしない」と私は言質を与えた。

ちょうどそこへフランクリンが足早にやってきた。

「やあ、ジュディス。さあ、行くぞ。ふたりともいつもより遅れてる」

ぶっきらぼうで、実際のところ、礼儀正しいとはとても言えない態度だった。私としてはどうしても腹が立った。フランクリンは確かにジュディスの雇い主で、娘の時間は彼のものであり、それに金を支払っているのだから、娘にあれこれ命ずる権利も持っていておかしくはない。それはわかる。しかしながら、最低限の礼儀も示せないのはどういうことか。そこのところは理解しがたい。フランクリンの態度は誰に対しても洗練された物腰などというものからはほど遠かったが、それでも大半の相手には少なくとも人並みの礼をもって接していた。それがジュディスに対しては——特に近頃は——いつもぶっきらぼうで、まるで独裁者のようなのだ。話すときにも娘のことを見ようともしない。ただ命令をがなり立てるだけなのだ。にもかかわらず、ジュディスのほうはこの扱いを不満に思っているようには見えず、かわりに私が父親として腹を立てているというわけだった。さらに残念なのは——私はそのとき気づいた——そんなフランクリンの態度とアラートンのわざとらしい丁重さがあまりに対照的なことだ。ジョン・フランクリンがアラートンの十倍も善人であることはまちがいない。しかし、魅力という点ではかなり分が悪かった。

私は研究室へと小径を急ぐフランクリンを見送った。不恰好なその歩き方、角ばった体型、骨の突き出た頭部、赤毛、それにそばかす。どう見ても不恰好な醜男だ。眼につく男の魅力といったものがかけらもない。確かに頭はいいかもしれないが、女性が知性だけに惹かれるなどというのはめったにないことだ。仕事の性質上、ジュディスがほかの男性と知り合う機会の皆無に等しいことを思うと、つくづく気が滅入った。さまざまな魅力を持った男を見比べる機会のないことを思うと。ぶっきらぼうで冴えないフランクリンに比べたら、アラートンの安っぽい魅力も比較上よけいに際立って見える。哀れな私の娘にはアラートンの本性を見きわめようにも、その機会というものがないのだから。

アラートンに本気で恋してしまったとしたら？　さきほど示した娘の苛立ちは心配な兆候だ。アラートンは根から腐った男だ。それよりもっとひどいかもしれない。もしアラートンがXなら――？

その可能性はある。銃弾が発射されたとき、アラートンはジュディスと一緒ではなかった。

それにしても、見たところ無目的にも見える一連の犯行の動機はなんなのか。アラートンに狂気の気配はまったく感じられない。彼は正気だ。狂ってなどいない。ただ、道徳観念が完全に欠落しているだけで。

ジュディスは――私のジュディスは――そんな彼と過ごす時間がまったくもって長すぎる。

Ⅱ

娘のことはまえまえからそれとなく心配していたのだが、ここへ来てからは、Xのことと、いつ犯罪が起きてもおかしくない状況に気を取られ、プライヴェートなことは心の隅に追いやられていた。

が、ついに凶行がおこなわれた以上——殺人が企てられたものの、幸いにも未遂に終わった以上——今はプライヴェートなことも考えられる余裕ができて、考えれば考えるほど私の懸念はより大きくなった。そんなある日のこと、アラートンが既婚者だという事実が会話の中でたまたま判明した。

誰についてもよく知っているボイド・キャリントンが、さらに詳しい情報を明かしてくれたのだ。アラートンの妻は結婚後ほどなく、彼のもとを去ったのだが、敬虔なカソリック教徒で、その彼女の信仰のために離婚が話し合われたことは一度もないという。

「私に言わせれば」とボイド・キャリントンはなんのてらいもなく言った。「彼にとってそれこそ願ったり叶ったりということになる。彼の狙いはいつだって無節操なものなんだから。背後に妻がひかえているほうが好都合というわけだ」

若い娘を持つ父親の耳にはなんと快いことばであることか！

誤射事件のあとは表面上何事もなくときが過ぎた。一方、私の中では徐々に不安の伏流がふくらみつつあった。

ラトレル大佐は夫人の寝室で一日の大半を過ごしていた。介護のために看護婦がひとりほかからやってきたので、クレイヴン看護婦はまたフランクリン夫人の世話に戻ることになった。

　意地の悪い人間にはなりたくないが、フランクリン夫人について言うと、自分が第一の患者（アン・シェフ）でなくなったことを不満に思っているのがその態度にはっきりと見て取れた。それは言っておかなければならない。自分の体調がその日一番のみんなの話題であることに慣れているこの華奢な婦人にとって、ラトレル夫人が空騒ぎや気づかいの中心にいることはまったくもって面白くないことなのだろう。

で、ハンモック椅子に寝そべり、胸に手をあてては動悸がするとしきりと訴えた。出される料理はどれも気に入らず、人にわがままな要求をするときには決まって、いかに自分は健気に耐えているかというところを示してみせた。

「わたし、騒ぎ立てるのはほんとうに嫌なんですけれど」と彼女は悲痛な声で弱々しくポアロに言った。「このみじめな体をつくづく恥ずかしく思います。いつも人に頼みごとをしなければならないというのはとても――そう、屈辱的なことです。病気というのはそれこそ犯罪だなんて思うこともあります。頑強で、無神経でなければ、この世では生きていけません。だから、そうでない者はただそっと始末されたほうがいいんです」

「いいえ、マダム」ポアロは相変わらず紳士だった。「繊細な異国の花は温室に入れなくてはなりません——冷たい風には耐えられませんから。冬の寒さにも生い茂るのは名もない雑草だけです。といって、そのために雑草のほうが価値が高いということにはなりません。私をご覧なさい——体はちぢこまり、ねじ曲がり、手足も満足に動かせませんが、それでも私は——私は命を絶つなど考えもしません。これでもそれなりの愉しみがありますからね——食べものや飲みもの、それに頭を働かす喜びとか」

フランクリン夫人はため息をついてぼそっと言った。「ええ。でも、あなたとわたしとでは事情がちがいます。あなたはご自分のことだけ考えていればよろしいんですもの。わたしには気の毒なジョンがいます。自分がどれほど夫の重荷になっているか、切実に感じるんです。病弱で役立たずの妻なんて。足枷(あしかせ)でしかありません」

「ご主人がそんなことを言われたことはただの一度もないと思いますが」

「ええ、言ったことはありません。もちろん。でも、男性ってほんとうにわかりやすい生きものです。それはもう可哀そうなほどにね。ジョンも気持ちを隠すことがまったくできないんです。もちろん、わたしを傷つけるつもりはないのでしょうが、でも、主人は——まあ、本人にとってはいいことですが、とても鈍感なタイプの人間です。自分には感情というものがないから、ほかの人たちにも感情があるとは思っていないんです。鈍感に生まれつくというのはほんとうに幸運なことです」

「私はフランクリン博士を鈍感だとは思いませんが」

「ほんとうに？　そう、それはあなたがわたしのようには主人のことをご存知ないからです。もちろん、わたしにもわかっています。わたしさえいなければ、主人はもっと自由になれるんです。だから、ひどく気が滅入ったときなど、すべておしまいにしてしまったらどんなに楽だろうなんて、どうしても思ってしまうんです」

「おやおや、マダム、なんということを」

「だってわたしが誰の役に立つというのです？　こんな世の中からはすっぱりと抜け出して、来世に旅立てば……」彼女は首を振った。「それでジョンは自由になれるんですから」

「ばかばかしいのひとことですね」私がこの夫人とポアロのやりとりを再現して聞かせると、クレイヴン看護婦はそう言った。「そんなことはしやしませんから、ご心配なく、ヘイスティングズ大尉。〝すべておしまいに〟することに関して、死にかけた鴨みたいな声で言う手合いにかぎって、そんなことをするつもりは毛頭ないんです」

ラトレル夫人の負傷が惹き起こした興奮と騒ぎも収まり、クレイヴン看護婦がまた付き添うようになると、フランクリン夫人の機嫌はずいぶんとよくなった。そのことは言っておかなければならないだろう。

とりわけ天気のいい朝、カーティスは研究室の近くのブナの木立のところまで、ポアロを連れ出した。そこはポアロのお気に入りの場所で、東風から守られていた。いや、それどころか、そよ風ひとつ吹かない場所だった。そこがポアロにとってなによりよかったところだ。なにしろポアロは隙間風を毛嫌いし、新鮮な外気というものを常に疑っている男なのだから。実際、本人は屋内にいるほうがよほどよかったのだろうが、それでも毛布に何重にもくるまれていれば、外の空気にも耐えられるようにはなっていた。

私は彼のところまでゆっくりと歩いていった。ちょうどたどり着いたところで、フランクリン夫人が研究室から出てきた。

彼女はとても映りのいい服を着て、見るからに上機嫌だった。なんでも車でこれからボイド・キャリントンの屋敷までふたりで向かい、クレトン更紗に関する専門家のアドヴァイスを彼に与えることになっているとのことだった。

「昨日ジョンと研究室で話していて、ハンドバッグを忘れてしまったんです」と彼女は言った。「ジョンも可哀そうに。ジュディスとふたりでわざわざタッドカスターまで車で行きました——試薬だかなんだかが足りなくなったとかで」

彼女はポアロのそばの椅子に腰かけ、おどけた表情を浮かべて首を振った。「気の毒な人たち——わたしは科学者じゃなくてほんとうによかったわ。こんなにお天気のいい日には科学なんてまったくの子供の遊びとしか思えませんもの」

「そういうことは科学者のまえでは言わないように、マダム」

「もちろんですわ」そう言ったところで夫人の表情が変わった。やけに真剣な顔つきになって、彼女は静かに口を開いた。「ムッシュ・ポアロ、主人への尊敬の念がないなどとはどうか思わないでくださいね。わたしは現に主人を尊敬してるんですから。研究に全身全霊を捧げている主人の姿はほんとうに――そう、偉大だと思います」

彼女の声はかすかに震えていた。

この女性はあれこれ異なる役柄を演じるのが好きなのではないか。そんな疑念が私の頭をよぎった。で、今は夫を崇拝する忠実なる妻というわけだ。

フランクリン夫人は身を乗り出すと、真剣な面持ちでポアロの膝に手を置いて言った。

「ジョンはほんとうに――ある種の聖人です。だから、わたしにはそれがときに恐ろしく思えることもあるんです」

フランクリンを聖人とはいささか言いすぎのように思えたが、バーバラ・フランクリンは眼を輝かせてさきを続けた。

「主人はなんでもするんです――どんな危険があっても――人類の英知を高めるためならなんだって。それってすばらしいことじゃありません？」

「もちろん、ええ、もちろん」とすかさずポアロは言った。

「でも、ときに」とフランクリン夫人は続けた。「主人のことがとても心配になることがあります。つまり、あの人はどこまでやるつもりなのだろう、ということです。主人が今実験しているあのそら恐ろしい豆のこともとても心配なんです。そのうち主人は自分を実験台にするような気がして」

「もちろん、実験は万全を期しておこなわれるでしょう」と横から私が言った。

彼女は淋しげな笑みをかすかに浮かべて首を振った。「そんなことをおっしゃるのはジョンのことをご存知ないからです。あの新しいガスを主人はどうしたか。その話はまだお聞きになってないようですね？」

私は首を振った。

「何人かで何か新しいガスのことを調べようとしていたときのことです。ジョンは自分が実験台になると名乗り出たんです。三十六時間かそこらずっとタンクの中に閉じこもって、脈や体温や呼吸を測って、どんな後遺症が出るか、人間にも動物と同じ後遺症が現われるかどうか調べたんです。きわめて危険な実験だったと教授のひとりにあとから言われました。完全に意識を失ってしまう可能性も大いにあったそうです。でも、ジョンというのはそういう人なんです――自分の身の安全のことなどまったく気にかけないんです。それはそれですばらしいことだとは思います。ちがいますか、そんなふうになれるというのは？　わたしにはとてもそんな勇気はありません」

「確かにそういうことをするには多大な勇気を要するでしょう」とポアロは言った。「そういったことを平然とおこなうには」

バーバラ・フランクリンは言った。「ええ、そうですとも。だから主人のことはとても誇りに思っています。でも、同時に不安にもさせられるんです。だって、ハムスターやカエルが役に立つのはある段階までのことでしょう。いずれ人体の反応を調べたくなります。だから、ジョンがこのおぞましい裁きの豆とかの実験に自分の体を利用して、何かひどいことが起こるんじゃないかって、それはもう心配で心配でたまらないんです」彼女はため息をつくと首を振った。「でも、主人はそんなわたしの心配を笑うだけなんです。おわかりいただけましたでしょう、主人ってほんとうにある種の聖人でしょう？」

そこへちょうどボイド・キャリントンがやってきた。

「やあ、バーバラ。準備はいいかな？」

「ええ、ビル、待ってたわ」

「あまり疲れなきゃいいが」

「疲れたりするもんですか。こんなに気分がいい日なんてもうずっとずっとなかったことよ」

彼女は立ち上がると、私たちふたりに愛想よく笑ってみせ、背の高い連れとともに芝生の上を歩き去った。

「現代の聖人、フランクリン博士というわけですね」とポアロが言った。

「なんだかずいぶん風向きが変わりましたね」と私は言った。「でも、あの女性はああいう人なんでしょうね」

「ああいうという と？」

「自分にいろんな役まわりを振るのが好きなんですよ。ある日は理解されない、ないがしろにされている妻の役で、次の日は愛する夫の重荷になることを嫌い、苦しむ自己犠牲的な妻。今日は英雄崇拝の献身的な妻というわけです。問題はどの役柄もいささかやりすぎということですね」

ポアロは思案顔で言った。「きみはフランクリン夫人を愚かな女と思っているのではありませんか？」

「いや、そうは言いませんが——それでも、そう、頭脳明晰とは言えないでしょう」

「まあ、彼女はきみ向きのタイプではありませんからね」

「だったら、私向きのタイプとはどういう人なんです？」と私はいささか喧嘩腰になって言った。

すると、ポアロは思いもよらないことを言った。「口を開けて、眼を閉じて、妖精たちが誰を寄越してくれるか待つんです――」

ちょうどそのときクレイヴン看護婦がやってきたので、私には何も答えることができなかった。彼女は大急ぎで芝生の上を軽やかに駆けてくると、私たちに輝くような白い歯を見せて笑った。そして、研究室のドアの鍵を開けて中にはいると、手袋を持ってまた出てきた。

「さっきはハンカチで今度は手袋、いつも何か忘れるんだから」と彼女は言うと、手袋を手に、彼女を待つバーバラ・フランクリンとボイド・キャリントンのところへ急いで戻っていった。

確かにフランクリン夫人はいつも何か忘れものをするそそっかしいタイプの女性だ、と私は思った。持ちものを落として歩きまわっても、当然みんながそれを拾ってくれるものと思っているのではないか。しかもそれをいくぶん自慢に思っているのではないか。そんな気さえした。実際、一度ならず彼女が〝わたしの頭ってほんとにざるみたいなんだから〟などと得々と言うのを聞いたことがある。

クレイヴン看護婦は芝生の上を駆け抜け、やがてその姿は見えなくなった。私はそこまでじっと見送った。彼女は実にきれいな走りっぷりをしていた。均整の取れた体は健康そのもので、私は思わず口にしていた。「若い娘があんな暮らしに満足してるとはとても思えませんね。介護の必要があまりないときには――ただ物を取りにいかされるだけの暮らしなんてものには。あのフランクリン夫人がことさら気が利くとも、やさしいとも思えないし」

ポアロのそのときの返答にはなんとも苛立たせられた。まったくなんの理由もなく、彼は眼を閉じてこうつぶやいたのだ。「鳶色の髪」

確かにクレイヴン看護婦の髪は鳶色だ。しかし、だからといって、どうしてこの場でそんなことを言わなければならないのか。わけがわからない。

私は何も言わなかった。

第十一章

翌日、昼食前のことだったと思う。そのときのやりとりに私はとらえどころのない不安を覚えた。

その場にいたのは、ジュディス、私、ボイド・キャリントンにノートンの四人だ。どうしてそんな話題になったのか、その経緯は定かではないのだが、気がつくと安楽死の話になっており、みんなでその是非を論じていた。

当然のことながら、主に意見を述べていたのはボイド・キャリントンで、ノートンは時々ひとことふたこと発し、ジュディスはただ黙って坐っていたが、会話には注意深く耳を傾けていた。

私自身は、表面的には安楽死に正当な理由があるように思えても、現実問題として考えると、感情的に受け容れられないという私見を明かした。肉親に過剰な権限を委ねることになるとも言った。

ノートンも私と同じ意見を表明した。そして、長い闘病生活を送り、死ぬことが確実で、患者本人の希望と合意が確認できた場合にかぎってのみ、おこなわれるべきだとつけ加えた。

すると、ボイド・キャリントンが言った。「ああ。でも、そこがむずかしいところでね。よく言われることながら〝苦しみから解放されること〟を当の本人がほんとうに望むものだろうか？」

そう言って、実話ということで、手術不能のガンでひどく苦しんでいた男の話をした。その男は主治医に〝すべてを終わらせてくれるものを何かくれ〟と懇願した。が、医師は答えた、〝それはできません、ご老体〟と。そして、そのあと部屋を退出する際、モルヒネの錠剤を患者のベッドの脇に置くと、何錠服用すれば安全か、何錠から過剰摂取になるか、丁寧に説明した。そうして薬の管理は患者に任された。だから、致死量を服用するのはたやすいはずだった。が、その患者はそうはしなかった。「だから」とボイド・キャリントンは続けた。「口ではなんと言おうと、その患者には慈悲深いすみやかな解放より苦しみのほうがよかったわけだ」

そこでジュディスが初めて口を開いた。激しい口調で唐突な意見を述べた。「それはそうでしょうとも。そもそもその人に決めさせるべきではなかったのよ」

ボイド・キャリントンはどういうことかと訊き返した。

「つまり、衰弱している人――痛みや病で――には誰にだって決断をくだすような力が残っていないということです。彼らには決断などできないということです。だから、ほかの人がかわりに決断してあげないと。それはむしろ患者を愛する者の義務です」

「義務？」と私は思わず問い質した。

ジュディスは私のほうを向いて言った。「ええ、義務よ。きちんと物事が考えられて、その責任を取るつもりのある人のね」

ボイド・キャリントンが首を振りながら言った。「それで殺人罪で刑務所送りになっても？」

「そうなるとはかぎりません。誰かをほんとうに愛しているなら、みんなそれぐらいの危険は冒す気になるはずです」

「でも、ジュディス」とノートンが言った。「あなたが言っているのは恐ろしいほど重すぎる責任です」

「そうは思いません。それって責任を恐れすぎています。これが犬なら責任を取るでしょうに――だったら、人だって同じことでしょう？」

「ううん――それはちょっとちがうんじゃないでしょうか？」

ジュディスは言った。「ええ。確かに人の場合はもっと深刻でしょうけど」

ノートンはぼそっと言った。「あなたには、まったくもって驚かされます」

ボイド・キャリントンが好奇心もあらわに尋ねた。「だったら、きみならその危険を冒すというんだね？」

「そうすると思います。わたしは危険を恐れすぎたりしません」

ボイド・キャリントンはまた首を振った。「それはやはりよくないよ。そこらじゅうでみんなが勝手に自分だけの法に従って、人の生死の問題を決めてしまうなどというのは」

ノートンが言った。「実際のところは、ボイド・キャリントン、ほとんどの人には責任を取る度胸なんてないと思いますね」そう言って、彼はジュディスに笑みを向けた。「実際にそういうことになったら、あなたもそうするとは思えませんね」

ジュディスは落ち着き払って言った。「もちろん絶対とは言えないけれども、でも、わたしならそうすると思います」

ノートンは少しばかり茶目っ気を利かせて言った。「そうすることで、何かひそかな利益が得られるなら」

ジュディスは顔を真っ赤にし、鋭く言い放った。「そのひとことであなたにはまったく何もわかっていないということが明らかになりましたね。もしわたしに――何か個人的な動機があったとしたら、何もできないでしょう。わかりませんか？」娘は私たち全員に訴えかけた。「これは個人の事情など一切はいり込んではならないことです。責任が取れるのは――人ひとりの命を奪うだけの責任が取れるのは――自分の動機になんの疑いもない場合だけです。私情なんてほんのわずかでもあってはいけないのよ」

「それでも」とノートンは言った。「あなたはやりませんよ」

ジュディスはなおも言い張った。「やります。そもそもわたしはみなさんほど命を神聖なものとは考えていませんから。病弱な人たち、役立たずの人たち――そういう人たちは取り除かれてしかるべきです。彼らのせいで世の中にはありすぎるほどの面倒があるんだから。社会にまともに貢献できる人だけが生きることを許されるべきです。そうでない人たちは苦しませることなくこの世から去らせてあげるべきです」

娘はそこでいきなりボイド・キャリントンに同意を求めた。

「あなたは賛成してくださいますよね？」

彼はおもむろに言った。「理念としてはね。確かに生きる価値のある者だけが生き残るべきだ」

「だったら、必要とあらば、自分の手に法を委ねようとなさるでしょう？」

ボイド・キャリントンはさらにおもむろに答えた。「もしかしたら。でも、どうかな……」

ノートンが落ち着いた声で言った。「理屈の上ではあなたに同意する人は大勢いるかもしれません。それでも、実行に移すとなると、話はまた別ですよ」

「そんなのはすじが通りません」

ノートンはじれったそうに言った。「確かにそうです。つまるところ、これは勇気の問題なんだから。俗な言い方をすれば、そんな肝っ玉は誰にもないということです」

ジュディスは何も言わなかった。ノートンはさらに続けて言った。

「はっきり言って、ジュディス、あなたもそうだと思いますよ。実際にやるとなったら、あなたにもそんな勇気は持てないと思いますね」

「そう思います？」

「ええ、断言できます」

「いや、そこのところはまちがってると思うね、ノートン」とボイド・キャリントンが言った。「勇気ならジュディスにはいくらでもあるんじゃないかな。ただ、ありがたいのは、それが今は現実問題ではないということだ」

夕食を知らせる銅鑼が鳴り響くのが屋敷から聞こえた。

ジュディスは立ち上がった。

そして、ノートンにきっぱりと言った。「あなたはまちがっています。わたしにはあなたが思ってるよりもっと――肝っ玉がありますから」

娘は屋敷のほうへ足早に立ち去った。ボイド・キャリントンが声をかけながらそのあとを追った。「待ってくれ、ジュディス」

私もそのあとに続いた。なんだか気分がふさいでいた。いつもすぐに人の気分を察するノートンが私を慰めようとして言った。

「お嬢さんは本気で言っているわけじゃありませんよ。若い頃には誰しもああいう青くさい思いつきを言いたがるものです。でも、幸いなことにそれを実行する人はいない。ただ口先で言っているだけですよ」

ジュディスにも聞こえたのだろう、怒りに満ちた眼で肩越しに私たちを振り返った。

ノートンは声をひそめて言った。「考えてるだけならなんの心配も要りません。でも、ヘイスティングズ――」

「なんです?」

ノートンは言いづらそうにしていた。「よけいなことに口をはさみたくはありませんが、あなたはアラートンのことをどれぐらいご存知なんですか?」

「アラートンのこと？」

「ええ。よけいなお節介をしているようなら謝ります。でも、はっきり言って、私ならお嬢さんをあまり彼に近づけないようにしますね。彼は――その、彼の評判はあまりいいとは言えませんからね」

「どんな腐った男かは私にもよくわかります」と私は苦々しい思いを嚙みしめながら言った。「でも、近頃はこういう問題はそう簡単な話ではなくてね」

「ええ、わかります。若い娘にお節介は無用なんていいますものね。実際、大半の場合はそうなんでしょう。でも――その――アラートンはそういう方面ではなかなか手練手管に長けた男ですからね」彼はそこでいったん口ごもってから、さらに続けた。「いいですか、やはりお教えしたほうがいいと思うんで言いますね。もちろん、ここだけの話にしてください――私もたまたま知ったんですが、彼については胸くそが悪くなるような話があるんです」

彼はそのときその場で私に洗いざらい話してくれた。それはそのあと細かい点まで確認することができた、文字どおり胸くその悪くなる話だった。自信に満ちた自立した今どきの若い娘の話だ。アラートンはその娘に対してあらゆる手練手管を使ったのだが、のちのちこの話の裏の面があらわになる。自暴自棄になった娘が睡眠薬のヴェロナールを大量に飲んで、自ら命を絶ったのだ。それがこの話の結末だった。

さらに恐ろしいのは、その若い女性はジュディスと似たようなタイプ――自立心に満ちた知的な女性――だったことだ。そういうタイプは、誰かに心を奪われてしまうと、浮わついた愚かしいタイプには考えられない真剣さで捨て身の恋に落ちる。

私は嫌な胸騒ぎを覚えながら、昼食をとるため屋敷に戻った。

第十二章

I

「何か心配なことでもあるのですか、モナミ？」その日の午後、ポアロが私に訊いてきた。

私はただ首を振っただけで、何も答えなかった。このことで——純粋にプライヴェートな問題で——ポアロを煩わせる権利など自分にはないと思ったからだ。それに、彼にどうにかできるわけでもない。

ポアロがいくら忠告しようと、若者のご多分に洩れず、ジュディスもまた笑みは浮かべても、年寄りの退屈な忠告など他人事のように聞き流すだけだろう。

ジュディス、私のジュディス……

その日、私が体験したことを説明するのはむずかしい。あとから考えてみても、スタイルズ荘自体の空気に何かあるのではないかとしか思えない。あそこでは邪な考えが生まれやすいのだとしか思えない。そのまえのときだけでなく、不吉なところはそのときも変わらず、あの屋敷には殺人事件と殺人犯の影がつきまとっているのだとしか。

どう考えてもアラートンが殺人犯で、ジュディスはそんな男に心を奪われてしまっているのだ！　それはおぞましいとしかほかに言いようのない、およそ信じられないことで、どうすればいいのか。私は途方に暮れた。

昼食後、ボイド・キャリントンが私を脇に引っぱり、空咳をしていっとき言いにくそうにしてから、ようやく用件を切り出し、唐突に言った。「お節介な男などとはどうか思わないでほしい。それでも、娘さんとは一度話し合ったほうがいいんじゃないかな。ひとこと注意をしたほうが。あの男、アラートンのことは知ってると思うけれど——悪い噂がある。だから、娘さんには——そう、むしろ危険を感じる」

子供がいないからそんなことが気安く言えるのだ！　ひとこと注意しろだと?!

そんなことをしてどんな効果があるというのか。事態を悪化させるだけだ。

シンデレラさえ今ここにいてくれたら。どうすればいいか、なんと言えばいいか、妻ならわかっただろうに。

このまま何も言わず、波風ひとつ立たせないという考えに心惹かれたことは認めざるをえない。しかし、いっとき考えて、それでは意気地がないだけだと思い直した。ジュディスと腹を割った話をするというのは尻込みしたくなるような仕事だったが。おわかりのとおり、私は背の高い美しいわが娘を恐れていたということだ。

動揺を募らせ、庭園の中を行ったり来たりしてから、最後に足の向くままバラ庭園にたどり着いた。が、そこで決定権のごときものはあっさり私の手から離れてしまった。というのも、ジュディスがそこにひとり坐っていたのだが、その顔にはいかにも不幸せそうな表情が浮かんでいたからだ。それは私の人生でこれまでにどんな女性の顔にも見たことがないような表情だった。

仮面がはずされ、迷いや不幸の深淵がその姿をあからさまにさらしていた。

私は勇気を奮い立たせ、そんな娘のもとへ歩み寄った。娘は私がすぐそばに立つまで私の足音にも気づかなかった。

「ジュディス」と私は言った。「頼むから、ジュディス、そんなに思いつめないでほしい」

ジュディスは驚いて私のほうを向いた。「お父さま？　足音が聞こえなかったわ」

普段の日常会話に引き戻されてはもう望みはないと思い、私はかまわずにさきを続けた。

「なあ、ジュディス、私は何も知らない、私には何もわかっていないなどとはどうか思わないでほしい。あの男にはなんの価値もない――なあ、どうか私を信じてほしい。あいつはなんの値打ちもない男だ」

ジュディスは困惑に驚きを加えた顔を私に向けて静かに言った。「自分が何を言っているのか、お父さまにはほんとうにわかってるのかしら？」

「わかっているとも。おまえはあの男が好きなんだろう。でも、ジュディス、それはよくないことだ」

娘は陰鬱な笑みを浮かべた。見ていて心が切り裂かれるような笑みだった。

「わたしにもそれくらいはわかってると思うけど。たぶん」

「いや、わかっていない。おまえにはわかってないんだ。ああ、ジュディス、こんなことをして何になる？　あの男は既婚者なんだぞ。おまえとの未来などありえない――あるのは悲しみと恥辱だけだ――そして、残るのは苦い自己嫌悪だけだ」

笑みがジュディスの顔に広がり――いっそう悲しげになった。

「お父さまってなかなか雄弁な人だったのね」

「あきらめるんだ、ジュディス――あきらめなさい」

「嫌よ！」

「ジュディス、あの男はなんの価値もない」

娘は小さな声でそっとおもむろに言った。「わたしにとってこの世で価値があるのは彼だけよ」

「いや、ちがう。ジュディス、頼むから――」

笑みが消え、娘は復讐の女神のような形相で私に嚙みついた。

「どうしてそんなことが言えるの。どうしてそんな口出しができるの。もう我慢できない。この話はもう二度と持ち出さないで。お父さまなんて大嫌い。大嫌いよ。お父さまとはなんの関係もないことなのに。これはわたしの人生なのに――わたしの人生の一番の秘密なのに！」

そう言って、ジュディスは立ち上がった。そして、片手で私を強く押しのけ、そばをすり抜けていった。まさに復讐の女神のような勢いで。私は意気消沈し、そのうしろ姿をただ見送るしかなかった。

それから十五分ばかり、私はまだそこにいた。なすすべもなく茫然とし、次にどうすればいいのかもわからなかった。

そこへエリザベス・コールとノートンがやってきた。

あとから気づいたことながら、ふたりはそのときとても親切にしてくれた。私がひどく動揺しているのを見て取ったのだろう。そうにちがいない。ふたりは私を気づかい、私の心理状態にはまったく触れることなく、かわりに私を散策に誘った。ふたりとも自然愛好家で、エリザベス・コールは野の花の名を教えてくれ、ノートンは双眼鏡で野鳥を見させてくれた。

ふたりの会話はあくまでやさしく、おだやかなもので、羽の生えた生きものや森の植物のことしか話題にのぼらなかった。おかげで私も徐々に自分を取り戻しはしたが、それでも内心の葛藤はまだ激しく渦巻いていた。

加えて、たいていの人がそうであるように、私もまた身のまわりで起こることはすべて自分の心配事と関連があると信じる人間だった。

だから、ノートンが双眼鏡を眼にあてて、「おや、あれはマダラキツツキじゃないかな。私はまだ――」と驚きの声をあげたきり、そのあと唐突に黙り込んだときには、即座に何かがおかしいと思った。私は双眼鏡に手を伸ばし、有無を言わせぬ声音で言った。

「見せてください」

ノートンは双眼鏡を弄び、不自然にためらう声で言った。「いや——いや——見まちがいでした。それにもう飛び立ってしまった——そもそも実際の話、まったくありふれた鳥でした」

その顔は青ざめていた。困ったような表情を浮かべ、私のほうもエリザベス・コールのほうも見ようとしなかった。どう見ても困惑し、同時に思い煩っていた。

双眼鏡で今見た何かを私に見せまいとしている——私は即座にその結論に飛びついた。それが理不尽なことだったとは今でも思えない。

いずれにしろ、何を眼にしたのであれ、ノートンはひどく動揺しており、それは私たちふたりにも容易に見て取れた。

双眼鏡は森の遠く離れた一帯に向けられていた。そこに何を見たのだろう？

私はさらに強い口調で言った。「見せてください」

そう言って、双眼鏡をつかんだ。ノートンが取らせまいとしたのは覚えている。が、いかにももたもたしていた。私は乱暴につかみ取った。

ノートンが弱々しい声で言った。「いや、ほんとうに——つまり、その、鳥はもう飛んでいなくなってしまったんです。できれば——」

私は双眼鏡を眼にあてた。手が少し震えていた。精度の高い双眼鏡だった。ノートンが見ていたと思われるスポットのできるだけ近くに双眼鏡を向けた。

何も見えなかった――ただちらりと白いもの（若い娘の白いワンピースだろうか？）が木々のあいだに消えていくのが見えただけだった。

私は双眼鏡をおろすと、無言でノートンに返した。彼は私と眼を合わせようとしなかった。当惑し、不安そうな顔をしていた。

私たちは三人一緒に屋敷に戻った。が、その道すがら、ノートンの口数がやけに少なかったのを覚えている。

Ⅲ

私たちが屋敷に戻ると、ほどなくフランクリン夫人とボイド・キャリントンも帰ってきた。夫人が買いものをしたがり、ボイド・キャリントンが車でタッドカスターまで連れて出たのだった。

数々の包みが車から降ろされた。買いものを心ゆくまで愉しむことができたのだろう、夫人は生気にあふれていた。血色もよく、よくしゃべり、よく笑った。

そして、取扱いに特に注意を要する品物はボイド・キャリントンに部屋まで運ばせた。私も男として礼を失することなく、手伝いを引き受けた。

夫人の話し方は普段より落ち着きがなく、せかせかしていた。

「ひどく暑くありませんこと？　嵐が来るんだと思います。天気はもうすぐ崩れるはずです。でも、大変な水不足なんですってね。ここ何年もないくらいひどい旱魃だそうです」

彼女はエリザベス・コールに向かって話しつづけた。「みなさんは何をしていらしたの？　ジョンはどこかしら？　頭痛がするから散歩でもするって言っていたけれど。頭痛なんて彼らしくもないわ。でも、実験のことが心配なんですよ。うまくいってないか何かにちがいないわね。もっと打ち明けてくれればいいのに」

夫人は口をいったんつぐむと、今度はノートンに話しかけた。「ミスター・ノートン、ずいぶんお静かですのね。どうかしまして？　なんだか――何かを怖がっているみたいに見えますよ。あのなんとかいう老婦人の幽霊を見たわけじゃないでしょうね？」

ノートンはびくっとして言った。「いえ、いえ。幽霊など見ていませんよ。私は――私はただ考え事をしていただけです」

ちょうどそのとき、ポアロを乗せた車椅子を押してカーティスがドアを抜けてはいってきた。

そして、雇い主を車椅子から降ろすと、抱え上げ、階段をのぼるために車椅子を玄関ホールに停めた。

ポアロが警戒するような眼をいきなり私たちのひとりひとりに向けた。

そして、鋭い口調で尋ねた。「どうしました？　何かあったんですか？」

しばらく誰も答えなかったが、フランクリン夫人がわざとらしい笑い声をあげて言った。「いいえ。もちろん何もありませんわ。何があるとおっしゃるんです？　ただ、ちょっと——雷でも鳴りだしそう？——わたし、嫌だわ。ほんとうに疲れました。荷物を階上に上げていただけないかしら、ヘイスティングズ大尉？　とても助かります」

私は彼女のうしろについて階段をのぼり、東棟の廊下を歩いた。彼女の部屋はその一番奥にあった。

フランクリン夫人がドアを開け、私は両手にいっぱい荷物を抱えてそのうしろで待った。

彼女は戸口でいきなり立ち止まったまま、中にはいっていこうとしなかった。ボイド・キャリントンが窓辺でクレイヴン看護婦に手相を見てもらっていた。

ボイド・キャリントンは顔を起こすと、いささか決まり悪そうに笑って言った。「やあ、未来を占ってもらってたんだ。この看護婦さんはすごい占い師だよ」

「あら、そうなの？　全然知らなかったわ」バーバラ・フランクリンの声音には明らかに棘（とげ）があった。クレイヴン看護婦に腹を立てているように聞こえた。「看護婦さん、荷物を受け取って。それからエッグノッグ（卵にミルクや砂糖、ラム酒などを混ぜた飲みもの）をつくってくださらない？　すごくくたびれちゃって。湯たんぽもお願いね。できるだけ早くベッドにはいりたいから」

「かしこまりました、奥さま」

クレイヴン看護婦はそう言って窓辺から離れた。その顔には看護婦としての職業的な関心以外何も浮かんでいなかった。

フランクリン夫人はさらに言った。「もう行ってちょうだい、ビル。とても疲れたわ」

ボイド・キャリントンは見るからに心配そうに言った。「いやはや、まったく。疲れさせてしまったようだね？　すまない。私としても思慮が足りなかったよ。なんとも愚かなことだ。きみをこんなに疲れさせちゃいけないのに」

フランクリン夫人は例によってあの天使のような、殉教者然とした笑みを彼に向けて言った。「わたしからは何も言いたくなかったのよ。迷惑をかけるのってほんとうに嫌なことだもの」

私たち男ふたりはいささか決まりの悪い思いで、女性ふたりを残して部屋を出た。

ボイド・キャリントンはいかにも悔いるように言った。「まったく私はなんて馬鹿なんだ。バーバラがあんまり明るくて愉しそうにしていたんで、体が弱いことをすっかり忘れてしまった。疲れきっていなければいいのだけれど」

私はおざなりに言った。「いや、一晩ゆっくり休めばよくなりますよ」

ボイド・キャリントンは一階に降りていった。私は少しためらってから、自室とポアロの部屋のある反対側の棟へ向かった。ポアロは私を待っているはずだった。彼に会うのは気が進まなかった。こんなことは初めてのことだ。考えなくてはならないことがありすぎ、胃のあたりに鈍いむかつきがまだ残っていた。

廊下をゆっくりと歩いた。

アラートンの部屋の中から声が聞こえてきた。立ち聞きしようと思ったわけではない。ただ、反射的にドアの外で立ち止まると、いきなりドアが開き、娘のジュディスが中から出てきた。

娘は私を見ると、ぴたりとその場に立ち止まった。私は娘の腕をつかみ、自分の部屋へ連れていった。俄然激しい憤りにとらわれていた。

「あんな男の部屋に行くとはいったいどういうつもりだ？」

娘は落ち着き払って私を見た。その顔に怒りはまったくなかった。あるのはぞっとするような冷ややかさだけだった。私のことばにしばらく答えようともしなかった。

私は娘の腕を揺すって言った。「こんなことは許さない。わかったか。おまえは自分が何をしてるかわかってないんだ」

娘は刺すような低い声で言った。「お父さまってどこまでもいやらしい考えの持ち主なのね」

私は言った。「そうかもしれない。それが私たちの世代に対するおまえたちの世代お得意の批判だ。しかし、少なくとも、私たちには規範というものがある。言っておくが、ジュディス、あの男とこれ以上つきあうことは私が断じて許さない」

娘は揺るぎない視線で私をじっと見つめてから、静かに言った。「わかった。そういうことなのね」

「おまえはあの男に恋していることを否定するのか？」

「いいえ」

「おまえにはあの男がどういう男かわかってないんだ。おまえにはまだわかることができないんだよ」

　私はあえてオブラートに包むことなく、アラートンについて耳にした話を娘に伝え、最後に言った。

「わかったか。つまり、あの男はそういう腐ったけだものということだ」

　娘もかなり腹を立てているようで、私を馬鹿にしたように口角を吊り上げて言った。

「わたしだってあの人が聖人だなんて思ったことは一度もないわ。それだけは言っておくわね」

「私の今の話を聞いてもなんとも思わないのか？　ジュディス、おまえがそこまで堕落するわけがない」

「お父さまの好きなように思えばいい」

「ジュディス、おまえ、まさか――まさか――」

　さすがにそれをことばにすることはできなかった。娘は止めようとする私の手を振りほどいて言った。

「いい？　お父さま、よく聞いて。わたしは自分の好きにする。お父さまにどうこう言われるすじあいはないわ。お説教しても無駄よ。わたしは自分の好きに生きていく。お父さまにもそれを止めることはできない」

そう言うなり、ジュディスは部屋から出ていった。

膝がぶるぶる震えていた。

私は椅子に倒れ込んだ。事態はさらにひどくなっている——私が思っていたよりずっと。娘はあの男にすっかりのぼせあがっている。私にはこの惨状を訴えられる相手がもういなかった。母親——娘が耳を傾けたかもしれない唯一の相手——はもうこの世にいない。すべてが私にかかっていた。

今振り返っても、あのときほど思い悩んだことはあとにもさきにもない……

Ⅳ

自分を奮い立たせるにはしばらくかかった。顔を洗い、ひげを剃り、着替えをしてから、階段を降りてダイニングルームに向かった。そのときの私の振る舞いに妙なところはなかったはずだ。実際、誰ひとり私のおかしさに気づいた者はいなかった。

一度か二度、ジュディスが私のほうに奇妙な視線を送ってはきたが、それはむしろ、私の態度がいつもとまるで変わらないのに戸惑ったのだろう。

私のほうはその間もずっと心の中で決意を固くしていた。

私に必要なのは勇気だけだった——勇気と頭脳。それだけだ。

夕食後、みんなで外に出て空を見上げ、外気の重苦しさについて口々に天気予報を言い合った——雨、雷、嵐。

ジュディスが屋敷の角から姿を消すのが眼の隅にとらえられた。しばらくしてアラートンも同じほうに歩いていった。

ボイド・キャリントンとの話を切り上げると、私もそっちに向かった。

そのときノートンが私を引き止めようとしたのを覚えている。腕を取られ、バラ庭園に行かないかと誘われた。彼のそんなことばになど私はまるで注意を払わなかった。

屋敷の角を曲がったときもノートンはまだ私についてきた。

ふたりはそこにいた。ジュディスの顔が上を向き、アラートンの顔がその上におおいかぶさり、アラートンが娘を抱き寄せ、キスをするのを私は見た。

ふたりはすぐに身を離した。私は一歩前に踏み出した。すると、ノートンに力ずくで角まで引き戻された。彼は言った。「いいですか、いくら父親でもできません——」

私は彼のことばをさえぎって言った。「いや、できる。やってみせる」

「やるだけ無駄です、ヘイスティングズ大尉。確かにあなたとしては面白くないことでしょうが、つまるところ、あなたにできることは何もないんです」

私は何も言わなかった。それはあくまでノートンの考えだ。私には私の考えがある。

ノートンは続けて言った。「どれほど自分が無力に思われるか、どれほど腹立たしいことか、それぐらい私にもわかります。でも、できるのは負けを認めることだけです。潔く認めることです！」

私は反論しなかった。ただ待った。彼に話させた。それからしっかりとした足取りでまた屋敷の角を曲がった。

ふたりはもういなかった。が、どこに行ったのかは容易に見当がついた。そこからそれほど遠くないところに、ライラックの茂みに隠された東屋がある。

私はそっちに向かった。ノートンがまたついてきたようにも思うが、そこのところの記憶は定かではない。

東屋に近づくと、話し声が聞こえた。私は立ち止まった。聞こえたのはアラートンの声だった。

「それじゃ、ぼくの可愛いお嬢さん、これで決まりだね。もう反対は受けつけないからね。明日、きみは市(まち)まで出かける。ぼくはイプスウィッチの友人のところに一晩、二晩泊まってくるとみんなに言う。きみはこっちには戻れなくなったとロンドンから電報を打つ。そうすれば、ぼくのフラットでふたりが素敵なディナーをともにしたって誰にもわからない。絶対後悔させないから。それだけは言っておくよ」

ノートンに腕を引かれ、私はおずおずと振り返った。彼は見るからに不安そうな顔をしていた。それを見て、私はほとんど笑いだしそうになったが、それでも彼に引かれるまま屋敷に戻った。しかし、あきらめたふりをしたのは、自分が何をすべきかそのときはっきりとわかったからだ……

私は彼にきっぱりと言った。「心配しないでください、ミスター・ノートン。無駄なことがやっとわかりましたから。子供の人生を支配することはできない。私もほとほとくたびれた」

ノートンは安堵したようだった。それまた滑稽なほどに。

そのあとすぐに私は言った。少し頭痛がするので、今夜は早仕舞いする、と。

私がこれから何をしようとしているか。ノートンは露ほども怪しんでいなかった。

V

廊下にしばらく佇んだ。どこまでもひっそりとしていた。廊下に人はいなかった。どの部屋のベッドもすでに寝支度ができていた。ノートンの部屋は私と同じ棟にあったが、彼はまだ一階にいるようだった。エリザベス・コールはブリッジをしており、カーティスは階下で夕食をとっているはずだった。今ここには私しかいない。

私も伊達に長年ポアロとともに仕事をしてきたわけではない。用心のしかたはちゃんと心得ていた。

アラートンが明日ロンドンでジュディスと落ち合うことはない。

アラートンは明日どこにも行かない……

すべてがばかばかしいほど単純なことだ。

私は自室に行き、アスピリンの壜を手に取った。それからアラートンの部屋に向かい、バスルームにはいった。彼が言っていたスランバリル錠は戸棚の中にあった。八錠もあれば充分だろう。通常の服用量は一錠か二錠だ。だから、八錠もあれば確実だ。規定の量を少しでも超えただけで致死量になるとアラートン自身が言っていた。ラベルを見た

――〝規定服用量を超えて服用をするのは大変危険です〟

私はひそかにほくそ笑んだ。

手に絹のハンカチを巻いて壜の蓋を慎重にはずした。指紋を残すわけにはいかない。

罎の中身をすべて取り出した。よし、大きさはアスピリンとほぼ変わらない。アスピリンを八錠罎に入れ、八錠除いたスランバリル錠も罎に戻した。これで見た目はそれまでと少しも変わらない。アラートンがちがいに気づくとは思えない。

自室に戻った。部屋にはウィスキーが置いてあった——スタイルズ荘の宿泊客の大半が自室にウィスキーを置いていた。グラスをふたつとソーダ・サイフォンを持ち出した。これまでアラートンが酒の誘いを断わったという話は聞いたことがない。それを見越して、彼が二階にあがってきたら、寝酒をやらないかと誘うのだ。

ウィスキーに錠剤を少し溶かしてみた。すぐに溶けた。恐る恐る唇をつけた。ほんの少し苦味が増しているような気もしたが、ほとんど気づかない程度だ。計画はすでにしっかり立ててあった。アラートンがあがってくるのに合わせ、ちょうど自分に酒を注いだところであるふうを装う。そして、錠剤を溶かしたグラスを彼に渡し、自分用にもう一杯注ぐ。しごく簡単で、自然きわまりないことだ。

私がどんな感情を抱いているか。アラートンはまったく気づいていないはずだ——もちろん、ジュディスがしゃべっていなければの話だが。その可能性もしばらく考えてみたが、それはないだろうと思った。誰が相手にしろ、ジュディスがそういうことをぺらぺらしゃべるとは思えない。

私がふたりの計画を知っていることもアラートンにわかるわけがない。

あとは待つばかりだ。まだ時間はかかりそうだ。アラートンが自室にさがるまでにはまだ一時間か二時間はありそうだ。いつも夜ふかしをしているところを見るかぎり。

私は自室で静かに待ちつづけた。

いきなりドアを叩く音がして私は驚いた。カーティスだった。ポアロが呼んでいるという。

私は我に返った。ポアロ！　その夜、彼のことは一度も心に浮かばなかった。一方、ポアロのほうは、いったい私はどうしたのかと案じていたのだろう。そう思うと、いささか気が差した。なにより彼のところに一度も行かなかったことを恥じないわけにはいかなかった。それは何か変わったことがあったのではないかと彼に感づかれるのを恐れたからでもあったが。

私はカーティスについて向かいの部屋に行った。

「これはこれは（エ・ビアン）！」とポアロは大きな声をあげた。「私はどうやらすっかり見捨てられてしまったようですね。ちがいますか？」

私はわざとあくびをし、苦笑まじりに詫びた。「ほんとうにすみませんでした。でも、ほんとうのところ、頭が割れそうに痛くてほとんど眼も見えないほどだったんです。低気圧のせいでしょう。頭がぼんやりして――実際のところ、そのせいであなたにおやすみの挨拶をしてなかったことさえ忘れていたくらいです」

予期したとおり、ポアロはすぐに私の体を気づかった。薬を勧め、気を揉み、その日、私が外の風にあたりすぎたことを責めた(夏の真っ盛りだというのに!)。アスピリンはもう飲んだということで断わった。それでも、甘ったるくて胸がむかつきそうなココアを断わることはできなかった!

「ココアは神経を休めてくれるんです」とポアロは言った。

私は言い合いになるのを避けてココアを飲むと、ポアロが心配そうな、友情に満ちたことばを次々に並べ立てる中、おやすみを言った。

そして、自室に戻ると、わざと聞こえるようにドアを閉め、そのあときわめて慎重にほんの少し開けた。これでアラートンが二階にあがってきても聞き逃すことはない。が、それまでにはまだ時間がある。

私は待ちつづけた。死んだ妻のことを思った。一度声を低くしてつぶやいた。「わかってくれるよね、おまえ。あの子を救うためだ」

妻は私の手にジュディスを託して逝ったのだ。それを裏切るわけにはいかない。

物音ひとつしない静寂の中、突然、私はシンデレラがすぐそばにいるような気がした。

まるで彼女がこの部屋にいるかのように感じられた。
それでも、悲壮な思いは変わらなかった。私はじっと待ちつづけた。

第十三章

I

拍子抜けに終わった顚末を冷静に書き記すというのは、なんとも自尊心の傷つけられる作業だ。

実のところ、私はアラートンが現われるのを待ちわびて眠りこけてしまったのだ！ 思えば、これはまったく考えられないことでもなかったのだろう。そのまえの夜はろくに寝ていなかったのだから。日中はずっと外に出ており、思い悩んだり、やると心に決めたことを行動に移す勇気を奮い立たせようとしたりで、すっかり疲れ果ててしまっていた。加えてあの嵐のまえの鬱陶しさだ。必死になって心を集中させようとしていたのもかえって災いしたのかもしれない。

いずれにしろ、そんなお粗末な次第になってしまったのである。椅子に坐ったまま眠り込んでしまい、目覚めると、外では鳥がさえずり、陽は昇り、私は夕食のときの恰好のまま、窮屈で居心地の悪い椅子にしどけなく坐っていた。口の中にはいやな味が残り、さらにひどい頭痛も覚えた。

さすがにうろたえた。信じがたかった。自分に呆れた。が、最後には途方もない安堵に包まれた。

〝どこまでも暗い日も明日になれば過去のこと〟と言ったのは誰だったか。まったくそのとおりだ。正気を取り戻した今の私にははっきりとわかる。昨日の私がどれほど神経を張りつめさせ、どれほどひとつの考えに囚われていたか。メロドラマの登場人物さながら、分別というものをまるで見失ってしまっていた。実際のところ、人ひとりをあやめようと固い決心をしていたとは！

自分のまえに置かれたウィスキーのグラスに眼が止まった。私は身震いをして立ち上がり、カーテンを引いて窓からグラスの中身を捨てた。ゆうべの私は頭がおかしくなっていたとしか考えられない！

ひげを剃り、風呂にはいり、着替えをした。それで気分はずいぶんとよくなり、ポアロに会いにいった。ポアロは普段からかなりの早起きなのだ。ポアロと向かい合って坐ると、すべて彼に打ち明けた。

それでずいぶんと気が楽になった。

彼は私にやさしく首を振って言った。「いや、まったく。なんと愚かなことを考えたのです。私に罪を告白しにきてくれたのはよかったけれど。しかし、モナミ、どうしてゆうべ私のところに来たときに悩みを打ち明けてくれなかったのです？」

私はすっかり恥じ入って言った。「それはなんというか、きっとあなたに止められると思ったからでしょうね」

「もちろん止めていたでしょう。ええ、それはもうまちがいない。アラートン少佐などという不愉快きわまりない卑劣漢のために、きみが絞首刑に処されるところを私が見たがると思いますか？」

「捕まりはしなかったでしょう」と私は言った。「策は講じましたから」

「殺人犯はみなそう思うものです。殺人犯の心理そのものですね！　でも、言っておいてあげましょう、モナミ、きみは自分で思うほどにはうまくやってのけたわけではないのです」

「ちゃんと用心はしました。薬の壜についた指紋もちゃんと拭き取りました」

「まさにそこです。きみはそのときアラートンの指紋も拭き取ってしまった。彼の死体が見つかったら、そのあとどうなりますか？　検死解剖がおこなわれ、スランバリルの過剰摂取が死因と断定されます。では、それは誤って飲みすぎたせいなのか、それとも故意に飲んだせいなのか。おやおや、薬壜に被害者の指紋が残っていない。なぜだろう？　事故にしろ自殺にしろ、指紋を拭き取る理由はありません。当然、警察は残りの錠剤も調べ、その半分近くがアスピリンに入れ替えられているのを知ることになります」

「ええ。でも、誰だってアスピリンくらい持ってますよ」と私は弱々しく反論した。

「はい、しかし、アラートンが——古臭い大仰なことばで言えば——ゆゆしき下心を持って追いかけまわしていた娘が誰にでもいるわけではありません。しかも、その件をめぐっては事件が起こる前日、きみは娘さんと口論をしました。きみがあの男に対して激しい敵意を抱いていたことは、ボイド・キャリントンとノートンのふたりも証言するでしょう。そういうことです、ヘイスティングズ、きみの立場はどう考えても不利なものになっていたでしょう。すぐにきみは捜査線上に浮かび上がり、その頃にはおそらくきみ自身ひどい恐怖心——あるいは悔悟——の虜になっているはずです。まともな刑事なら、もうそれだけで犯人はきみだとすっかり結論づけることでしょう。加えて、錠剤を壜から入れたり出したりしているところを誰かに見られていたということも大いに考えられます」

「それはありえませんね。部屋には誰もいなかったんですから」

「窓の外にはバルコニーがあります。誰かが外にいて中を見ていたかもしれません。あるいは、鍵穴から誰かがのぞいていたということもないとは言えません」

「ポアロ、あなたという人は鍵穴のことがどうしても頭から離れないんですね。世間の人はあなたが思うほどそうしょっちゅう鍵穴をのぞいて暮らしているわけではありませんよ」

ポアロは眼を閉じると、きみは昔から人を信じすぎるきらいがあると言って、さらに続けた。

「それに言っておくと、鍵といえば、ここでは実に妙なことが起きているのです。私は――鍵をかけるなら内側からかけたい。たとえカーティスが続き部屋にいてくれてもね。なのに、ここに着いたらすぐに私の鍵がなくなってしまったのです――影も形もなく！そのため新しくつくってもらわなければなりませんでした」

「いずれにしろ」と私は安堵の息をひとつ深くついて言った。まだ心には個人的な心配事が重くのしかかっていたが。「計画は失敗に終わったわけです。人間があんなふうにおかしくなってしまうなんて、今でも考えただけでぞっとしますが」私はそこで声をひそめて言った。「ポアロ、こんなふうに思うことはありませんか？　つまり――昔のあの殺人事件のせいで、この家の空気に何か伝染性のものが含まれてしまったというようなことはありませんかね？」

「殺人ウィルス、ですか？　まあ、興味深い考えではありますね」

「家にはそれぞれ雰囲気というものがあります」と私は考え考え言った。「そして、この家には悪しき歴史がある」

ポアロはうなずいて言った。「ええ。ここにはかつて誰かの死をひどく望んだ者がいました。それも数人。それは確かにそのとおりです」

「そういったことに人はどういうわけか囚われてしまうんでしょうね。でも、それより、ポアロ、私はどうすればいいんでしょう——ジュディスとアラートンのことですが。どうにかしてやめさせなければなりません。私はどうするべきだと思いますか？」

「何もしないことです」とポアロはきっぱりと言った。

「いや、しかし——」

「悪いことは言いません。邪魔をしないのがなにより不幸を招かずにすむ方法です」

「しかし、私のほうからアラートンにきっぱりと言うとすれば——」

「きみに何が言えるのです？　何ができるのです？　ジュディスは二十一で、もう立派な大人です」

「しかし、私には何かできることが――」

ポアロは私のことばをさえぎって言った。「いや、ちがいます、ヘイスティングズ。自分の個人的な考えをあのふたりに押しつけられるほどの知恵にしろ、押しの強さにしろ、さらにはずる賢さにしろ、そういうものが自分にあるなどとは思わないことです。いくら怒り狂おうと、所詮何もできない父親の扱いなど、アラートンはお手のものでしょう。そんなことは面白いジョークぐらいにしか考えていないはずです。一方、ジュディスは頭ごなしに言われておとなしく従うような娘ではありません。だから、私の助言は――そもそも助言をするとすれば――頭ごなしにがみがみ言うのではなく、それとはまったく異なることをすることです。私ならジュディスを信じます」

私はポアロを見つめた。

「ジュディスは」とエルキュール・ポアロは続けた。「とてもすばらしい素質の持ち主です。私は彼女のことをとても高く評価しています」

私は不確かな声で言った。「私もジュディスは立派だと思っています。だから、心配なんです」

ポアロはそこでいきなり力強くうなずいて言った。「彼女のことは私も案じています。きみとはまた異なる意味で。とても不安です。しかも私は無力です――ほぼまったくと言っていいほど。ときは過ぎていくばかりです。ヘイスティングズ、危険が迫っています。今やすぐそこまで」

Ⅱ

危険がすぐそこまで迫っていることはポアロに劣らず私にもわかっていた。むしろ、彼より私のほうがわかっていて当然だろう。そのまえの夜のふたりのやりとりを耳にしているのだから。

それでも、朝食に向かいながら、私はポアロに言われたことばを考えていた――〝私ならジュディスを信じます〟

思いがけないことばだった。が、おかげで不思議と心が落ち着いた。そのことばの正しさはたちまちと言っていいほどすぐに証明された。というのも、ジュディスはその日のロンドン行きを明らかに変更したようだったからだ。

朝食をすますと、いつもどおりすぐにフランクリンと研究室に向かい、どう見てもその日は一日じゅうずっと研究室にこもって、仕事に没頭するつもりのようだった。

深い感謝の念が心にあふれた。アラートンのまことしやかな誘惑にジュディスが陥落したなどと思うとは、ゆうべの私はどこまで狂気と絶望に囚われていたのだろう。しかし、今になって思い起こしてみると、娘が実際に合意することばまではっきりと耳にしたわけではなかった。いや、そんな誘いに乗るにはジュディスはすばらしすぎたのだ。本質的に善良すぎたのだ。で、結局のところ、ランデヴーの誘いは断わったのだろう。アラートンは朝早く朝食をすませると、イプスウィッチに出かけていったということだった。つまり、取り決めどおりジュディスもロンドンに向かうことを当て込み、計画どおりの行動を取ったわけだ。

さぞかしがっかりすることだろう、と私は冷ややかに思った。

ボイド・キャリントンがやってきて、今朝はずいぶんと機嫌がいいんですね、と本人のほうはいささか不機嫌そうに言った。

「そう」と私は言った。「いい知らせがありましてね」

それは羨ましい、と彼は言った。なんでも改築工事に問題が発生して、面倒なことになっているという建築士からの電話があったそうだ。地元の測量士が怒っているらしい。さらに心配な手紙も届き、加えて前日フランクリン夫人を疲れさせてしまったのではないかと気を揉んでもいた。

実際、フランクリン夫人はここしばらく体調も機嫌もよかったのだが、その反動が来ていた。クレイヴン看護婦から聞いたところによると、まったく手に負えないわがままぶりだということだった。

そのため、クレイヴン看護婦は、友人に会いにいくことにしていた休日を返上しなければならず、そのことを苦々しく思っていた。フランクリン夫人は早朝から気つけ薬や湯たんぽや、それにいろいろな病人食や飲みものを要求して、クレイヴン看護婦を放そうとしないのだった。神経痛に心臓のあたりの痛み、足の痙攣（けいれん）に寒気、ほかにもなんと言って騒いでいるのか知れたものではなかった。

もう言っておいても差しつかえないと思うが、夫人の訴えなど、私もほかのみんなも誰ひとり真剣には取り合っていなかった。誰もがみな些細な不調を騒ぎ立てるフランクリン夫人のいつもの癖と思っていた。

それはクレイヴン看護婦とフランクリンについても言えた。

フランクリンは研究室から呼び戻され、妻の繰り言に耳を貸し、地元の医者を呼んだほうがいいかと訊き（フランクリン夫人はこれには猛反対した）鎮静剤をつくり、できるかぎりのことをして妻をなだめたのち、また仕事に戻っていった。

クレイヴン看護婦は私に言った。「奥さまはただ人を困らせようとしているだけです。

そのことはもちろん博士もわかってらっしゃるんです」

「あなたも夫人にはほんとうにどこか悪いところがあるとは思ってないんですね？」

「体温も平熱だし、脈にもまったく問題ありません。ただのわがままなんですよ。わたしに言わせれば」

よほど腹に据えかねていると見え、彼女は普段より軽率にずけずけとものを言った。

「ほかの人が愉しそうにしているのを邪魔するのが大好きなんですよ、あの方は。ご主人をやきもきさせて、わたしをこき使って。ウィリアム卿にさえ〝昨日は疲れさせてしまった〟なんてひどいことをしたみたいに思わせるんですから。あの人はそういう人なんです」

その日ばかりはクレイヴン看護婦も夫人のことをとことん手に負えない患者と思ったのだろう。思うに、それは夫人がことさら心ない仕打ちを彼女にしたからだろう。そもそも夫人は看護婦や使用人に反射的に嫌われるタイプの人間だったが、それはただ手を焼かせるからだけではなく、彼女のマナーも嫌われる要因になっているようだった。

そういうわけで、さきほど述べたとおり、彼女の不調など誰も真剣に考えてはいなかった。

唯一の例外はボイド・キャリントンで、叱られた少年のようにみじめな様子であたりをうろうろしていた。

あれ以来、私はあの日の出来事をいったい何度思い返したことだろう？　これまで気づかなかったことが何かないかどうか、忘れていた小さな出来事が何かないかどうか。みんなはどれほど普段と変わらなかったか、どれほど興奮していたか。そういった全員の様子を何度思い出そうとしたことか。

そうして全員について思い出せたことをここに改めて書いておく。

ボイド・キャリントンは、先述のとおり、気まずそうにも、いささかうしろめたそうにもしていた。前日、興奮に我を忘れ、夫人の弱い体のことを斟酌しなかったのは自分勝手な振る舞いだったと悔やんでいるようだった。で、夫人の具合を訊きに一度か二度部屋まで足を運んだものの、その日はクレイヴン看護婦の虫の居所も決していいとは言えず、きついことばがつっけんどんに返ってきたらしい。彼は村まで出かけてチョコレートを買ってきていたのだが、それを突き返してクレイヴン看護婦は言ったそうだ。

「チョコレートはフランクリン夫人のお口には合いません」

彼は侘びしく喫煙室でチョコレートの箱を開けた。ノートンと私も加わり、三人で黙々とチョコレートをつまんだ。

今思えば、あの朝ノートンは明らかに物思いに沈んでいた。心ここにあらずといった体(てい)で、何か深く考え込んでは一、二度眉をひそめたりもしていた。ただ、チョコレートは好物のようで、心はここにあらずともいくつもつまんでいた。

外では天気が崩れ、十時頃から滝のような雨が降りはじめた。雨の日にはたいてい陰鬱な気分になるものだが、この日はそうではなかった。実のところ、みんな雨に安堵しているようなところさえあった。

ポアロは午頃(ひるごろ)、カーティスに階下(した)に降ろしてもらい、客間に腰を落ち着けていた。そこにエリザベス・コールが加わり、ポアロにピアノを弾いて聞かせていた。なかなかの腕前で、弾いたのはバッハとモーツァルトだった。どちらもわが友のお気に入りの作曲家だ。

ほぼ一時十五分前、フランクリンとジュディスが庭のほうから屋敷に戻ってきた。ジュディスは顔色が悪く、なんだか神経をとがらせているようにも見えた。ほとんど口を利かず、夢でも見ているかのような胡乱な眼をまわりに向けていたかと思うと、そのうちいなくなってしまった。フランクリンのほうは私たちの輪に加わったものの、いかにも疲れて見えた。何かに気を取られ、彼もまた神経をとがらせているようだった。

私がひと雨あってよかったといったようなことを言うと、彼がすぐさまこんなことを言ったのを覚えている。「ええ。何か変化が必要なときもあるものです……」

どういうわけか、私は彼がただ天気のことだけを言っているわけではないような印象を持った。いつものことながら、彼の動作はぎこちなく、そのときもテーブルにぶつかってチョコレートの箱の中身を半分ほど床に落としてしまい、それを見て、いつもの調子で驚いたように謝ったりしていた——見るかぎり、チョコレートの箱に対して。

「これは失礼」

可笑しくて当然なのに、なぜか少しも可笑しくなかった。博士はすぐに体を屈めると、散らばったチョコレートを拾った。

そんな博士にノートンが、今朝は忙しかったのですかと尋ねた。

すると、博士はいきなり笑みで顔を輝かせた——情熱にあふれ、少年のような実に生き生きとした笑みだった。

「いや——いや——ただ突然気づいただけです。まちがった方向に進んでいたことに。必要なのはもっとずっと単純なプロセスだったんです。これで近道を進むことができます」

心ここにあらずという印象は拭えなかったが、その眼には決意がみなぎっており、体もかすかに前後に揺れていた。

「そう、近道です。それが図抜けてすばらしい方法なんです」

Ⅲ

その日の午前は全員が妙にぴりぴりとして、所在なげに過ごしていたのだが、午を過ぎると、思いのほか快適な午後になった。太陽が顔をのぞかせ、外気も涼しくさわやかに感じられるようになった。ラトレル夫人も階下に連れてこられ、ヴェランダの椅子に腰を落ち着けた。そのときの彼女はとても快活で、その魅力にも物腰にも抑制が利いており、いつものようにまくし立てることもなければ、辛辣さが飛び出す気配もなかった。夫をからかうのは変わらなかったが、その物言いにはやさしさと情愛が感じられ、大佐のほうも満面の笑みを妻に向けていた。ふたりがそのように仲睦まじくしているのを見るのは、なんとも気持ちのいいものだった。

ポアロもまた車椅子で外に出ることを自分に許し、上機嫌だった。仲睦まじいラトレル夫妻を見てやはり嬉しかったのだろう。大佐は何歳も若返ったように見えた。優柔不断なところがいくぶんなりをひそめ、口ひげを弄ぶ回数もいくぶん少なくなっていた。今夜ブリッジでもどうだろう、などと自分から申し出さえした。

「デイジーがやりたがっていてね」

「そうですの」とラトレル夫人は言った。

夫人を疲れさせてしまうことはないだろうか、とノートンが言った。

「だったら、三番勝負を一回だけにするわ」とラトレル夫人が言い、いたずらっぽい眼を輝かせてつけ加えた。「それにお行儀よくして、ジョージに嚙みついたりしないようにします」

「いやいや、おまえ」と大佐は反論した。「自分がお粗末なプレーヤーだということはよくわかってるよ」

「それがなんだっていうの？」とラトレル夫人は言った。「そのおかげで、わたしはがみがみ言ってあなたをいじめることができて、とても愉しい思いをさせてもらってるんだもの。でしょう？」

これにはみんなが笑った。ラトレル夫人は続けて言った。「ええ、ええ。自分の欠点はよくわかっています。でも、この歳になったら、もう直すつもりはありません。だから、ジョージはわたしに我慢してつきあうしかないのよ」

ラトレル大佐はしまりのない顔で妻を見つめていた。

ふたりのそうした仲睦まじさを見たからだろう、その日はそのあと結婚と離婚が話題になった。

実際のところ、離婚にもいろいろと利点があるわけで、離婚できない場合より、男も女もより幸せになれるものなのかどうか。それとも、一時的な苛立ちや仲たがい——三角関係にしろ——があっても、しばらく経てば、愛情や仲のよさというものはたいてい取り戻せるものなのかどうか。

おかしなことに、人の考えというものはときにその人の人生経験とまるで矛盾することがある。

私自身の結婚生活は信じがたいほど幸せで、失敗とはほど遠いものだった。それに、そもそも私は根本的に昔気質の人間だ。それでも離婚の支持派である——つまり、早めに手を引き、損失を最小限に食い止め、新しく再出発するのがいいというのが私の考えだ。一方、ボイド・キャリントンは不幸な結婚生活を送りながら、決して断ち切ることのできない婚姻の絆というものを信じていた。結婚制度というものを最大限尊重しており、結婚制度こそ国家の基盤だと言った。

独身者で、個人的な体験に基づく考えを持たないノートンは私と同意見だった。現代的な科学者であるフランクリンは、奇妙にも離婚に断固反対だった。どうやら、離婚は明快な思考と行動という博士の理想に反するらしかった。人には責任というものがある。

人間としてその責任は果たさねばならず、ごまかしたりすることも、それから逃れたりすることも許されない。契約は契約だ、と彼は言った——自分の自由意思で契約を結ぶのだから、それは守らなければならない。そうしなければいわゆる〝ごたごた〟を招くことになる。いつまでも問題を引きずったり、腐れ縁になってしまったりする、と。

椅子の背もたれに体をあずけ、長い脚でそれとなくテーブルを蹴りながら、博士は続けた。「男子たるもの妻を選べばそれは一生の責任です。妻が死ぬまで——あるいは本人が死ぬまで」

ノートンがおどけて言った。「ああ、甘美なる死よ、ということもあるのでは？」

みんなが笑った。そこでボイド・キャリントンが言った。「きみは口出ししてくれなくてもいいよ。結婚したことがないんだから」

ノートンは首を振りながら言った。「ええ、もうときすでに遅しですね」

「そうかな？」とボイド・キャリントンはからかうような一瞥をくれて言った。「ほんとうにそう思ってるのかな？」

エリザベス・コールが一座に加わったのはちょうどそのときだった。それまでフランクリン夫人の部屋にいたということだった。

これは私の思いすごしかもしれない。が、そのときボイド・キャリントンが彼女からノートンへ意味ありげな視線を送り、ノートンが顔を赤らめたような気がした。そんなことがあるだろうか？

いずれにしろ、それで新たな考えが生まれた。私はエリザベス・コールをとくと眺めた。確かにまだまだ若いと言える。その上かなりの美人だ。実際のところ、とても魅力的でやさしく、どんな男も幸せにできそうな女性に思えた。それに彼女とノートンは近頃よく一緒にいる。野草や野鳥探しに出ているうちに友情が芽生えたのだろう。彼女がノートンのことをとても親切な人だと話していたのを私は思い出した。

しかし、そういうことなら、彼女のために喜ばずにはいられなかった。窮乏生活を強いられた不幸な娘時代も、最後に訪れた幸せの邪魔にはならないだろう。彼女の人生を打ち砕いた悲劇も決して無駄なものではなくなるだろう。実際、彼女を見ていると、私がスタイルズ荘に来たときより明らかに幸せそうに見えた。そして、そう、陽気になったようにも見えた。

エリザベス・コールとノートン――ああ、ありうるかもしれない。

そう思ったところで、いきなりどこからともなくぼんやりとした不安と胸騒ぎに襲われた。ここで幸福をつかもうとするのは危険だ――正しくないことだ。スタイルズ荘にはどこかしら悪意の空気のようなものが漂っている。それが今、その瞬間、感じられ、私は急に老け込んだような気分になった。疲れたようにも思われ——さらに、そう、恐怖も覚えた。

そんな感覚はすぐに消えてなくなったものの、いっときなりとも私がそんな気分に落ち込んだことは誰も気づかなかったはずだ。ボイド・キャリントン以外は。しばらくのち、彼が私に小声で話しかけてきた。「どうかしたんですか、ヘイスティングズ?」

「いいえ。なぜ?」

「いや——あなたの顔が——いや、うまく説明はできないけれど」

「ちょっと感じただけです——ちょっと不安を」

「何かよくないことが起こるまえぶれとか?」

「そう、そう言えなくもないですね。何か——何かが起こりそうな感覚です」

「これは奇遇だ。私も一、二度感じてね。何が起こるのか、見当はつきますか?」

彼は私をじっと見つめていた。

私は首を振った。何か特定のことについてはっきりとした懸念を抱いていたわけではなかったからだ。ただ、自分が憂鬱と恐怖の深い波間に呑まれていることだけはまちがいなかった。

ジュディスも屋敷の中から出てきた。毅然とし、ゆったりとした足取りで、口元をきつく結び、なんとも生真面目で美しい表情を浮かべていた。

娘は私とシンデレラのどちらともまったく似ていない。私はそう思った。そのときのジュディスは若い巫女(みこ)のように見えた。ノートンも同じような風情をジュディスから感じ取ったらしく、声をかけて言った。「あなたはまるであなたと同じ名前のあの女性がホロフェルネス（旧約聖書。アッシリアのネブカドネザル王に仕えた将軍。ユデト〔ジュディス〕に殺害される）の首を刎(は)ねにいくときのような顔をしていますね」

ジュディスは笑みを浮かべ、眉を少し吊り上げて言った。「どうしてユデトがそんなことをしたのか思い出せないのだけれど」

「そう、それは地域社会の利益のためという、どこまでも崇高で道徳的な理由のためです」

どこかしら揶揄しているような、その軽い口調がジュディスを苛立たせたようだった。顔を赤くしたところを見ると。ノートンのそばを通り過ぎ、フランクリンの横に腰をおろすと娘は言った。「フランクリン夫人は調子がずっとよくなりました。今夜、みなさんに二階の自室に来ていただいて、コーヒーでもとおっしゃってます」

Ⅳ

夕食後、みんなと階段をのぼりながら、確かにフランクリン夫人は気分屋だと私は改めて思った。一日じゅうみんなをさんざん煩わせた挙句、今度は全員に愛想を振り撒くとは。

夫人はくすんだ淡い緑色の部屋着を身にまとい、寝椅子に横になっていた。その脇に小さな本棚付きの回転テーブルが置かれ、その上にコーヒーを淹れるセット一式がのせられていた。夫人はクレイヴン看護婦の助けを少し借りて、白い指先だけで器用にコーヒーを淹れる儀式を執り行なっていた。いつも夕食のまえに自室に引き上げるポアロと、イプスウィッチからまだ戻っていないアラートンと、階下に残ったラトレル大佐夫妻以外は全員顔をそろえていた。

コーヒーの芳香が漂ってきた――極上の香りだ。スタイルズ荘のコーヒーは味もこくも何もない濁り水のようなものだったので、私たちはみな挽き立ての豆で淹れるフランクリン夫人のコーヒーを愉しみにしていた。

フランクリンは回転テーブルの向かい側につき、コーヒーを淹れる夫人にカップを手渡していた。ボイド・キャリントンはソファの脇に立ち、エリザベス・コールとノートトンは窓ぎわに、クレイヴン看護婦は部屋の奥にさがって、ベッドの枕元の脇に立っていた。私は肘掛け椅子に坐り、《タイムズ》紙のクロスワードを解いており、ヒントを声に出して読み上げた。

「even love（平穏な恋）か、それを乱す第三者？　ことばは八文字」

「アナグラム（つづりを変えた語句）になっているのかな」とフランクリンが言った。

しばらくみんなが考えた。私はさきを続けた。「ふたつの丘のあいだにいる男たちは不親切」

「tormentor（迫害者）（″tormentor″はふたつの″tor″（小高い山）に″men″（男たち）がはさまれている）」とボイド・キャリントンが間髪を入れずに言った。

「引用文――″そして木霊は何を問われようと――と答える″。テニスンの詩です。五文字」

「where（どこ）」とフランクリン夫人が答えた。「それで合っているはずよ。″そして木霊はどこと答える″じゃない？」

私は納得しなかった。「それだとWで終わることばができてしまう」

「でも、Wで終わることばなんていくらでもあるわ。″how″（どうやって）とか″now″（今）とか″snow″（雪）とか」とフランクリン夫人は愚直に言った。

エリザベス・コールが窓ぎわから言った。「そのテニスンの引用は〝そして木霊は何を問われようと死と答える〟じゃないかしら」

背後ではっと息を呑む気配があり、私は顔を上げた。ジュディスだった。娘は私たちの脇を通り過ぎると、窓ぎわに向かい、バルコニーに出た。

私は最後のヒントの答を書き込みながら言った。「even loveのアナグラムではないですね。二番目の文字がAということになると」

「ヒントはなんでしたっけ?」

「平穏な恋か、それを乱す第三者は? 二文字目がAで、あと六文字」

「paramour（愛人）だ」とボイド・キャリントンが言った。

フランクリン夫人のコーヒー皿の上でティースプーンがかちりと音を立てた。私は次のヒントに移った。

「〝嫉妬は緑の眼をした怪獣〟とはこの人物のことば」

「シェイクスピア」とボイド・キャリントンが言った。

「オセロだったかしら、エミリアだったかしら?」とフランクリン夫人が言った。

「どれも長すぎる。答はたった四文字」

「Iago（イアーゴー）」

「オセロにまちがいないと思うけど」

「『オセロ』には出てこない。ロミオがジュリエットに言った台詞だよ」

それぞれ意見を述べた。突然、バルコニーでジュディスが声をあげた。「見て、流れ星よ。ああ、またひとつ」

ボイド・キャリントンが言った。「どこだね？　願いごとをしなければ」そう言って、外に出ると、バルコニーにいたエリザベス・コール、ノートン、ジュディスに加わった。クレイヴン看護婦も外に出た。フランクリンも腰を上げて出た。みんなで夜空を眺めてしきりと歓声をあげはじめた。

私は肘掛け椅子に坐ったまま、クロスワードに取り組んだ。流れ星などどうして見なければならない？　願いごとなど何もないのに……

ボイド・キャリントンが駆け戻ってきて言った。

「バーバラ、きみも出ておいでよ」

フランクリン夫人は鋭く言い放った。「いいえ、無理よ。今日は疲れすぎたわ」

「何を言ってるんだ、バーバラ。きみも来て、願いごとをしないと！」彼は笑った。「そんな依怙地にならないでくれ。私が運んであげるよ」

そう言って、腰を屈めると、彼は夫人を抱え上げた。夫人は笑って抗議した。「ビル、降ろしてちょうだい――ふざけないで」

「ちっちゃな女の子は外に出てきて願いごとをしなくちゃいけない」ボイド・キャリントンは夫人を抱えたまま外に出ると、バルコニーの椅子に坐らせた。

私はさらに深く新聞の上に屈み込んだ。思い出してしまったのだ……晴れた熱帯夜、蛙の鳴き声……それに流れ星。そのとき私は窓ぎわに立っていた。そして、振り返り、シンデレラを抱え上げると、流れ星を見せて願いごとをさせようと外に連れ出したのだった……

クロスワードの文字が眼のまえでにじんでぼやけた。

バルコニーの一団から誰かがひとり離れ、部屋に戻ってきた――ジュディスだった。

眼に涙を浮かべているところなどジュディスに見られるわけにはいかない。そんなことは断じてあってはならない。私は慌てて本棚付きの回転テーブルを半回転させて、本を探しているふりをした。そして、ここでシェイクスピアの古い本を見かけたのを思い出した。やはりあった。私は『オセロ』をぱらぱらとめくった。

「何をしてるの、お父さま?」

私はヒントがどうのこうのと不明瞭につぶやきながらページをめくった。やはりイアーゴーの台詞だった。

将軍、嫉妬にお気をつけあれ。
この緑色の眼をした怪獣は
人の心を食らっては弄ぶのです。

ジュディスはほかの行も声に出して読んだ。

芥子の実だろうと、マンドレーク（麻酔性のある草）だろうと、この世のいかなる眠り薬だろうと
昨日のあの甘美な眠りをおまえにもたらしてくれることは
もはや二度とないだろう。

彼女の声はよく響いた。低く美しく。
ほかの人たちも談笑しながら戻ってきた。フランクリン夫人はさきほどのように寝椅子に横たわり、フランクリンは自分の席に戻ってコーヒーをスプーンで掻き混ぜた。ノートンとエリザベス・コールはコーヒーを飲みおえると、ラトレル夫妻とブリッジの約

束があるからと言って部屋を出ていった。

フランクリン夫人はコーヒーを飲むと、〝ドロップ〟が欲しいと言った。クレイヴン看護婦はちょうど部屋を出たところだったので、ジュディスがバスルームに薬を取りにいった。

意味もなく部屋を歩きまわっていたフランクリンが例によって小さなテーブルにつまずいた。夫人が鋭い口調で言った。

「みっともないことはしないでちょうだい、ジョン」

「すまん、バーバラ。考え事をしていてね」

夫人は気取った声音で言った。「あなたってほんとうに不器用な熊さんみたいなんだから」

博士はどこかぼんやりとした眼で妻を見てから言った。「いい夜だから、散歩でもしてくるよ」

そう言って、部屋を出ていった。

フランクリン夫人は私たちに言った。「主人はほんとうに天才ですの。ああいった振る舞いからもわかるでしょう。わたし、ほんとうに主人のことを崇拝しています。主人の仕事への情熱といったら」

「そうとも、そうとも。実に頭のいい男だ」とボイド・キャリントンがおざなりに言った。

ジュディスがいきなり部屋から出ていこうとして、もう少しでクレイヴン看護婦と戸口でぶつかりそうになった。

ボイド・キャリントンが言った。「ピケ（フランスのカードゲーム）でもやらないか、バーバラ？」

「あら、いいわね。看護婦さん、カードを取ってきてくださらない？」

クレイヴン看護婦はカードを取りにいき、私はフランクリン夫人におやすみを言い、さらにコーヒーの礼を述べて部屋を出た。

廊下にはフランクリン博士とジュディスがいた。廊下の窓から外を見ていた。何も言わず、ただ並んで立っていた。

私が近づくと博士が肩越しに私を見た。そして、一歩か二歩踏み出したところでためらいがちに言った。「散歩についてくるかね、ジュディス？」

娘は首を振って言った。「今夜はやめておきます」そのあと唐突につけ加えた。「もう寝ます。おやすみなさい」

私はフランクリンと一緒に階段を降りた。彼はひとり笑みを浮かべ、静かに口笛を吹いていた。

私のほうはなんだか気が滅入っており、いささか不機嫌な調子で言った。「今夜はまたやけに機嫌がいいんですね」

彼は認めて言った。

「ええ。長いあいだしようと思っていたことがやっとできたんです。とてもさっぱりしました」

私は一階で彼と別れ、しばらくブリッジを観戦した。ラトレル夫人がよそを向いている隙に、ノートンが私にウィンクをしてみせた。三番勝負はこれまでになくおだやかに進んでいるようだった。

アラートンはまだ戻っていなかった。彼がいないほうがこの屋敷はまだしも愉しく、重苦しさも和らぐように感じられた。

私はポアロの部屋へ行った。ジュディスがポアロと一緒に坐っていた。私がはいると、娘は私に笑みを向けたが、何も言わなかった。

「娘さんはきみのことを赦してくれましたよ、モナミ」とポアロが言った。なんという言い種(ぐさ)なのか。

「まったく」と私は勢い込んで言った。「そんな言い方は実に——」

ジュディスが立ち上がり、私の首に腕をまわしてきた。そして、頰にキスをすると言った。「可哀そうなお父さま。わたしはエルキュールおじさまにお父さまのプライドを傷つけさせたりはしないわ。赦してもらわなければならないのはわたしのほうよ。だから、わたしを赦して、おやすみって言って」

どうしてなのかは皆目わからない。が、気づくと、私は言っていた。「悪かった、ジュディス。ほんとうに悪かった。あんなことを言うつもりは——」

娘は私をさえぎって言った。「もういいの。もう忘れましょう。これですべてよくなるわ」そう言って、ジュディスはゆっくりと、どこか遠くに投げかけるような笑みを浮かべた。そして、「これですべてよくなる……」と繰り返すと、静かに部屋を出ていった。

ジュディスがいなくなると、ポアロが私を見て言った。

「それで？　今夜は何があったんです？」

私は両手を広げて伝えた。「何も起こらなかったし、これからも何も起こりそうにありません」

実のところ、その私のことばは見当はずれもいいところだった。というのも、事件が起きたのがまさにその夜だったからだ。フランクリン夫人の容体が急変したのだ。医者がさらにふたり呼ばれたが、手遅れだった。彼女は翌朝亡くなった。

彼女の死因がカラバルマメに含まれるアルカロイド——フィゾスチグミン——中毒であることがわれわれにようやくわかったのは、その二十四時間後のことだった。

第十四章

I

検死陪審はその二日後に開かれた。私がこの土地で検死陪審に出席するのはこれで二度目だ。

検死官は眼光鋭く、率直で辛辣な物言いをする有能そうな中年の男だった。

まず最初に医学的な証拠が取り上げられた。それにより、死因がフィゾスチグミンによる中毒であること、またカラバルマメに含まれるその他のアルカロイドも検出されたことが明らかになった。毒を摂取したのは前日の夜の七時から十二時のあいだということだった。警察医もその同僚もそれ以上推定時刻の幅を狭めることは差しひかえた。

次の証人はフランクリン博士で、全体的にいい印象を与えた。実際、彼の証言は明確でわかりやすかった。妻の死後、研究室の溶液を調べて、実験用のカラバルマメの強いアルカロイド溶液がはいっているはずの壜に、通常の水道水がはいっていることを発見していた。その壜にはもとの溶液の成分はほとんど残っていなかった。しかし、その溶液はここ何日か使っていなかったので、いつ入れ替えられたのか、特定することはできないとのことだった。

そこで、研究室にはどれだけ自由に出はいりできたのかということが問題になった。フランクリンは、研究室にはたいてい鍵がかけられており、鍵はだいたい自分がポケットに入れて持ち歩いていることを認めた。ただ、合い鍵があり、それは博士の助手、ミス・ヘイスティングズが持っていた。だから、研究室にはいりたければ、みな彼女か博士に鍵を借りなければならず、彼の妻も借りていた。持ちものを研究室に置き忘れることがよくあったからだ。いずれにしろ、博士はフィゾスチグミンの溶液を屋敷にしろ妻の部屋にしろ持ち込んだことは一度もなく、妻が誤ってそれを飲むなど絶対にありえないと証言した。

さらに検死官の質問に答えて、妻はここしばらく体調がすぐれず、注意を要する健康状態にあったと言った。精神に影響を及ぼすような器質性疾患はなかったものの、鬱病と気分の急激な変化に悩まされていた、と。

ただ、つい最近は機嫌がよく、健康も精神状態も改善されたように思っていたとも言った。ふたりのあいだに問題はなく、夫婦関係は良好だった。最後の夜も夫人は上機嫌で、ふさぎ込んでいるようなところはまったくなかった。

時折、自らの命を絶つようなことを口にすることはあっても、彼がそのことを本気にしたことは一度もなかったようだった。その点についてさらに踏み込んで訊かれると、あくまで自分の見解だが、妻に自殺願望はなかったと思うとフランクリンは答えた。それは彼の個人的な考えでもあり、医師としての見解でもあった。

フランクリンの次にクレイヴン看護婦が証人席についた。皺ひとつない白衣をまとった彼女はいかにも垢抜けて有能そうに見え、その受け答えは簡潔で専門的だった。フランクリン夫人の世話をするようになってふた月あまりになるが、フランクリン夫人は重い鬱病を患っており、〝すべて終わりにしてしまいたい〟にしろ、自分の人生は役立たずで、自分は夫の足枷でしかないにしろ、そういったことばを夫人が口にするのを少なくとも三回は聞いたことがあると証言した。

「夫人はどうしてそんなことを言ったのです？　ご主人とのあいだに何か諍いでもあったのですか？」

「いいえ、とんでもない。でも、最近ご主人に海外派遣のお仕事の話があったのを奥さまはご存知でした。奥さまを置いていけないので、博士はその話をお断わりになったということも」

「そのためにフランクリン夫人は時折思いつめていた？」

「ええ。ご自分がみじめな病人だからいけないのだとおっしゃって、そのことをしきりと気に病んでおられました」

「それはフランクリン博士も知っていたのですか？」

「博士にそうしょっちゅうおっしゃっていたとは思いません」

「しかし、夫人は鬱状態に陥ることがよくあった」

「ええ、そのとおりです」

「自殺の意図をはっきりと口にしたことはありますか？」

「〝すべて終わらせてしまいたい〟というのが奥さまのことばだったと思います」

「しかし、自分の命を絶つ方法について何か特別なことを言ったことはなかった？」

「ええ。その点は非常に曖昧でした」

「近頃、特に夫人が憂鬱になるようなことはありませんでしたか？」

「ありません。奥さまのご機嫌はむしろいいほうでした」

「亡くなるまえの夜、夫人の精神状態は良好だったというフランクリン博士の意見にあなたも賛成しますか？」

クレイヴン看護婦はためらった。「その――夫人は興奮状態にありました。その日は一日具合が悪かったのです――痛みや眩暈（めまい）を訴えておいででした。それが夜になって、お加減はよくなったようですが、でも、あまりに上機嫌で、そこが少し不自然でした。気持ちを昂ぶらせておられて、わたしにはなんだかわざとらしく思えました」

「壜にしろ、毒がはいっていた可能性のある容器にしろ、そういうものを見かけたりしませんでしたか？」

「いいえ」

「その夜、夫人が口にしたものは？」

「スープに薄い切り身の肉、グリーンピースにマッシュポテト、それからチェリータルトです。それとブルゴーニュの赤ワインをグラスに一杯飲まれました」

「赤ワインはどこにあったものですか？」

「奥さまは部屋に赤ワインのボトルを一本置いておられたんです。いくらか残りましたが、飲み残しは検査され、何も問題はなかったと聞いています」

「あなたに気づかれることなく、夫人が自分のグラスに毒を入れることもできなくはなかったと思いますか？」

「ええ、それは簡単にできたと思います。わたしはそのとき部屋のあちこちにいて、片づけものをしたりしていましたから。奥さまをずっと見ていたわけではありませんから。奥さまの脇には小さな文書箱とハンドバッグが置かれていました。ワインにも、そのあとのコーヒーにも、最後に飲んだホットミルクにもなんだって入れられたでしょう」

「そういうことなら、壜にしろ容器にしろ、夫人がそれをどのように始末したのか、何か考えはありますか？」

クレイヴン看護婦は少し考えてから言った。「ええ、中のものを何かに入れたあと、窓から投げ捨てることもできたでしょうし、ゴミ箱に捨てることも、バスルームで洗い流して薬戸棚に戻しておくこともできたでしょう。薬戸棚には空の壜が何本かありますから。あとで何かに使えるんで、壜は取っておくことにしてるんです」

「最後にフランクリン夫人を見たのは？」

「十時半です。寝支度をしたときです。奥さまはホットミルクを飲まれると、アスピリンが欲しいとおっしゃいました」

「そのときの様子は？」

証人はまたしばらく考えてから言った。

「ええ、ほんとうにいつもと変わりありませんでした……そう、少し興奮気味だったかもしれませんが」

「気が滅入った様子ではなかった？」

「ええ、気が滅入るというより、神経が昂ぶっておられるようでした。でも、自殺を考えておられるのなら、そのために興奮なさっていた可能性はあります。奥さまは自殺を何か気高いことのように、高尚なことのように考えておられたかもしれませんから」

「夫人は自らの命を絶ちそうな人だったと思いますか？」

看護婦はすぐには答えなかった。決めあぐねているようだった。

「そうですね」とようやく口を開いて言った。「そうとも、そうでないとも言えます。わたし自身は――そう、全体として考えると、そう思います。とても情緒不安定でしたから」

次はウィリアム・ボイド・キャリントン卿の番だった。すっかり打ちのめされているようだった。それでも理路整然と証言した。

問題の夜、彼は故人とピケをしていた。そのときには沈んでいる様子はなかったものの、数日前の会話の中で、夫人が自らの命を絶つことを話題にしたことがあった。夫人はとても利他的な女性で、自分が夫のキャリアの妨げになっているという思いに深く心を痛めていた。それだけ夫に心から尽くし、夫の将来に非常に高い期待をかけていながら、そのためにときに自分が病身であることをとても気に病んでいた――以上が彼の証言だった。

ジュディスも召喚されたが、大して多くは語らなかった。研究室からフィゾスチグミンが持ち出された件に関しては何も知らなかった。悲劇が起こった夜、フランクリン夫人は興奮気味だったかもしれないが、いつもと異なるところは特に見受けられず、夫人が自殺を口にするのを耳にしたことはない。語ったのはそれだけだった。

最後の証人はエルキュール・ポアロで、その証言にはとても重みがあり、相当強い印象をみんなに与えた。彼がまず証言したのは、フランクリン夫人が他界する前日に夫人と交わした会話の内容だった。彼女はひどくふさぎ込んでおり、ポアロとのそのやりとりの中でも、すべて終わりにしてしまいたいと数回口にしていた。自分の健康状態を極度に危惧しており、生きている価値がないように思える重度の鬱の発作に襲われることもあると打ち明けていた。眠りに就いて二度と目覚めなければどれほどすばらしいか、などと思うことがあるとさえ語っていたという。

次の質問に対する彼の答はさらに大きな波紋を呼んだ。

「六月十日の朝、あなたは研究室の入口の外にいましたね？」

「はい」

「そのとき夫人が研究室から出てくるのを見ませんでしたか？」

「見ました」

「夫人は手に何か持っていませんでしたか？」

「右手に小さな壜を持っていました」

「まちがいありませんか？」

「はい」

「あなたが外にいるのに気づいて、夫人が動揺したといったようなことはありませんでしたか？」

「驚いたようには見えましたが、それだけです」

検死官は事件の要点のまとめに移り、まず故人はどのように死んだのか、陪審は結論を出さなければならないと言った——死因の特定については何も問題はないだろう。医学的証拠から死因は明白である。故人はフィゾスチグミン硫酸塩中毒により死亡した。陪審が決定しなければならないのは、ひとえに服毒が過失によるものか故意によるものか、またはほかの人物により投与されたのかという点だ。数人の証言によれば、故人は鬱病に悩まされており、健康を害しており、器質性疾患はないものの神経はかなり衰弱していた。ミスター・エルキュール・ポアロ——この名前には重みがあると言わざるをえない――はフランクリン夫人が手に小さな罎を持って研究室から出てくるところを見かけ、その際、夫人は彼の姿を見て驚いたようだと言明している。このことから陪審は、夫人が自害するつもりで研究室から毒薬を持ち出したという結論に達するかもしれない。夫人には、自らが夫の出世を妨げ、その仕事の邪魔になっているという考えに取り憑かれていた節がある。ただ、ここでフランクリン博士の名誉のために言っておくと、博士はやさしく愛情深い夫だったように思われる。虚弱な妻に不満を示したこともなければ、出世の邪魔になっているなどと文句を言ったこともなかった。つまるところ、出世の妨げ云々は夫人が勝手に思い込んでいただけのことだった。神経衰弱を病んだ女性がそうした考えに囚われるというのはままあることである。夫人はどのような経路でいつ毒物を摂取したのか。そのことを示す証拠はない。毒物がはいっていた容器が見つかっていないのはいささか奇異なことに思われるが、クレイヴン看護婦が示唆したように、夫人が容器を洗い、もともと置いてあったバスルームの薬戸棚に戻した可能性は否定できない。あとは陪審の決定に委ねる。

評決はいくらか遅れただけですぐに出た。

フランクリン夫人は一時的に正気を失い、自ら命を絶った。それが陪審による評決だった。

II

三十分後、私はポアロの部屋にいた。ポアロは憔悴しきっていた。カーティスがそんな彼をベッドに寝かせ、元気づけようと酒を一杯飲ませた。

私はしゃべりたくてならなかったが、世話係が用事を終えて部屋を出るまで待つことを自分に強いた。

そのあと一気にまくし立てた。「ほんとうなんですか、ポアロ、あなたが言っていたことは？　フランクリン夫人が小壜を手に研究室を出てくるのを見たというのは？」

ポアロは青ざめた唇にかすかな笑みを浮かべてつぶやくように言った。「きみは見なかったのですか、モナミ？」

「いいえ、見ませんでした」

「でも、気がつかなかっただけかもしれません。でしょう？」

「ええ、そうかもしれません。持っていなかったと断言はできませんから」私は疑わしげにポアロを見やった。「でも、問題はあなたがほんとうのことを言っているのかどうかです。でしょう？」

「私が嘘をつくと思うのですか？」

「つきかねないと思います」

「ヘイスティングズ、きみには驚かされますねえ。私に対するきみの純朴な信頼はどこにいってしまったんです？」

「まあ」と私は譲歩した。「ほんとうにあなたが偽証罪を犯すとは思いませんが」

ポアロはおだやかな声音で言った。「偽証罪にはなりませんよ。宣誓はしていませんから」

「それじゃ、やはり嘘だったんですか？」

ポアロは反射的に手を振って言った。「私が言ったことは、モナミ、言ったことです。それを今さら論じるのは無駄なことです」

「私にはあなたがまったく理解できない！」と私は大声をあげた。

「何が理解できないというのです？」

「あなたの証言ですよ――フランクリン夫人は自殺を口にしていたとか、鬱状態になっていたとか」

「とどのつまり（アンファン）、彼女がそういうことを口にするのはきみも聞いたでしょうが」

「ええ。でも、それは彼女がそういう気分になっていたときの話です。あの人は気分屋でしたからね。あなたはその点をはっきりさせなかった」

「たぶんそうしたくなかったのでしょう」

私は彼をじっと見つめた。「自殺の評決になってほしかったんですね？」

ポアロはいくらか間を置いてから答えた。「思うに、ヘイスティングズ、きみは状況の深刻さを理解していません。ええ、そう思いたいなら、私は自殺の評決が出ることを望んでいました……」

私は言った。「しかし、あなたは――あなた自身は――彼女が自殺をしたとは思っていないんですね？」

ポアロはゆっくりと首を振った。

私は言った。「あなたは――彼女が殺されたと考えている？」

「ええ、ヘイスティングズ、彼女は殺されたのです」

「だったら、なぜそれを隠そうとするのです？　どうして自殺ということで片づけようとするのです？　これでもうこれ以上捜査はされなくなった」

「まさしく」

「そうなってほしかったんですか？」

「ええ」

「でも、どうして？」

「きみにわからないなどということがありうるのだろうか。いや、なんでもありません。このことをこれ以上話すのはやめておきましょう。殺人だったという私のことばを信じてもらうしかありません――これは慎重に計画された殺人です。まえに言ったでしょう、ヘイスティングズ、ここで犯罪が起こることはまちがいなくとも、それを未然に防ぐのはむずかしいと――犯人は冷酷なだけでなく、意志強固な人間でもあるのです」

私は身震いを覚えた。「それでこのさきどうなるんです？」

ポアロは笑みを浮かべた。「事件はとりあえず解決しました――自殺ということで片づきました。それでも、きみと私は、ヘイスティングズ、もぐらのように地下にもぐって働きつづけるのです。そして、遅かれ早かれ、Xを捕まえるのです」

私は言った。「それまでに別の誰かが殺されたら？」

ポアロは首を振った。「そうなるとは思いません。もっとも、誰かが何かを見ていたり、何かを知っていたりすれば話は別ですが。しかし、もしそうなら当然、そのことを自分から申し出てくるのではないでしょうか……？」

第十五章

I

フランクリン夫人の検死陪審直後、数日のうちに起きた出来事については私の記憶はいささか曖昧だ。もちろん葬式が執り行なわれ、スタイルズ・セント・メアリ村から物見高い連中が大勢参列したことは書きとどめておこう。そのときのことだ。私は眼やにだらけで、いかにも不快な悪鬼のような老女に声をかけられた。

参列者が墓地を出るときに呼び止められたのだ。

「もし、旦那さん、おまえさまにはどこかでお会いしたね？」

「いや――それは――どうかな……」

老女は私が言うことになどまるで耳を貸さず、さきを続けた。

「もう二十年ほども昔のことだよ。スタイルズ荘の老婦人が亡くなったときのことだもの。あれがこの村で起きた最初の殺人事件だった。だけど、どうやら最後にはなりそうにないね。あのイングルソープの奥さんは、ありゃ亭主にやられたんだって、わしらみんなそう思ってた。そりゃもうまちがいないって」老女は狡猾そうな意地の悪い流し眼を私に向けた。「もしかしたら、今度こそ亭主の仕業かもしれんね」

「何を言ってる?」と私は語気を荒らげて言った。「自殺の評決が出たことを聞いてないのか?」

「それは検死官の言ってることとさね。でも、まちがってることもあるだろうが、ええ?」老女は私を肘で突ついて言った。「女房の始末のしかたぐらい医者はちゃんと心得てるさ。それにあの女は亭主にとっちゃろくなカミさんじゃなかったらしいしね」

私が睨みつけると、老女は、悪気はないが、ただ二度も起こるというのはおかしいなどとつぶやきながら、こそこそといなくなった。「それにおまえさまがどっちのときにもいるというのも。ちがうかね?」

この老女は私がどちらの犯罪にも関与していると疑っているのか。一瞬、そんな突拍子もない考えが脳裏をよぎり、なんとも落ち着かない気持ちになった。地元に根づく疑惑というものがどれほど奇妙でしつこいものか、つくづく思い知らされた。

しかし、その実、老婆はそれほどまちがってはいないのだ。フランクリン夫人は誰かに殺されたのだから。

さきに述べたとおり、この一時期のことはあまりよく覚えていない。それはひとつにポアロの健康状態が少なからず憂慮されたからでもある。鈍重な顔に不安を浮かべたカーティスがやってきて、私にこんなことを報告したのだ。ポアロがいささか気がかりな心臓発作を起こした、と。

「医者に診てもらったほうがよさげな気がします」

私はすぐにポアロの部屋に向かったが、ポアロはその考えを依怙地に撥ねつけた。なんともポアロらしからぬことだった。私に言わせれば、ポアロは自らの健康に関するかぎりどんなことでもこれまでずっと大騒ぎしてきた。隙間風を嫌ってはシルクやウールを首に巻き、足を濡らすことを極端に恐れ、ちょっとでも寒気がすると熱を計り、ベッドにはいる——〝これで起きていたりしたら、肺炎（フリュクシオン・ドゥ・ポアトリーヌ）にだってなりかねないでしょうが！〟。そんなふうにちょっとでも体が不調をきたすと、常にすぐ医者に診てもらっていた。

それが今は重篤な病を得ながら、態度をまるでたがえていた。

しかし、それは病がそれだけ深刻なせいなのだろう。これまでの体の不調はどれも些細なことだった。が、こうして今、現実に重病人になってみると、その事実を認めるのが怖いのだ。怖いからわざと軽視しているのだ。

抗議する私にポアロはきっぱりと手厳しく言った。

「ああ、もう。医者にはもう診てもらったのです！　ひとりどころか何人にも。誰それにも、誰それにも（彼はふたりの専門医の名を挙げた）診てもらいました。それでどうなったと思います？——ふたりはともにエジプトへの転地を勧めました。ところが、現地に着いたとたん、体調はかえって悪くなったのです。Rのところにも行ってみたけれど……」

Rが心臓病の専門医というのは私も知っていたので、すかさず尋ねた。「なんと言われました？」

ポアロはすばやく眼をそらして横目で私を見た——こっちこそ不安に心臓を鷲づかみにされたような気持ちになった。

ポアロはおだやかに言った。「手は尽くしてくれました。治療もしてくれたし、薬もくれました。その薬はすべてここにそろっています。でも、それ以上は——どうしようもないのです。だから、ヘイスティングズ、今さらまた医者を呼んでも意味がないのです。機械というものは、モナミ、すり減るものです。でも、残念ながら、新しいエンジンを積んで以前と同じように走りつづけるわけにはいかないのです。自動車のようにはね」

「でも、いいですか、ポアロ、何かできることがあるはずです。カーティスが言うには――」

ポアロは語気鋭く問い質した。「カーティスが何を？」

「ええ、カーティスが私のところに来たんです。心配していました――あなたが心臓発作を起こしたと言って――」

ポアロはおだやかにうなずいて言った。「はい、はい。ああいう発作はときに見ていて辛いものです。カーティスはこういう心臓発作にまだ慣れていないのです」

「ほんとうに医者に診てもらうつもりはないんですね？」

「診てもらっても、モナミ、無意味なのです」

口調はどこまでもおだやかだったが、ポアロはきっぱりと言った。私はまた心臓を鷲づかみにされたような胸の痛みを覚えた。そんな私に笑みを向けて、ポアロは言った。

「ヘイスティングズ、これが私の最後の事件となるでしょう。そして、これまでで最も興味深い事件となるでしょう――なにしろこれまでで最も興味深い人物が犯人なのですから。実際、Xの手口には舌を巻かせられます。実に堂々たるもので、むしろ称賛せずにはいられないほどです。これまでのところ、モン・シェール、このXなる人物はこの私、エルキュール・ポアロすらをも打ち負かす才能を駆使して犯行を重ねてきたのです！　私にも対抗できない攻撃法をXはつくりあげました」

「あなたが健康でさえあれば——」と私はなだめるつもりで言った。

が、どうやらまちがったことを言ってしまったらしい。エルキュール・ポアロはやにわに怒りだした。

「ああ！　私はきみに三十六回言ってきました。その上また三十六回言わなければならないのですか！　体の問題ではないのです。ただ——考えればいいだけなのだから！」

「それは——もちろん——ええ、それはあなたにも充分できることです」

「私にも充分できる？　私には比類なくできるのです。私の手足は麻痺してしまい、心臓もぽんこつです。しかし、私の脳は、ヘイスティングズ、私の脳はいかなる損傷も受けることなく機能しています。私の脳はいまだに第一級品です」

「それはなんとも」と私はさらになだめるように言った。「すばらしい」

しかし、階段を降りながら、私はひそかに思った。ポアロの脳はこれまでほどにはうまく物事に対処できてはいないのだ、と。まずラトレル夫人が危うく難を逃れたかと思ったら、今度の事件ではフランクリン夫人が現に殺されてしまったのだから。そうした事態に対してわれわれはいったい何をしているのか。何もしていないも同然だった。

Ⅱ

ポアロが私にこんなことを言ったのは翌日のことだ。「医者に診てもらうべきだと言いましたね、ヘイスティングズ」

「ええ」と私は勢い込んで言った。「そうしてくれたらどんなに嬉しいか」

「よろしい（エ・ビアン）。わかりました。では、フランクリン博士に診てもらいましょう」

「フランクリン博士に？」と私は半信半疑で訊き返した。

「ええ、彼も医者でしょうが。ちがいますか？」

「そうですが——彼の専門は研究です。でしょう？」

「確かに。彼は開業医としてはおそらく成功しないでしょうね。いわゆる〝ベッドサイド・マナー〟なるものを充分に身につけていませんから。しかし、資格はあります。実際のところ、映画の台詞じゃありませんが、〝彼は誰よりずっと自分の商売のことを心得て〟います」

そう言われても、私には百パーセント納得することはできなかった。フランクリンの能力を疑っていたわけではない。しかし、私はまえまえから、彼というのは人間の病気に対しては忍耐心も関心も持ち合わせていない男のように思っていたからだ。研究者としては、それはそれで称賛される態度なのかもしれないが、彼に診てもらう病人にしてみれば嬉しくなるようなことではない。

しかし、医者にかかると言いだしただけでもポアロにとっては大変な譲歩だ。当のフランクリン博士は、近くにポアロのかかりつけの医者がいないこともあり、診察については快諾してくれた。ただ、通常の治療看護が必要になった場合には、地元の開業医を呼ばなければならないと釘を刺した。自分には病人の世話はできないと。

ポアロの部屋にはいった博士がまた出てくるまでかなり時間がかかった。

私は部屋の外で待ちかまえ、ようやく出てくると、私の部屋まで彼の手を引っぱって中に入れ、ドアを閉めた。

「どうでした?」不安に駆られながら尋ねた。

フランクリンは感慨深げに言った。「なんともすばらしい方です」

「ああ、ええ、まあ。はい――」私はそんなわかりきったことは撥ねのけて言った。

「それで彼の具合は?」

「えっ! 具合?」フランクリンは心底意外そうに言った――まるで私がどうでもいい

ことを口にしたかのように。「ああ！　具合はそれはもうひどいものです」

それはおよそ専門的とは言いがたい物言いだった。ジュディスから聞いたかぎり、彼は学生時代には最も優秀な医学生のひとりだったということだが。

「どれくらい悪いんです？」と私は不安を隠すことなく尋ねた。

彼は私を見やって言った。「知りたいですか？」

「もちろん」

いったいこの馬鹿は何を考えているのだ？

彼はすぐさま言った。

「人はたいてい知りたがらないものです。人がたいてい求めるのは甘い慰めのことばです。希望です。安心させてくれることばを少しずつ、でも、惜しみなく聞かせてもらいたいんです。それにもちろん、奇跡の快復というものも現実に存在しますからね。でも、ミスター・ポアロの病気ではそういうことは起こりません」

「それはつまり――」私はまたあの冷たい手に心臓を鷲づかみにされた。

フランクリンはうなずいて言った。「ええ、そうです。そうなります。それもかなり近い時期にと言わざるをえません。あなたに教えてもいいと彼が言っていなかったら、私もこんなことは言いません」

「ということは――彼自身、知ってるんですね」

フランクリン博士は言った。「ちゃんとわかっています。彼の心臓はいつポンと止まってしまってもおかしくないところまできています。もちろん、正確にそれがいつかまではわからないけれど」

彼はいったんことばを切ってからおもむろに言った。「あくまで彼のことばからの推測ですが、何かの始末をつけられるかどうか心配なさっているようですね。彼のことばどおりに言えば、何かやりかけたことの始末をつけられるかどうか。それがなんなのかあなたにはわかりますか？」

「ええ」と私は言った。「わかります」

フランクリンはにわかに興味を覚えたような視線を私に向けた。

「その仕事をなんとしても終わらせたいと思っておられるようです」

「わかります」

その仕事とはどんな仕事なのか。もしかしてフランクリンも知っているなどということがあるだろうか！

彼はおもむろに言った。「だったら終わるといいですね。あの口ぶりでは彼にとってとても大事なことのようでしたから」そこで彼はまたことばを切ってからつけ加えた。

「いずれにしろ、彼はいかにも理路整然とした考えをする人ですね」

私は不安な気持ちのまま尋ねた。「何かできることはないんですか——治療のことですが——」

彼は首を振って言った。「ありません。発作に備えて硝酸アミルのアンプルを持ってはおられるけれど」

そのあと彼はいささか奇妙なことを言った。

「ミスター・ポアロは人の命というものをとても大切に考えておられるんじゃないですか?」

「ええ、そう思います」

ポアロが〝殺人は絶対に容認できない罪です〟と言うのを何度耳にしたことだろう。その抑制された几帳面な物言いにあうたび、私はあれやこれや取りとめのない空想をしたものだ。

フランクリンは続けて言った。「それが私と彼とのちがいです。私はこれまで一度もそんなふうには……!」

私は興味を覚えて彼を見た。彼はかすかに笑みを浮かべ、小首を傾げて言った。

「でも、そうじゃありませんか。どのみち死は訪れるんだから。早く来ようと遅く来ようとそれがなんだと言うんです？　そのちがいなんて微々たるものだ」

「それなら、どうして医者なんかになったんです？　そんなふうに思っているのなら？」私はいささか腹を立てて問い質した。

「いやいや、それは医学というものが〝死〟から逃れるためだけのものではないからです。もっと意味のあることだからです――〝生〟をよりよくするものだからです。健康な人間が死んでも、どうということはありません――それほどにはね。一方、無能者――クレチン病患者――が死んだらそれは必ずしも悪いことではない。しかし、正しい腺の治療法が発見され、甲状腺の欠陥を治療することができるようになり、クレチン病患者を健常者にすることができれば、それは私にとってきわめて重要なことです」

　私はそれまでより興味を持って彼を見つめた。インフルエンザにかかってもフランクリンを呼ぼうとは今でも思わないが、この男のある種の強烈な真摯さとまぎれもない熱意には、敬意を覚えずにはいられなかった。妻の死後、彼が変わったことにはすでに気づいていたが。フランクリンは世間並みの服喪などほとんどしていなかった。それどころか、以前より生き生きとして見えた。心ここにあらずといったところが鳴りをひそめ、新たな活力と情熱に満ちあふれていた。

　私の想念は博士の唐突なことばにさえぎられた。「あなたとジュディスはあまり似ていませんね」

「ええ、そうですね」

「お母さん似なんですか？」

私は少し考えてからゆっくりと首を振った。「いや、そういうわけでもないですね。家内は陽気でよく笑う女でした。何事も真剣に受け止めることがなくて――私にも自分と同じようにさせようとしていました。それはあまり効果がなかったようですが」

彼はかすかに笑みを浮かべた。「ええ、あなたはどちらかというと生真面目なお父さんですね？　ジュディスがそう言っていました。でも、ジュディスもあまり笑いません――とても生真面目なお嬢さんです。仕事が忙しすぎるんです。私が悪いんです」

彼はそこで考える顔つきになった。私は型どおりのことばを口にした。「あなたの仕事はとても興味深いものなのでしょうね」

「ええ？」

「あなたの仕事はとても興味深いものにちがいないと言ったんです」

「ほんの一握りの人間にとってはね。ほかの人にとってはまるでつまらないものです――でも、そう思う人たちのほうが正しいんでしょう。それはともかく――」彼は顎を突き出すようにして肩をいからした。本来の彼が突如姿を現わした――力強い、精悍な男の姿だ。「やっとチャンスがやってきたんです！　いや、まったく。大声で叫びたいくらいだ。今日、協会から知らせがあったんです。あの仕事にはまだ空きがあったようなんです。で、オファーがまた舞い込んできたんです。十日後にはもう現地に向かいます」

「アフリカに？」

「ええ。すばらしいのひとことです」

「そんなに早く」私はいささかショックを受けていた。

博士は私をじっと見て言った。「どういうことです、そんなに早くとは？　ああ」そこで彼は眉を開いた。「バーバラが死んだばかりなのに、ということですね？　それのどこがいけないんです？　取りつくろっても意味などありません。妻の死が私を解放してくれたのは事実なんですから」

私の顔になんらかの表情が浮かんだのだろう。彼はその表情を面白く思ったらしく続けて言った。

「世間のしきたりに従っている時間など私にはないんです。私はバーバラと恋に落ちた――あの頃の彼女はとても可愛かった――でも、結婚をすると、一年ほどで恋は冷めてしまった。彼女のほうは一年もかからなかったんじゃないでしょうか。彼女にとってそもそも私はお買い得でもなんでもなかった。彼女はそんな私を変えられると思ったんでしょう。でも、できなかった。私は自己中心的な男です。頑固な野蛮人です。自分のしたいようにする人間です。それは変わらない」

「でも、あなたは奥さんのためにアフリカ行きの仕事を断わったじゃないですか」と私は指摘した。

「ええ。でも、それは純粋に金銭上の理由からです。私はバーバラがそれまでに慣れ親しんでいた暮らしを結婚後も続けられるようにすると約束しました。でも、私がアフリカに行ってしまったら、彼女は爪に火をともすようなつましい暮らしをしなければならなくなる。ところが、今は——」と彼は開けっぴろげな少年のような笑みを浮かべた。

「私にとっては信じられないほど幸運なめぐり合わせになったわけです」

そのことばを聞いて、私は胸が悪くなった。確かに、妻を亡くしても悲嘆に暮れもしない男は少なくない。この事実は誰もが多かれ少なかれ知っている。しかし、この男の場合はあまりに露骨だった。

彼は私の顔を見た。それでも、それで気を悪くした様子は微塵もなかった。

「真実というのはめったに好まれないものです」と博士はさらに続けた。「それでも、真実は時間も不正確なことばも大いに節約してくれます」

私は語気を強めて言った。「奥さんが自殺したことはまったく気にならないのですか？」

彼はひとり思索にふけるようにおもむろに言った。「家内がほんとうに自殺をしたとは思っていません。おそらく——」

「だったら、何があったというのです？」

彼は私が眼のまえにいることをいっとき忘れていたような顔をした。「わかりません。それに——知りたいとも思わない。わかりますか？」

私は博士を見つめた。彼の眼はいかにも無情で冷たかった。

博士は続けた。「知りたくないんです。私には——関心がないんです。わかりますか？」

わからないでもなかった——が、心に残ったのは強い嫌悪だけだった。

Ⅲ

ノートンが心に何か抱え込んでいるのに私が気づいたのはいつ頃からだったか。そこのところははっきりとしないが、ノートンは検死陪審以来ずいぶんおとなしくなった。陪審と葬儀が終わったあともあちこち歩きまわるのは変わらなかったが、常に地面に眼を落とし、額には皺を寄せていた。彼にはもともと短い白髪に指を通す癖があったが、今ではそれが絵本の『もじゃもじゃペーター』みたいに突っ立ってしまっていた。傍から見ていると滑稽だった。が、本人はそのことにまるで気づいておらず、それを何度も繰り返し、心の鬱屈がそこに現われていた。話しかけても返事は上の空で、ようやく私も彼が何かを思い煩っていることに気づいたのだった。で、悪い知らせでもあったのかと遠慮がちに訊いてみたのだが、それは言下に否定され、それでその話題はとりあえず打ち切りになった。

しかし、そのあとしばらくして、彼のほうから不器用に訊いてきたのだ。もってまわった訊き方で、何かについて私の意見を求めているようだった。

真剣になるといつもそうなのだが、ノートンはいささか口ごもりながら、倫理の問題がからんだ話をしはじめた。

「ねえ、ヘイスティングズ、その、物事が正しいかまちがっているか見きわめるのって至極単純な話のはずですよね――でも、現実問題となると、そんなに簡単な話ではなくなる。つまり、その、何かに出くわすとします――でも、それはその人が知るはずのない類いのことだったとします――つまり、まったくの偶然で知ってしまったことで、それにつけ込んではいけない類いのことです。でも、それは恐ろしく大事なことかもしれない。私の言っていることわかりますか?」

「いや、悪いけれど、あまりよくわからない」と私は正直に答えた。

ノートンは眉をひそめ、また手で髪をくしゃくしゃにした。そのため髪が立ってしまい、いつもの滑稽な感じになった。

「説明するのがとてもむずかしいのだけれど、なんというか、つまり人の手紙を読んで、たまたまあることを知ってしまったとします――まちがって開封してしまって。まあ、そういうことです――誰かほかの人宛ての手紙なのに、自分宛てだと思ったから読んでしまったわけです。でも、そのことに気づくまえに、自分が読んではいけないことを読んでしまった。そういうこともあるでしょう?」

「ええ、もちろん。そりゃあるでしょう」

「そういうときには……つまり……どうするべきなんでしょうね?」

「そうですねえ――」私は考えてみた。「やはりその人のところに行って、〝まったくもって申しわけないことに、過ってあなたの手紙を開封してしまいました〟と正直に言えばいいんじゃないでしょうか」

ノートンはため息をつくと、そんなに単純な話ではないのだと言った。

「だって、読んでしまったのが何かきわめて恥ずかしい内容だったかもしれないでしょう？」

「その人にとって恥ずかしいということですか？　それなら読んでいないふりをしなければならないでしょうね——読むまえにまちがいに気づいたことにして」

「そうですよね」とノートンはしばらく経って言った。が、満足のいく解決策にたどり着いたとは少しも思っていないようだった。

で、いかにも弱りきった体で言った。「どうすべきかわかればいいんだけれど」

ほかにできることは何もないように思う、と私は言った。

ノートンは途方に暮れた皺を額に刻んだまま言った。「つまり、ヘイスティングズ、それだけじゃないんです。眼にしたものが——まあ、その、とても重要なことだったとしたら。それもつまり別の人にとって」

さすがに私もこらえ性をなくして言った。「いやいや、悪いけれど、ノートン、何が言いたいのかまったくわからない。そもそも他人の私信を勝手に読んだりしてはまずいでしょうが」

「もちろん、そうです。もちろん。でも、そういうことじゃないんです。それに、そもそも手紙じゃないんです。どういう類いのことか説明しようとしてそう言っただけで。眼にしたり耳にしたりしたことが――それが偶然だったら――どんなことであれ、自分ひとりの胸にしまっておくものです。当然です。でも――」

「でも？」

ノートンはおもむろに言った。「それはあくまで知らせるべきことではなかったらの話です」

私は彼を見た。急に彼の話に興味を覚えた。ノートンは続けて言った。「そう、こんなふうに考えてみてください。何かを見たとしましょう。たとえば鍵穴から」

私は即座にポアロのことを思った！ ノートンは口ごもりながら続けた。

「つまり、その、私が言いたいのは、鍵穴から部屋をのぞく立派な理由があったということです――鍵が鍵穴の中で動かなくなったりして、それで鍵穴に何か詰まっていないか確かめただけだとか――それとも――それとも何かほかにちゃんとした理由があったということです――だから、その、そんなものを見ることになろうとは一瞬たりと思わなかったのに……」

口下手なノートンの話から私の気持ちがいっとき逸れた。というのも、はっきりと見えたからだ。ノートンが草深い丘でマダラキツツキを見ようと、双眼鏡を眼にあてた日のことが思い出されたのだ。双眼鏡を眼にあてるなり、彼は狼狽し、困惑し、私も双眼鏡をのぞこうとすると、必死になってそれを阻止しようとした。あのとき、彼が眼にしたのは何か自分と関係のあることだ——つまり、彼はアラートンとジュディスを見たのだ——という結論に私は飛びついた。しかし、ほんとうはそうではなかったのだとしたら？　ノートンはまったく異なるものを目撃していたのだったとしたら？　あのとき私がアラートンとジュディスだと思い込んだのは、ふたりのことに心を奪われていたからだった。だから、ほかの可能性については考えもしなかった。

私はだしぬけに自分のほうから持ち出した。「きみは双眼鏡で何かを見た。そういうことなんですね？」

ノートンはびっくりしたような顔をした。が、同時にほっとしたようでもあった。

「いやいや、ヘイスティングズ、どうしてわかったんです？」

「きみと私とエリザベス・コールであの丘に行った日のことなんですね？」

「そのとおりです」

「きみが私に見せたがらなかったものですね？」

「いや、あれは——その、つまり、私たちの誰ひとり見てはいけないものだったんです」

「なんだったんです?」

ノートンはまた額に皺を刻んだ。「まさにそれなんです。私は言うべきなんでしょうか? つまり、その――つまるところ、これはのぞき見です。私は見るべきではないものを見てしまった。見ようとして見たわけではないにしろ――ほんとうにマダラキッツキがいたんです――とてもきれいなやつでした。でも、私はほかのものも見てしまった」

彼はそこでことばを切った。私は知りたかった。知りたくてしようがなかった。が、良心と折り合いをつけようとしている彼の気持ちを尊重し、まずはこう尋ねた。

「それは――何か重要なことだったんですか?」

彼はおもむろに言った。「重要かもしれません。それなんです。私にはわからない」

私はさらに尋ねた。「もしかしてそれはフランクリン夫人の死に関係のあることでは?」

彼は心底驚いたような顔をした。「あなたがそんなことを言うとは」

「ということは、そうなんですね?」

「いえ――いえ、直接的には関係ありません。でも、その、やはり、関係があるかもしれない」彼は訥々(とつとつ)と言った。「少なくとも、その、いくつかのことに新しい光を投げかけることにはなるはずです。そうなると、その、つまり――ああ、なんてことだ。どうすればいいのかわからない！」

私はジレンマに陥った。好奇心に駆られてうずうずしながらも、目撃したことを口にするのをためらうノートンの気持ちもわからないではなかった。いや、よく理解できた。私も同じように感じただろう。世間的には邪な手段と考えられる形で情報を手にしてしまうというのは、誰にとっても心弾むことではないだろう。

そこでふと思いついた。

「ポアロに相談してみては？」

「ミスター・ポアロに？」とノートンはいささか疑わしげに言った。

「そう、彼に助言を求めればいい」

「なるほど」とノートンはおもむろに言った。「それもひとつの案ですね。ただ、もちろん、彼は外国人だけれど――」ノートンは決まり悪そうにそこで言いさした。

彼の言いたいことはわかる気がした。〝フェアプレー〟に関するポアロの厳格な考えはそれこそ耳にたこができるくらい聞かされていた。しかし、ポアロ自身これまでに双眼鏡を使うことは一度も考えなかっただろうか！　思いついていたら、まちがいなく使っていたはずだ。

「ポアロは必ず秘密は守ります」と言って私はノートンを説得した。「それに、彼の助言がきみの気に入らなければ、従うことはないんですから」

「それはそうですね」とノートンは言って眉を開いた。「わかりました、ヘイスティングズ、そうしてみます」

Ⅳ

私がノートンのことを伝えると、ポアロは即座に食いついてきた。私はいささか驚いた。

「今なんて言ったんです、ヘイスティングズ？」

そう言って、口元に運んでいた薄切りのトーストを手から落とし、顎を突き出すようにして身を乗り出した。

「教えてください。今すぐ」

私は同じ話を繰り返した。

「あの日、ノートンは双眼鏡を通して何かを見た」とポアロは考え考え言った。「でも、それはなんだったのか、きみには言おうとしないんですね」そこでいきなり手を伸ばして私の腕をつかんだ。「彼はほかの誰にもこのことは話していないのですね？」

「そう思います。ええ、誰にも話していないはずです」

「大いに用心することです、ヘイスティングズ。ノートンが誰にも言わないことが今は喫緊の問題です——暗に洩らしてもいけません。そんなことをしただけで危険が及ぶかもしれないからです」

「危険？」

「それも重大な危険です」

ポアロの顔にはただならぬ気配があった。「彼と話し合って、モナミ、今夜、私のところに来させてください。もちろん、なんの気がねもなく、世間話でもしに顔を見せるということで。彼が私に会うのには何か特別な理由があるなどと、ほかの誰にも思わせてはいけません。それからきみも用心してください、ヘイスティングズ。用心に用心を重ねてください。そのときほかには誰が一緒だったんでしたっけ？」

「エリザベス・コールです」

「ノートンのそのときの振る舞いがおかしかったことには彼女も気づいていましたか？」

私は思い出そうとした。「どうでしょうか。気づいたかもしれません。彼女に訊いてみましょうか——?」

「何も言ってはなりません、ヘイスティングズ——誰にもひとことも」

第十六章

I

私はノートンにポアロのことづてを伝えた。

「もちろん、会いにいきます。喜んでいきますけど、でも、ヘイスティングズ、正直なところ、あなたに話したことすら後悔してるんです」

「そういうことを言えば」と私は言った。「このことはほかの誰にも何も話してませんよね？」

「ええ――少なくとも――もちろん、誰にも言ってません」

「それは確かですね？」

「ええ。誰にも何も言ってません」

「だったら、言わないでください。ポアロに会うまでは誰にも」

最初に答えたときにはかすかにためらいがあった。私はそのことに気づいた。が、二度目にはきっぱりと否定した。のちに私はこのときのわずかなためらいを思い出すことになる。

Ⅱ

あの日のあの草深い丘にまた行ってみた。先客がいた。エリザベス・コール。丘をのぼっていくと、振り向いて彼女は言った。

「ヘイスティングズ大尉、ずいぶん興奮なさっているようだけれど、何かありましたの？」

私は努めて平静を装った。

「いえ、なんでもありません。早歩きしたんで息が切れているだけです」そう言って、さりげない口調でつけ加えた。「雨が降りそうですね」

彼女は空を見上げた。「ええ、そのようですね」

私たちはしばらく無言でその場に佇んだ。この女性には深い同情を覚えずにはいられない何かがあった。彼女が自らのおいたちと、彼女の人生を台無しにした悲劇について話してくれてからというもの、私は彼女に少なからぬ関心を抱くようになっていた。不幸な経験を持つ者同士には強い絆が生まれるものだが、彼女には二度目の春が訪れていた。あくまで私の想像にしろ。気づくと、私は言っていた。「興奮とはほど遠いですね。今日はどうも気分が滅入ってしかたがない。親友のことで悪い知らせを聞いてしまったんですよ」

「ムッシュ・ポアロのことですか？」

思いやりのある同情を示され、私はすべて打ち明けた。

話しおえると、彼女は静かに言った。「そうでしたか。ということは——いつお別れのときが来てもおかしくないんですね？」

私はことばを声にすることができず、ただうなずいた。

そのあとややあって言った。「彼がいなくなったら、私はほんとうにこの世にひとりぼっちになります」

「あらあら、そんな。ジュディスがいるじゃありませんか——それにほかのお子さんたちも」

「子供たちは世界のあちこちに散らばってましてね。それにジュディスは——そう、あの子には仕事がありますからね。私なんか必要としてませんよ」

「子供というのは何か面倒なことにでもならないかぎり親を必要としないものです。それはもう何か根源的な法則のようなものです。そう思ってあきらめるのが一番です。だいたいあなたよりわたしのほうがずっと孤独です。ふたりの姉妹はアメリカとイタリアとずいぶん遠くにいるんですから」

「エリザベス」と私は言った。「あなたの人生はまだ始まったばかりじゃないですか」

「三十五で？」

「三十五がなんです？　私なんか自分が三十五だったら、なんてつくづく思います」そう言ってから、私は意地悪くつけ加えた。「私だってまるっきり何も気づいていないわけではないんですよ」

彼女は問いかけるような視線を私に向けると、顔を赤らめた。

「あなたはまさか――あら！　スティーヴン・ノートンとわたしはただの友達です。共通するところがたくさんあるから――」

「それはいいことです」

「彼は――ただ、とても親切なだけです」

「いやいや」と私は言った。「何から何まで親切だとは思わないことです。私たち男というのはそんなふうにはできていませんから」

しかし、エリザベス・コールはそこでいきなり顔面蒼白になると、張りつめた低い声で言った。「あなたは残酷です——何もわかってらっしゃらない！　どうしてこのわたしが結婚のことなど考えられるでしょう。あんな過去を背負っているのに。姉が殺人犯で——そうでなければ、狂人なのに。どちらがより悪いのかわかりませんけれど」

私は断固たる口調で言った。「そんなことで思い悩んではいけません。忘れないでください。それは事実ではないかもしれないということを」

「何をおっしゃってるの？　まぎれもない事実です」

「覚えてないんですか？　〝あれはマーガレットがやったことじゃありません〟と一度私にそうおっしゃったじゃありませんか」

彼女ははっと息を呑んでから言った。「それは人間というのはえてしてそんなふうに感じてしまうものだからです」

「人間が感じることのほうが正しいというのはよくあることです」

彼女は私をじっと見つめた。「どういうことです？」

「あなたのお姉さんは」と私は言った。「お父上を殺さなかった」

彼女は手を口元にそっとやった。見開かれ、恐怖に満ちたその眼は私の眼をひたと見すえていた。

「あなたは正気を失っておられます」と彼女は言った。「そうに決まっています。誰がそんなことを言ったんです？」

「それはどうでもいいことです」と私は言った。「それが真実なんですから。いつかあなたにそれを証明してさしあげます」

Ⅲ

屋敷の近くでボイド・キャリントンと出くわした。

「今夜が私の最後の夜です」と彼は言った。「明日発とうと思っています」

「〈ナットン〉にですか？」

「そう」

「それは愉しみですね」

「そうかな？　まあ、そうなんでしょうね」彼はため息をついた。「それはともかく、ヘイスティングズ、言わせてもらえば、ここを出ていけるというのは嬉しいかぎりです」

「確かに料理はひどいし、サーヴィスもよくありませんからね」

「いや、そういうことを言っているんじゃありません。なんと言っても安宿ですからね。そもそもこうした下宿屋にはあまり期待できないものです。そうではなくて、私が言っているのは快適さ以前の問題です。この屋敷そのものが気に入らないんです――ここには何か邪悪な雰囲気がある。何か事件が起こりそうな」

「確かに」

「何かはわからないけれど。もしかしたら、かつて殺人があった家はその後も決してもとどおりにはならないのかもしれない……とにかく気に入らないんですよ。まずはラトレル夫人のあの事故――まったくもって不運な事故だ。それから気の毒なバーバラの件」彼はそこでいったんことばを切った。「世の中であれほど自殺しそうにない人はいないのに。私ならそう言いますね」

私は迷いつつ言った。「まあ、私はそこまでは言えませんが――」

ボイド・キャリントンは私のことばをさえぎって言った。「いや、私は断言します。まったく。あの前日、私はほとんど一日じゅうずっと彼女と一緒にいたんです。彼女は、それはもう上機嫌だった――遠出を愉しんでいた。彼女があの日唯一心配していたのは、ジョンが実験に没頭するあまりやりすぎたり、自分を実験台にしたりしていないかどうか、ということだけだった。私が思ってることがわかりますか、ヘイスティングズ？」

「いや」

「バーバラのあの夫こそ彼女の死に一番責任を負うべき人間です。きっとあれやこれや詰ってたんでしょう。彼女は私と一緒にいるときにはいつだって愉しそうにしてたんだから。あの男は、彼女が自分の大事な大事な仕事（そんなやつの仕事など犬にでも食わせてやれ、だ！）の足枷になっていることを否応なしにわからせて、彼女の心を打ち砕いたんです。どこまでも無情なやつです。妻を亡くして平然としてるんだから。これですか、アフリカに行けるだなんてね。いけしゃあしゃあと言うんだから。ほんとうに。いいですか、ヘイスティングズ、実のところ、私はあの男が殺していても驚かない」

「まさか本気で言っているわけじゃありませんよね」と私は強い口調で言った。

「そう、まあ、もちろん本気じゃないけれど。でも、いいですか、その主たる理由は彼が殺したのならあんな方法は取らないだろうと思うからです。つまり、彼がこのフィゾスチグミンとやらの研究をしていたことはみんなが知っていることだからね。だから、仮にあの男が犯人だとしても、当然、そんなものは使わないでしょう。それでも、ヘイスティングズ、フランクリンを疑わしく思ってるのは私だけじゃない。むしろ私がこんなことを思ったのは、いろいろと知っていて当然の人物からいろいろと聞いたからなんです」

「誰です、それは?」と私はさらに強い口調で尋ねた。

ボイド・キャリントンは声をひそめて言った。「クレイヴン看護婦です」

「なんですって?」私は驚いて思わず声をあげた。

「しいっ。大きな声を出さないでください。そう、もともとクレイヴン看護婦が教えてくれたんです。なかなか利口な娘ですよ、彼女は。知恵がよくまわるというか。でも、フランクリンのことは虫が好かないようでね——ずっとまえからそうだったようです」

意外な気がした。私ならクレイヴン看護婦が嫌っていたのは夫人のほうだと言うところだ。が、そこで不意に思いあたった。彼女ならフランクリン夫妻の家庭内事情に詳しくて当然だ。

「今晩はここに泊まるそうです」とボイド・キャリントンは言った。

「なんですって?」私にはいささか意外だった。クレイヴン看護婦は葬儀が終わるとすぐにここを発っていたのだ。

「次の患者のところに行くまでの一晩だけだそうだけれど」とボイド・キャリントンは説明した。

「なるほど」

私は一晩にしろクレイヴン看護婦が戻ってくることにぼんやりとした不安を覚えた。そのわけは自分でもわからなかったが。しかし、戻ってくる理由が何かあるのだろうか？　ボイド・キャリントンのことばどおりなら、フランクリンのことは嫌っていたはずなのに……

自分自身、納得したかったのだろう、気づいたときにはもう私は勢い込んで言っていた。「クレイヴン看護婦がそんなことをほのめかすのはおかしいじゃありませんか。彼女の証言も重要な意味を持って自殺ということに決まったのに。それに、フランクリン夫人が研究室から小壜を持って出てくるところはポアロが見てるんですからね」

ボイド・キャリントンは私に嚙みつくように言った。「壜がなんだというんです？　女性はいつも何かしら壜をもっているものです――香水にしろ、髪のローションにしろ、マニキュアにしろ。あの夜はあなたのお嬢さんもあちこち壜を持ち歩いていた――だからといって、お嬢さんが自殺を考えていたなどということにはならない。ちがいますか？　ナンセンスもはなはだしい！」

アラートンがやってきたのに気づき、ボイド・キャリントンはそこで話をやめた。メロドラマにはお誂え向きの低い雷鳴の轟きが遠くから聞こえた。まえにも思ったことだが、なるほどアラートンという男は悪役にもってこいだ。

しかし、バーバラ・フランクリンの一件があった夜には屋敷を留守にしていた。それにいったいどんな動機が彼にありうる？

いや、Xには動機などないのだ、と私は思い直した。それがXの強みにもなっている。そのことのために——そのことだけのために——われわれは身動きが取れないでいるのだ。それでも、すべてを照らすわずかな光がいつなんどき差し込んでこないともかぎらない。

Ⅳ

今回の件を通して、私は一瞬たりとポアロが失敗するかもしれないなどとは考えもしなかった。そのことは今ここに明記しておかなければならない。ポアロとXの対決において、Xが勝者となるかもしれないという可能性などただの一度も考えなかった。確かにポアロは病身で衰弱していたが、ふたりのうちでより強いのはポアロだと固く信じていた。おわかりいただけると思うが、それほど私はポアロの成功を見慣れてきたということだ。

にもかかわらず、そんな私の頭に疑念を最初に植えつけたのがポアロ本人だった。

夕食に呼ばれ、階下に降りていくまえにポアロの部屋に立ち寄ったときのことだ。何がきっかけでそんな話になったのかは細かく覚えていない。が、ポアロがいきなりこんなことを言ったのだ――〝もし私の身に何か起こったら〟などと。

私は即座に大声で反論した――何も起こらない、起こるわけがない、と。

「ということは、きみはフランクリン博士が言ったことをちゃんと聞いていなかったのですね」

「フランクリンはわかってないんです。あなたはまだまだこのさき何年も元気でいられますよ、ポアロ」

「友よ、その可能性はあります。きわめて低い可能性にしろ。でも、今は一般論ではなく、特定の話をしているのです。私はもうすぐ死ぬかもしれないが、それがどれほど早くても、われらが友Xにとって早すぎるということにはならないでしょう」

「なんですって？」心の動揺が顔に表われていたはずだ。

ポアロはうなずいて言った。「ええ、ヘイスティングズ。Xはなんといっても頭の切れる人物です。実のところ、きわめてよく切れる。私を排除すれば――それがたとえ自然死を数日早めるだけのことであっても――計り知れないほどの利益を自分にもたらすことにXが気づいていないわけがありません」

「でも、そんなことになったら――そんなことになったら――どうなってしまうんです？」私はすっかりうろたえていた。

「司令官が倒れたら、モナミ、副司令官が指揮を執るものです。きみが私のあとを引き継ぐのです」

「どうやったらそんなことが私にできます？　何も知らされていないのに」

「そこのところはもう手を打っておきました。私に何かあったら、友よ、この中に――」彼はベッド脇に置いた鍵付きの小箱を叩いてみせた。「必要な手がかりはすべてそろっています。わかりましたか、あらゆる不測の事態に備えてちゃんと用意はしてあるのです」

「そんな気取った真似をする必要などありません。いいから今わかっていることをすべて話してください」

「それは駄目です。私の知っていることをきみは知らないという事実がこちらの貴重な強みなのです」

「だったら、すべて明確に説明したものを用意してくれてるんですね？」

「とんでもない。Xの手に渡ってしまうかもしれないでしょうが」

「だったら、何を用意してくれたんです？」

「ヒントになるものです。Xにとってはなんの意味も持ちません——それは安心してよろしい——それでも、真相の解明へきみを導いてくれるものです」

「私としてはそれほど確信はできないけれど。あなたはどうしてそんなひねくれたことが好きなんです、ポアロ？　いつでもなんでもむずかしくしないと気がすまないんだから。昔からそうです！」

「それが今ではもう病みつきになってしまっている？　そう言いたいのですか？　そうかもしれません。でも、安心してください。私のヒントは必ずきみを真実へと導きますから」彼はそこでいったんことばを切ってからまた続けた。「それにもしかしたら、そのときにはきみはそんなことまで知りたくなかったと思うかもしれません。そして、こう言うかもしれない、〝もう幕を降ろしてくれ〟と」

私は彼のその声音の何かに恐怖を改めて呼び起こされた。これまでに一度か二度、発作的にとらわれたことのある漠とした、形のない恐怖だ。まるでどこかに、視野からほんの少しはずれたどこかに、私の見たくない事実——認めるのが耐えがたい事実——が存在しているかのようであり、それはすでに心の奥底では私も知っている何かなのだ…

……

私はそんなおぞましい感覚を振り払うと、夕食をとりに階下に降りた。

第十七章

I

そこそこ愉しい夕食になった。ラトレル夫人がまた席についており、わざとらしいアイルランド人風の陽気さを存分に披露した。フランクリンはこれまで見たことがないほど生き生きとして、快活そのものだった。クレイヴン看護婦は白衣を私服に着替えており、私は彼女の私服姿を初めて見た。看護婦としてのつつましさを取り払った今、彼女は確かにとても魅力的な若い女性だった。

夕食後、ラトレル夫人がブリッジを提案し、結局のところ、組まずにおこなうゲームになった。九時半頃、ノートンがポアロに会いにいくことをみんなのまえで口にした。

「それはいい」とボイド・キャリントンが言った。「お気の毒に、最近あまり具合がよくないようですね。私も一緒に行きましょう」

ただちに何か手を打たなければならなかった。

「いやいや」と私は言った。「悪いんだけれど――ポアロは相手が一度にひとりでないとすごく疲れるみたいなんです」

ノートンが私の意図に気づいてすかさず言った。「鳥の本を貸すと約束したんですよ」

ボイド・キャリントンは言った。「そういうことなら。ヘイスティングズ、また降りてきますか？」

「ええ」

私はノートンとともに二階に向かった。ポアロは待っていた。私は一言二言ことばを交わしただけで、また階下に降りると、みんなとラミー（トランプの一種）を始めた。

ボイド・キャリントンは今夜のスタイルズ荘の気楽な雰囲気が面白くなかったのだろう。悲劇が起きてまだいくらも日が経たないのに、忘れてしまうとは早すぎると思っていたのだろう。そのため、心ここにあらずといった体で、自分が何をしていたのかも始終忘れ、しまいにはゲームから抜けてしまった。

そして、窓辺に行くと、窓を開けた。遠くでは雷が鳴っていた。嵐がこちらに向かっているようだったが、まだ近くまでは来ていなかった。ボイド・キャリントンは窓を閉めて戻ってくると、私たちがカードゲームに興じる様子をしばらく立ったまま見ていたが、そのうち部屋から出ていった。

私は十一時十五分前に自室に引き上げた。ポアロの部屋には立ち寄らなかった。寝ているかもしれないと思ったからだ。それに、この宿自体のことにしろ、ここで起きた事件にしろ、もうこれ以上考えるのが億劫な気持ちもあった。早く眠りたかった――ひたすら眠って忘れたかった。

うつらうつらしかけたところ、物音がして眼が覚めた。誰かがドアを叩いたのかと思い、「どうぞ」と応じたが、反応はなかった。明かりをつけて起き出し、廊下を見た。ノートンがバスルームから自室に戻っていくのが見えた。なんともひどい色合いのチェックのガウンを着て、いつものように髪が突っ立っていた。彼が自室にはいってドアを閉めると、すぐに鍵がまわされる音がした。

上空では雷鳴が低くうなっていた。嵐がいよいよ近づいてきていた。

私はベッドに戻った。が、さきほどの鍵がかけられる音にいささか不安な気持ちにさせられていた。

ほんのかすかなものにしろ、その音に何か不吉な予感を覚えてしまったのだ。ノートンは夜いつもドアに鍵をかけるのだろうか？　もしかしてポアロにそうするよう言われたのだろうか？　ポアロの部屋の鍵が不可解にもなくなったことを思い出し、私はさらに不安になった。

ベッドに横になってもその気持ちは治まらず、頭上で鳴り響く嵐にもいっそう落ち着かない気持ちにさせられた。私はとうとう起き出し、ドアに鍵をかけた。そして、またベッドに戻り、眠りについた。

Ⅱ

朝食のまえにポアロの部屋に立ち寄った。

彼はベッドに横になっていた。彼の具合の悪さにまた胸を突かれる思いがした。顔には疲労が深く刻まれていた。

「調子はどうです？」

彼は我慢強い健気な笑みを向けて言った。「生きています、まだ生きています」

「痛みはないですか？」

「ええ――ただ疲れているだけです」そう言ってため息をついた。「とても疲れました」

私はうなずいて言った。「ゆうべはどうでした？　あの日見たことをノートンはあなたには話しましたか？」

「ええ、話してくれました」

「なんだったんです？」

ポアロは私をじっと見つめ、しばらく考えていたが、ようやく口を開くと言った。

「どうでしょう、ヘイスティングズ。言わないほうがいいかもしれません。きみは誤解するかもしれませんから」

「どういうことです？」

「ノートンは」とポアロは言った。「ふたりの人間を見たと言いました――」

「ジュディスとアラートンですね」思わず声が大きくなっていた。「あのときもそう思った」

「いや、いや、そうではありません。ジュディスとアラートンではありません。ほら、きみは誤解するかもしれないと言ったでしょう？　ほんとうにきみという人は頑固ですね！」

「そういうことなら失礼しました」と私はいささか恥じ入りながら言った。「教えてください」

「明日教えましょう。いろいろと考えたいことがあるのです」

「いずれにしろ、このことは――事件の解決に役立つことですか？」

ポアロはうなずくと、眼を閉じて、枕に頭を埋めた。

「事件は終わりました。ええ、終わったのです。あとはちょっとしたことをいくつか解決すればいいだけです。朝食を食べにいきなさい。それから、行くときにカーティスを呼んでください」

私は言われたとおりカーティスに声をかけてから階下に降りた。ノートンと話したかった。ポアロに何を話したのか、知りたくてしかたがなかった。

しかし、意識下ではまだ不満だった。ポアロの様子には嬉しそうなところがかけらもなかった。それが気に入らなかった。どうしてそんなに隠しておこうとするのだろう？それにポアロのあの不可解な悲しみはどういうわけなのか。今回の件すべての真相はなんなのか。

朝食の席にノートンの姿はなかった。

朝食後、私はぶらりと庭に出た。嵐のあとで外はすがすがしく涼しかった。夜のうちにかなりの雨が降ったようだ。ボイド・キャリントンが芝生にいた。彼の姿を見かけたことが嬉しく、私はすべてを打ち明けられたらと思った。ずっとそうしたいと思っており、そのときには打ち明けてしまいたいという強い衝動に駆られた。実際、ポアロにはひとりで調査を続けるだけの体力はもう残っていないのだから。

その朝のボイド・キャリントンは活力がみなぎり、ことさら自信にあふれて見えた。そんな彼の姿を見て、私は心にぬくもりと安堵を覚えた。

「今朝は寝坊でしたね」と彼は言った。

私はうなずいて言った。「夜ふかしをしたもので」

「ゆうべはすごい雷雨だった。聞こえました？」

そう言われて、眠っているあいだもずっと雷鳴が轟いていたことを思い出した。

「ゆうべはちょっと具合がよくなかったんだけれど」とボイド・キャリントンは言った。「今日はずっと調子がいい」そう言って、両腕を伸ばし、あくびをした。

「ノートンは？」と私は尋ねた。

「まだ起きてきてないんじゃないかな、あの怠け者は」

私たちは申し合わせたように同時に眼を上げた。立っていたところがちょうどノートンの部屋の窓の真下だったのだ。見るなり、どきっとした。というのも、建物の正面側にある部屋の中で唯一ノートンの部屋の窓だけ、まだ鎧戸が閉められたままになっていたのだ。

私は言った。「おかしいですね。メイドが声をかけ忘れたんだろうか？」

「確かに変だ。病気でなければいいのだが。ちょっと行って見てみましょう」

私たちはふたりで二階へ向かった。あまり賢そうには見えないメイドが廊下に立っていた。そのメイドに訊いてみると、ミスター・ノートンの部屋のドアを叩いても返事がないとのことだった。一回、二回と叩いてみたのだが、聞こえていないようだという。

ドアには鍵がかかっていた。

私は不吉な予感に呑み込まれた。声を張り上げ、強くドアを叩いた。「ノートン――ノートン、起きてくれ！」と呼ばわりながら。

高まる不安を抱え、さらに呼ばわった。「起きてくれ……」

Ⅲ

応答のないことがはっきりすると、私たちはラトレル大佐を探しにいった。大佐は淡いブルーの眼に不安を浮かべて、私たちの話を聞くと、心もとなさそうに口ひげを引っぱった。

日頃から決断の速いラトレル夫人には一瞬の躊躇もなかった。

「なんとかドアを開けるしかありませんね。ほかに手はないでしょう」

スタイルズ荘でドアが破られるのを見るのはこれで二度目だったが、ドアの向こうにあったのは一度目のときと同じものだった。むごたらしい死体だった。

ノートンはガウンを羽織ったままベッドに横たわっていた。ドアの鍵はガウンのポケットにはいっていた。手には小型の拳銃が握られていた。ただのおもちゃのようにしか見えなかったが、それでも充分にその役割を果たす代物だった。額のちょうど真ん中に小さな穴が空いていた。

それを見て何かを思い出したものの、それがなんなのかまでは思いあたらなかった。とても古い何かであることだけは確かなのだが……

疲れすぎ、それ以上考える気になれなかった。

ポアロの部屋へ行くと、彼は私の顔を見るなり口早に言った。

「何があったんです？　ノートンですか？」

「ノートンが死にました！」

「どうやって？　いつ？」

私は手短に伝えた。

そして、疲労を覚えながら締めくくった。「自殺ということです。警察にしてもほかに何が言えます？　ドアには鍵がかかっていた。窓は鎧戸が閉まっていた。鍵はポケットの中にあった。それにそうそう！　彼が部屋にはいるところはこの私が見てるんです。ドアに鍵をかけるのも聞いてるんです」

「彼を見たんですか、ヘイスティングズ？」

「ええ、ゆうべ」

私は話して聞かせた。

「それは確かにノートンだったんですね？」

「もちろん。あのひどいガウンですからね。どこにいてもすぐノートンだとわかりますよ」

いっときポアロはかつてのポアロを取り戻した。

「ああ。でも、きみはノートンを見たと言っている。ガウンではなくて。まったく(マ・フォア)！　ガウンくらい誰だって着られます」

「確かに」と私はぼそっと言った。「彼の顔は見ませんでした。でも、あれはまちがいなくノートンの髪型だったし、それにあの足を引きずる歩き方は──」

「それぐらい誰にだって真似できます、いやはや（モン・デュー）！」

私はびっくり仰天して彼を見た。「ポアロ、私が見たのはノートンではなかったと言ってるんですか？」

「誰もそんなことは言っていません。ただ、その人物がノートンだというきみの根拠があまりに非科学的だから閉口しているのです。いいえ、それがノートンではなかったと言うつもりは少しもありません。実際、ほかの誰かである可能性は低いでしょう。この人たちはみな背が高いですから――ノートンよりずっと――結局のところ（アンファン）、身長というのはなかなかごまかせませんからね――ええ、はい。ノートンはせいぜい五フィート五インチといったところでしょうか。にもかかわらず（トゥ・ドゥ・メーム）、これではまるで手品のトリックのようです。ちがいますか？　部屋にはいり、ドアの鍵をかけ、鍵はガウンのポケットに入れ、手には拳銃、ポケットにはまだ鍵がはいったまま、射殺死体で発見されるとは」

「ということは」と私は言った。「彼が自分で自分を撃ったとは思っていないんですね？」

ポアロはおもむろに首を振って言った。「ええ。ノートンは自分で自分を撃ったわけではありません。これは計画殺人です」

Ⅳ

私は階下(した)に降りた。頭がぼうっとしていた。あまりに不可解だった。思えば必然的な次の事態を予測できなかったのはそのためだ。そこのところはどうかお目こぼしいただきたい。頭がぼうっとして、まともに働いていなかったからだ。

いかにも理に適ったことなのに。ノートンは殺された——なぜか？　彼が目撃したことを人に話させないためだ。そう、私はそう信じていた。

が、ノートンはひとりの人物にそのことをすでに打ち明けてしまっている。

ということは、その人物もまた危険にさらされているということだ……

しかもその人物は危険にさらされているだけではない。自分の身を守ることなどまるでできない状態にいるのだ。

そのことには私としても気づくべきだった。

当然、予測できたのだから……

「親愛なる友よ(シェラミ)！」部屋を出るとき、ポアロは私にそう声をかけた。

それが私の聞いたポアロ最後のことばとなった。雇い主の世話をしようと、カーティスが部屋に戻ったときには、雇い主はもう事切れていた……

第十八章

I

このことについては何も書きたくない。

このことはできるだけ考えたくない。エルキュール・ポアロが死んだ――彼の死とともにアーサー・ヘイスティングズの大部分も死んだ。

飾ることなく事実だけをありのままに伝えよう。それが私にできる精一杯のところだ。自然死と判定された。つまり心臓発作で死んだということだ。ポアロ自身、そうなることを予測していたとフランクリンは言った。考えるまでもなく、ノートンの死にショックを受け、それが引き金となったのだろう。うっかりしたのだろうか、硝酸アミルのアンプルはベッド脇には置かれていなかったという。

いや、これはただのミスなのだろうか？　それとも、誰かがわざと持ち去ったのだろうか？　いや、これにはそれだけではすまない何かがある。Xとしてもポアロが心臓発作を起こすのをあてにすることはできなかったはずだ。

おわかりのとおり、私はポアロの死を自然死とは認めていない。彼は殺されたのだ。ノートンが殺されたように。バーバラ・フランクリンが殺されたように。なぜ殺されたのかはわからない――誰が殺したのかも！

ノートンの検死陪審が開かれ、これまた自殺の評決が出された。ただ一点、検死医から疑わしい点が提起された。額のど真ん中を自分で撃ち抜くというのはきわめて珍しいというのだ。それでも不審な点はそれだけだった。まったく単純明快な一件だった。ドアの錠前は内側からかけられ、鍵は死者のガウンのポケットにあり、窓にはしっかりと錯戸が閉められ、拳銃は死者の手の中にあった。ノートン自身、近頃は頭痛を訴え、投資のほうもいくつかうまくいっていなかったらしい。そんなことが自殺の動機になるとは思えないが、それでもそういうことが何かの後押しをしたことは考えられなくもない。

拳銃はどうやら彼自身のもののようだった。スタイルズ荘に滞在中、化粧台の上に置かれているのをメイドがこれまでに二度眼にしていた。それでおしまい。またもや犯罪が見事に演出され、例によって今回もほかに考えられるシナリオはなかった。

すなわち、ポアロとXの対決ではXが勝利したということだ。

今やすべてが私に任された。

私はポアロの部屋に行き、鍵付きの小箱を運び出した。

彼が私を遺言執行人に指名したことはわかっていた。だから、私にはそういうことをする権利があった。小箱の鍵は彼が首にかけていた。

自室に戻って、小箱を開けた。

いきなり衝撃を受けた。Xの事件に関する文書がいっさいなくなっていた。つい一日か二日前、ポアロが鍵を開けたときにはそこにあったのに。私自身それを眼にしたのに。

しかし、これこそXがまだ動きまわっている確たる証拠だ。もはや証拠など要らないが。ポアロ自身が書類を処分したのでなければ（そんなことはありえない）これは明らかにXの仕業だ。

ただ、小箱は空（から）ではなかった。私はXには悟られないようにヒントを残しておくというポアロの約束を思い出した。

これがそのヒントなのだろうか？

シェイクスピアの戯曲『オセロ』の小型廉価版がはいっていた。もう一冊はセント・ジョン・アーヴィンの『ジョン・ファーガソン』というこれまた戯曲だった。その第三幕に栞（しおり）がはさまれていた。

私は二冊の本をぽかんと見つめた。

これがポアロが私に残してくれたヒントなのか。しかし、私にはなんの意味も持たない！

いったいぜんたいどういうことなのか。

ただひとつ考えられるのはなんらかの暗号ということだ。このふたつの戯曲を基にしたことばの暗号だ。

そうだとしたら、どうやって解読すればいいのか。

下線が引かれた単語も文字もどこにもなかった。軽く火で紙を炙ってみてもなんにもならなかった。

『ジョン・ファーガソン』の第三幕を丹念に読んでみた。〝うす馬鹿〟クルーティ・ジョンが延々としゃべる、わくわくするような実にすばらしい場面で、その場面はファーガソンの息子が妹を誘惑した男を探しに出かけるところで終わる。見事な人物造型だ。とはいえ、ポアロが私の文学的素養を高めようと、これらの本を遺したとは思えない！

本のページをめくっていると、一枚の紙切れがはらりと落ちた。そこにポアロの字でただひとこと書かれていた。

〝私の世話係のジョージと話すように〟

はてさて。これで面白くなってきた。暗号の鍵——暗号があるとすれば——はジョージに預けられているのだろう。彼の住所を調べ、会いにいかなければならなくなった。

しかし、まずは親愛なる友を埋葬するという悲しい仕事が残っていた。

ここは彼が初めてイギリスに渡ってきたときに暮らした場所だ。それが最後にはここにその身を埋めることになった。

このところ、ジュディスは私にとてもよくしてくれている。

私とともに長い時間を過ごし、いろいろな手配も手伝ってくれ、やさしい気づかいまで示してくれている。また、エリザベス・コールとボイド・キャリントンもずいぶんと私を労ってくれていた。

エリザベス・コールは私が思うほどにはノートンの死に打ちのめされていなかった。深い悲しみを抱いているとしても、それを表に出してはいなかった。

かくしてすべてが終わったのだった……

Ⅱ

そう、やはり記さなければ。

これは書かれなければならないことだ。

葬儀はとどこおりなくすんだ。私はジュディスと椅子に坐り、今後のことをいくらかなりとも話し合おうと思った。

すると、ジュディスはこんなことを言った。「でも、お父さま、わたしはもうここにはいないのよ」

「ここにはいない？」

「イギリスにはもういないということ」

私は娘をまじまじと見た。

「これまでは言いたくなかったのだけど。お父さまにあまり辛い思いをさせたくなくて。でも、もう言わないわけにはいかないわね。心配しすぎないでね。わたし、フランクリン博士とアフリカに行きます」

そのことばに私は怒りを爆発させた。そんなことはありえない。そんなことはできやしない。世間が黙っていない。彼の妻が存命のときにイギリスで助手をするのはいい。しかし、アフリカまで彼についていくなどもってのほかだ。そんなことはありえない話だ。私は絶対に許さない。ジュディス、おまえはそんなことをする女じゃない！

娘は私のことばをさえぎらなかった。私が言いおえるのを待ってから、かすかな笑みを浮かべて言った。

「でも、お父さま、わたしは博士の助手としてついていくわけじゃないのよ。妻としてついていくの」

そのことばに私は眉間をがつんとやられたような気がした。

私は言った——というか、しどろもどろに尋ねた。「アラ——アラートンは?」

娘はどこかしら面白がっているようだった。「彼とはなんでもなかったのよ。わたしをあんなに怒らせたりしなければ、お父さまにも話したのに。それに、お父さまにはそう思っていてほしかったの——お父さまが思っていたように。ほんとうの相手のことは知られたくなかったから——ジョンだとは」

「でも、あの夜、私はあの男がテラスで——おまえにキスするところを見てるんだぞ」

ジュディスは苛立たしげに言った。「ええ、そんなこともあったかもしれない。あの夜はひどい気分だったから。そういうことってあるでしょう。お父さまにもわかるでしょう?」

私は言った。「フランクリンとは結婚できない。まだ——そんなすぐには」

「いいえ、できるわ。彼についていきたいの。お父さまだってそのほうが簡単だってさっき言ったじゃないの。わたしたちには待たなければならないものはもう何もないのよ——今はもう」

ジュディスとフランクリン。フランクリンとジュディス。

このとき私の頭に浮かんだ考えがおわかりになるだろうか——それはここしばらくずっと心の底にひそんでいた考えだった。

手に小さな罎を持ったジュディス——役立たずな人間は前途有望な人間に道を譲るべきだと情熱的な若い声で宣するジュディス——私が愛し、ポアロも愛したジュディス。ノートンが見たふたりの人物というのは——ジュディスとフランクリンのことだったのだろうか？　しかし、そうなら——もしそうなら——いいや、そんなことはあるわけがない。ジュディスはそんなことをする女ではない。フランクリンならするかもしれない——あの風変わりで、人情のかけらもない男なら。いったん人を殺すと決めれば、何度でも何度でも繰り返しかねない男だ。

しかし、ポアロはそんなフランクリンの診察を進んで受けた。

なぜなのか？　あの朝、ポアロは彼になんと言ったのか？

でも、ジュディスにはありえない。私の可愛い生真面目な娘には。

それにしても、あのときのポアロがいかに奇妙に見えたことか。あのことば——「そして、こう言うかもしれない、〝もう幕を降ろしてくれ〟と……」――がいかに重々しく響いたことか。

いきなり新たな考えが心に浮かんだ。なんと恐ろしい！　ありえない！　Xの話はすべてポアロのつくりごとだったということはないだろうか？　ポアロはフランクリン夫妻に悲劇が起こることを恐れて、スタイルズ荘に来たのではないか？　ジュディスを監視するために！　だから、私には断固として何も教えなかったのではないか。Xの話はすべてつくりごとで、煙幕にしかすぎなかったから、実のところ何も言えなかったのではないか。

この悲劇の中心人物は私の娘、ジュディスだったのか。

オセロ！　フランクリン夫人が亡くなるまえの夜、私が本棚から取り出したのはオセロだった。それがヒントだったのか。

あの夜、誰かが言った。ジュディスはユデトがホロフェルネスの首を刎ねにいくときのような顔をしていると。死を目論むユデトのように娘も胸に殺意を秘めていたのだろうか。

第十九章

今、私はこれをイーストボーンで書いている。

イーストボーンにやってきたのは、以前ポアロの世話係だったジョージに会うためだ。ジョージは長年ポアロの世話係を務めてきた。実質的で有能な男だが、想像力はかけらもない。物事を常にそのまま伝え、そのまま受け取る男だ。

とにかく、私はジョージに会いにいった。ポアロの死を伝えると、ジョージはいかにも彼らしくその知らせを受け止めた。ショックを受け、心から悲しんでいたが、それを表にはほとんど出さなかった。

そのあと私は言った。「ポアロは私への伝言を何かきみに遺しているね？」

ジョージは即座に答えた。「あなたさまにですか？　いいえ、わたくしの知るかぎりそういうものはございません」

これには驚かされた。念を押して訊いても、ジョージの答は変わらなかった。

やむをえず私は言った。「それなら、私の勘ちがいだったようだ。まあ、それならそれでしかたがない。でも、ポアロの最期はやはりきみに看取ってもらいたかったな」

「わたくしもそうさせていただきとうございました」

「それでも、父上が病気だったんだからしかたがないな」

ジョージは実に奇妙な顔をして私を見た。「失礼ですが、おっしゃることがよくわからないのですが」

「きみは父上の看病をするためにポアロのもとを離れなければならなかったんだろう？」

「わたくしはお暇（いとま）などいただきたくありませんでした。ポアロさまに暇を出されたのです」

「暇を出された？」私は驚いてジョージを見た。

「解雇されたというわけではありませんが。あとでまた呼び戻していただけるということでした。ですが、わたくしがおそばを離れたのはポアロさまがそう望まれたからでして、わたくしが年老いた父のもとに身を寄せているあいだも、相応のお給金をいただいておりました」

「でも、どうして、どうしてなんだ、ジョージ？」

「わたくしにも皆目わかりかねます」

「訊かなかったのか？」

「ええ。出すぎた真似と思いましたから。ポアロさまにはいつも何かお考えがおありでした。とても聡明なお方です。わたくしはいつもそう思っておりました。それにとても人望の厚いお方でした」

「ああ、そうとも」と私はいささか放心の体でつぶやいた。

「服装にはとてもおやかましい方でしたね——とはいえ、おわかりいただけますでしょうか、どちらかと言えば、奇抜で派手なものがお好みでしたが。でも、もちろん、外国のお方ですからね。当然のことでしょう。あのお髪やおひげにいたしましても」

「ああ、あの世に名高いポアロの口ひげか」彼がそのひげをどれほど得意にしていたか思い出すと、胸が痛んだ。

「口ひげにはずいぶんとこだわっておられました」とジョージは続けた。「流行りの形とは言いかねますが、ポアロさまにはお似合いでした。おわかりいただけますでしょうか」

　わかるよ、と私は言い、遠慮がちに低い声で尋ねた。「髪だけでなく、あれも染めてたんだろうね？」

「はい――それは――そう、少しは手を入れておられました――ただ、髪はちがいますが――最近になってからは」

「そんな馬鹿な」と私は言った。「烏のように真っ黒だったじゃないか――あんまり不自然なものだから、鬘（かつら）かと思ったほどだよ」

ジョージはさも申しわけなさそうに空咳をしてから言った。「失礼ですが、あれは、その、鬘だったのです。最近は抜け毛がひどくなりまして。それで、鬘をつけるようになられたのです」

一番の親友より世話係のほうがよく知っているとは奇妙なことだ。私はそう思った。

それから、私を悩ませている問題に立ち戻った。

「でも、ポアロはどうしてきみを遠くに遣ったのか。ほんとうに何も見当がつかないかな？　もう一度よく考えてみてくれないか。もう一度」

ジョージは一生懸命考えてくれた。が、考え事は明らかに得手ではないようで、最後に言った。

「思いつくのは、わたしに暇をお出しになったのは、カーティスをお雇いになりたかったからなのだろう、ということくらいです」

「カーティス？　どうしてカーティスなんかを雇わなきゃならないんだ？」

ジョージはまた空咳をしてから言った。「さあ、それもまた皆目わかりかねます。カーティスには会ったことがあるのですが、どうも――こう言ってはなんですが――これといって気の利く男というわけでもないようでした。もちろん、体は頑健ですが、ポアロさまが納得されるようなレベルの者とはとても思えませんでした。以前、精神病院で助手を務めたこともあるそうですが」

私は啞然としてジョージを見つめた。

カーティス！

それでポアロは私に何ひとつ教えようとしなかったのだろうか？　カーティスのことは考えてもみなかった！　そう、ポアロは謎のXとは誰なのか、私にスタイルズ荘の宿泊客を片っ端から調べさせて、そうやってひとり満足していたのだ。Xは宿泊客ではないことがわかっていたから。

カーティス！

精神病院の元助手。精神病院や施設に入院したことのある者は、ときに助手として病院にとどまったり、戻ったりすることがある。そんな記事を何かで読まなかっただろうか？

無口で、あまり賢そうには見えないおかしな男だった――自分にしかわからないような、ねじくれた奇怪な動機で人を殺しかねない男……
もしそうなら——もしそうなら……
それなら、私を覆っている重苦しい雲は一気に吹き飛ばされる！
カーティスなのか……？

後記

アーサー・ヘイスティングズ大尉による付記——以下の手記はわが友エルキュール・ポアロの死後四カ月を経て私の所有物となった。法律事務所から呼び出され、私は〝当法律事務所の依頼人であった故エルキュール・ポアロ氏の指示に従って〟封のされた書類を受け取った。以下にその内容を記す。

エルキュール・ポアロの手記

親愛なるわが友（モン・シェラミ）よ

この手紙をきみが読む頃には、私はすでに死んでおり、四カ月ほど経っているはずです。ここに記すことをきみに伝えるべきかどうか、ずいぶんと悩んだのだが、第二の

〝スタイルズ荘の怪事件（アフェール・スティル）〟の真相はやはり誰かに知らせるべきだと決断しました。それに、これを読む頃には、あなたはなんとも馬鹿げた仮説を発展させて、しかもそのために心を痛めているのではないか、ともあえて推測したからです。

　しかし、これだけは申し上げておきます。モナミ、真相にたどり着くのは簡単だったはずなのです。手がかりはすべてきみの手にはいるよう整えておいたのですから。それでも、真相がわからなかったのなら、それはいつものことながら、きみがあまりに人を信じやすい美しい性格だからです。三つ子の魂百まで（ア・ラ・ファン・コム・オー・コマンスマン）とはよく言ったものです。

　それでも、少なくとも、誰がノートンを殺したかぐらいはきみにもわかっているはずでしょう。バーバラ・フランクリン殺しの犯人はわからなくても。こちらのほうはきみにとっていささか衝撃的かもしれません。

　言うまでもないことながら、まず私はきみを呼び寄せました。きみの助けが必要と言って。それはほんとうのことでした。私はきみに私の眼となり、耳となってほしいと言いました。それもまったくのところほんとうのことでした――きみが思ったような意味ではなかったにしろ！　実際、私はきみに見てもらいたいものを見て、聞いてもらいたいものを聞いてほしかったのです。

　シェラミ、私が事件の話をしたとき、きみは私の説明のしかたが〝フェアじゃない〟

と文句を言いました。私はわかっていることをきみに教えようとしていない、と。つまり、Xの正体をきみに教えることを拒んでいる、と。それはそのとおりです。実のところ、そうせざるをえなかったのです――もっとも、それは私がそのときに挙げた理由とは異なる理由からでしたが。それがどんな理由だったのかはこれを読み進めるうちにわかるでしょう。

さて。それではXの正体の件について考えてみましょう。私はきみにいくつかの事件のあらましを説明して、どの事件でも容疑者は明らかに犯罪を犯しており、ほかにはどんな解釈もできないことを指摘しました。その上でふたつ目の重要な事実を伝えました――Xはどの事件にも登場するか、あるいはなんらかの関わりを持っていたと。すると、きみはひとつの結論に飛びつきました。その結論は――矛盾した言い方になりますが――正しくもあり、まちがってもいました。きみはXがすべての事件の犯人だと言ったのです。

しかし、友よ、状況証拠はそろっており、どの件においても犯行を犯したのは（もうほとんど）それぞれの容疑者でしかありえないのです。一方、もしそのとおりなら、Xのことはどうすれば説明がつくのか。警察関係者か、まあ、刑事専門弁護士事務所の関係者でもないかぎり、それが男にしろ、女にしろ、五件もの殺人事件に関わりがあるというのは奇妙な話です。きみにもわかると思うが、そんなのはありえないことです！〝いや、実のところ、私は五人の殺人犯を直接知っていましてね〟などと誰かに打ち明けられるなど、決して、決して起こりえないことです。そうです、モナミ、そんなことは絶対にありえない。そのためにこそなんとも興味深い結論が導き出されるわけです。すなわち、これらは触媒作用によって惹き起こされた事件だということです。第三の物質がなければ、ふたつの物質が反応し合わないというのが触媒作用ですが、その第三の物質は反応そのものには加わらず、自らは変化しない。そういうことです。つまり、Xがいるところで犯罪が起こっても、Xは実質的には事件に関わっていないのです。

これは実に奇妙な、尋常ならざる状況です！　しかし、私の探偵歴の掉尾を飾るかのように、私はついに完璧な犯罪者――決して有罪とされることのない技巧を編み出した犯罪者――に出会ったのだと悟りました。

まさに驚くべきことです。しかし、新しい発見というわけでもありません。類似例は過去にも見られます。私がきみに遺した第一の〝ヒント〟がそれです。戯曲の『オセロ』。なぜなら、『オセロ』にはXの原型が見事に描き出されているからです。イアーゴーは完璧な殺人者です。デズデモーナの死も、キャシオーの死も、ほかならぬオセロ自身の死もすべてイアーゴーが企み、犯した犯罪によるものでした。しかもイアーゴー本人は事件の外にとどまりつづけ、彼に容疑が及ぶことはなかったのです——いや、そういった展開になってもおかしくなかったのに、友よ、あなた方の偉大なるシェイクスピアは、自らの芸術がもたらしたジレンマを解消しなければならなかった。それで、イアーゴーの正体を暴くために、ハンカチなどというなんともお粗末な小道具を持ち出すのです。これはイアーゴーのほかの大半の技巧とはまるで釣り合いが取れていません。だから、この点については見る者誰もが思うはずです、彼がそんな過ちを犯すわけがないと。

それでも、そう、ここには殺人という芸術の完成形が見られます。直接的な示唆はひとこともありません。むしろ常にイアーゴーは暴力に訴えるのはよくないと説きます。そう説きながら植えつけるのです。相手にしてみればイアーゴーが口にするまで思ってもみなかった疑念を！　しかもそんなことはありえないと否定することで！

この技巧は『ジョン・ファーガソン』のあのすばらしい第三幕でも見られます。〝うす馬鹿〟クルーティ・ジョンが自ら憎んでいる男をほかの者に殺させようとする場面です。これまた心理学的な暗示の見事な成功例と言えます。

しかし、ここでわかってほしいのは、ヘイスティングズ、殺人者になる素質は誰にでもあるということです。殺したいという願望がときに心にめばえるというのは誰にでもあることです——ただ、それは殺そうという意志ではない。〝殺してやりたくなるほどあの女には苛立たせられた！〟〝Bの野郎、あんなことを言いやがって、殺してやるんだった！〟〝殺してやろうかと思うくらいあいつには腹が立った！〟などと自分自身思ったり、人が言うのを耳にしたりというのは実によくあることです。しかもそのことばは文字どおり本音なのです。そういう瞬間、その人の思いははっきりしています。文字どおり相手を殺してやりたいと思うのです。でも、実際には殺しはしません。願望は意志の同意を取りつけなければ現実のものとはなりません。ただ、子供の頃には、誰しもブレーキがまだ完全には効かず、そのため子猫に苛立った子供が、〝じっとしてないと、頭をぶって殺しちゃうぞ〟などと言って、ほんとうに殺してしまったことがありました。その子供はその直後、子猫が生き返らないことを知って驚き、打ちのめされました——子猫をとても可愛がっていたのです。私たちはみな殺人者になる素質を持っている。Xの技巧はまさにここにあります。人に願望を呼び覚まさせるのではなく、普通なら人が誰でも持っている、願望を抑えようとするまっとうな心を打ち砕くのです。これは長い年月をかけて完成された技巧です。人を唆（そそのか）し、人の弱点に少しずつ圧力をかけていくには、どういうことば、どういう表現、どういう抑揚を使えばいいか、Xは熟知しているのです！これなら可能です。Xの手にかかれば被害者は何も疑うことがない。といって、これは催眠術ではありません。催眠術ならそううまくはいかなかったでしょう。Xの技巧はもっとしたたかで、もっと恐ろしいものです。人の持てる力を操り、人の欠点を正すのではなく、増幅させるのですから。人の最良の部分を引き出し、それを最悪の部分と組み合わせる。それがXの技巧です。

これについてはきみにも覚えがあるはずです、ヘイスティングズ——きみの身にも起きたことなのですから……

ここまで言えば、きみを苛立たせ、混乱させた私のことばの真に意味するところはなんだったのか、きみにもいくらか見えてきたのではないでしょうか。やがて起こる犯罪について語ったとき、私はいつもひとつの同じ犯罪のことを言っていたわけではありません。私がスタイルズ荘にある目的を持ってやってきたというのはきみに話したとおりです。そのとき私はある犯罪が起こることになると言いました。きみは私がそんなことを確信していることに驚いていました。しかし、確信して当然なのです——なぜなら、いいですか、その犯罪を犯すのはこの私自身なのですから……

はい、これは滑稽で——それはもう笑えるほどで——そして恐ろしい話だということです！　殺人を絶対に認めないこの私が——人命をなにより重んじるこの私が——人生の終わりに殺人を犯したのですから！　こんなジレンマに陥ることになったのは、おそらく私があまりに独善的であり、廉直であることをあまりに意識しすぎたためです。というのも、ヘイスティングズ、このことにはふたつの側面があるからです。罪のない人々を救うこと、殺人を防ぐこと、それが私の生涯の仕事です。にもかかわらず、その仕事を全うするにはこれ——これしか方法がなかったのです！　Xには法の手が届かないからです！　その点はどうか誤解なきよう。Xは法に守られていたのです。だから、どれほど知恵を絞ろうと、私としてはこれ以外に彼を打ち負かす方法がなかったのです。

それでも、友よ、私はためらっていました。自分がしなければならないことはわかっていたのだが——なかなかそうする気になれなかったのです。そのためハムレットよろしく魔の日を延々と先送りしつづけたのです……その結果、新たな企みが実行に移されてしまいました。ラトレル夫人の殺人未遂事件です。

ヘイスティングズ、一目瞭然なことを見抜く、きみのよく知られた天性の勘はここでも働くかどうか、実のところ、私は興味津々だったのですが、それは見事に働きました。きみがまっさきに示した反応はノートンに対する軽い疑念でした。それで大正解だったのです。そう、ノートンがXだったのです。ただ、きみの考えに根拠はまったくありませんでした——いささかいい加減な推量とはいえ、同時にきわめて理に適った、存在感のない男という見方のほかにはは。しかし、それは真相にどこまでも迫った見解でした。

私は彼の履歴を丹念に調べました。彼は尊大で横柄な女性のひとり息子で、これまでの人生のどの時期においても、自己主張をすることもなければ、まわりに自分の人間性を印象づけたりすることもなかったようです。昔から少し足が悪く、学校の体育の授業はいつも見学参加でした。

しかし、きみが話してくれた中で最も重要なのは、学校時代に死んだウサギを見て吐きそうになり、みんなに笑われたという彼の逸話です。もしかしたら、その出来事が彼に深刻な影響を及ぼしたかもしれないからです。彼は血を見るのも暴力も嫌いな子供だった。だから、学校ではまわりから弱虫と思われていた。そんな彼が無意識に、大胆で無慈悲になることで面目を施す機会をうかがっていた、というのは大いに考えられることです。

想像するに、自らの影響力の強さについては、彼は若いうちからすでに気づいていたのではないでしょうか。彼は聞き上手で、おだやかで、思いやりのある性格でした。だから人には好かれた。が、同時に、あまり気にされることもなかった。それが彼には面白くなかったわけだが、やがてそれを利用するようになるのです。正しいことばを使い、正しい刺激を与えさえすれば、どれほどたやすく人に影響を与えられるか。そのことを発見するのです。彼にしてみれば、ただ相手を理解しさえすればよかった――相手の考えやひそかな反応や願望をただ見抜けばよかったのです。

わかりますか、ヘイスティングズ、そうした発見が力というものに対する意識を涵養したとしても少しも不思議ではありません。誰にも好かれながら、軽んじられてきたスティーヴン・ノートンが人のしたがらないこと——あるいは（この点は重要です）したくないと思っていることをさせてみせるのですから。

徐々にこの愉しみに味をしめていくノートンの姿が眼に浮かぶようです……この愉しみは、しかし、少しずつ少しずつ間接的な暴力への嗜好に発展していきます。振るうだけの体力は自分になく、そのためにこそまわりに嘲られた暴力への病的な嗜好です。

はい、その嗜好は度が進み、ついには情熱、不可欠なものへとなっていくのです！　要するに麻薬になってしまったのですよ、ヘイスティングズ——アヘンやコカインのように確実に中毒に陥る麻薬に。

畢竟（ひっきょう）、おだやかで愛情深いノートンは隠れサディストだったということです。痛みや精神的苦痛の中毒者。近年この病気は世界に蔓延しています——食べれば食べるほど食欲が湧く（ラペティ・ヴィアン・アン・マンジャン）というやつです。

いずれにしろ、彼、ノートンの場合、これはふたつの欲望を満たしてくれました。加虐趣味という欲望と権力欲という欲望です。人の生き死にの鍵を握ったのですから。

しかし、ほかの麻薬中毒者同様、ノートンもまた麻薬なしではいられなくなり、その結果、犠牲者を次から次と見つけるようになります。彼が関わった事件は、私が突き止めた五件だけではなかったはずだが、五件すべてにおいて彼は同じ役割を演じています。レナード・エザリントンとは知り合いでした。エドワード・リッグズとは、ある夏、リッグズの暮らす村に滞在して、地元の酒屋でリッグズと酒を酌み交わしています。さらに、旅行中フレダ・クレイと出会います。そして、年老いた伯母が死ぬのはとてもいいことだという考え――伯母自身は楽になれて、自分はそれで一生悠々自適に暮らせるという考え――を抱きかけていたフレダをそそのかし、弄んだのです。リッチフィールド一家とは家族ぐるみのつきあいで、マーガレット・リッチフィールドは彼と話すうち、自分のことを終身刑のような人生から妹たちを救うヒロインとして見立てるようになりました。しかし、ヘイスティングズ、これらのうちひとりとして実際に犯行に及ぶことはなかったでしょう、ノートンの毒牙にさえかからなければ。

さて。いよいよスタイルズ荘での出来事についてですが、私はしばらくのあいだノートンの動きを追っていたので、彼がフランクリン一家と知り合いになると、ただちに危険のにおいを嗅ぎ取りました。これはきみにもわかると思うが、いくらノートンでも足がかりがなければ仕事はできません。そもそも種がなければ育てることはできません。

たとえば『オセロ』では、これは私の昔からの見解ですが、オセロの心の中には初めからあったはずです。デズデモーナの自分への愛は、有名な戦士に対する若い娘の熱に浮かされた過剰な英雄崇拝であり、〝オセロ〟という男に対するひとりの女の偏りのない愛ではないという（おそらくは正しい）確信が。だから、キャシオーこそ彼女にふさわしい伴侶であり、そのうち彼女もそのことに気づくだろう、ということがオセロにはそもそもわかっていたのでしょう。

フランクリン夫妻はわれらがノートンにとってもってこいのカモでした。可能性はそれこそ無限大です！　まちがいなくきみも気づいたでしょうが、ヘイスティングズ（分別のある者なら誰でも初めから百パーセント見抜いていたでしょう）。フランクリンはジュディスに恋し、ジュディスもまたフランクリンに恋していました。彼のぶっきらぼうな接し方、彼女を決して見ようとしないところや、完璧にマナーに欠ける態度を見れば、この男がジュディスにぞっこんだったことは誰の眼にも明らかでした。しかし、フランクリンはなかなかの気骨の持ち主で、また清廉潔白な人間でもあった。徹頭徹尾感傷を省いたことしか口にしないが、実のところ、彼は高い道徳心を持った男です。そして、そんな彼の掟が男子たるもの自分の選んだ妻とは終生添い遂げるべき、というものだったのです。

一方、ジュディスは――いくらきみでも気づくはずだと思っていたのだが――彼を深く愛してしまい、辛い思いをしていました。それできみにバラ庭園で姿を見られたときには、てっきりそのことをきみに悟られたと思い、それであれほど怒ったのです。彼女のような性格の人は、同情や憐れみのことばが我慢ならないのです。そのときはきみに生傷を触られたような気がしたことでしょう。

ところが、きみが考えている相手がアラートンだとわかると、彼女はその誤解を放置しました。そうやって、きみの不器用な同情心から身を守り、傷口を広げられたりしないようにしたわけです。アラートンとの戯れは自暴自棄になって、ゆきずりの慰めを求めただけのことです。彼がどういう男かぐらいジュディスにはよくわかっていました。なるほど、アラートンは彼女を愉しませてくれ、それはそれでいい気ばらしになりました。しかし、ジュディスが彼に対していくらかでも恋心を抱いたことは一度もありません。

言うまでもなく、ノートンはそうした事情を的確に見抜いており、フランクリン夫妻とジュディスの三角形に少なからぬ可能性を見て取りました。それで、おそらく最初はフランクリンに働きかけたのでしょうが、なんの収穫も得られなかった。フランクリンというのは、ノートンが駆使する狡猾な暗示にまるでかからない唯一の人種だからです。

実際、フランクリンは曖昧さのない明快な心の持ち主で、またそうした自分の心を正確に把握しています――さらに外部からの圧力などまったく気にかけない男です。加えて、彼が人生でなにより情熱を傾けているのは仕事です。そうした仕事への傾倒が彼を脆弱さから無縁の男にしているのです。

一方、ジュディスに対しては、ノートンははるかにうまくやりました。無用な命というテーマをきわめて巧みに利用しました。その考えはジュディスの信条のようなものだったからです。あまつさえ、彼女の秘めたる思いとその信条とはぴたりと合致していました。ジュディス自身はその事実を断固として無視しようとしていましたが、ノートンにはいずれ彼女のその信念を利用できることがちゃんとわかっていました。その点に関して、彼は実に巧妙でした――自分はわざと反対の立場に立って、ジュディスにはそんな決定的なことを実践する勇気などない、とそれとなく揶揄したのです――〝若い人はみなそういうことを言いますが、でも、決して実行に移したりはしません!〟。実に陳腐な使い古されたあてこすりです。ところが、ヘイスティングズ、これがまたよく効くんです! 若者というのはなんと無防備なものなのでしょう! けしかけられると、すぐに挑戦を受けて立ってしまうのだから! けしかけられたと気づきもせずに。

それはともかく、役立たずのバーバラがいなくなれば、フランクリンとジュディスのあいだにはなんの障害物もなくなる。しかし、そのことは決して口にされなかった――ノートンとしてもそれを明らかにするわけにはいかなかったからです。そのため、これは個人的な事情とはまったく無関係であることが強調されました。なぜなら、このテーマに個人的な事情がからんでいることにジュディスがいったん気づいてしまえば、彼女は猛然と反発するに決まっているからです。それでも、ノートンほどの重症の殺人中毒患者になると、仕込む種がひとつだけでは物足らず、愉しみの機会はないかとたえず狙っていました。そして、ラトレル夫妻にその種を見つけたのです。

思い出してみてください、ヘイスティングズ、初めてブリッジをした夜、プレーのあとでノートンが言ったことを。あまりに大声で言うので、ラトレル大佐に聞こえるのではないかときみは心配しました。心配して当然です！　ノートンはわざと大佐に聞こえるように言っていたのですから！　むしろここぞとばかりに強調できる機会を逃さず、念押しさえしました――その結果、ついにその努力が実を結びます。しかも、ヘイスティングズ、それはきみの眼のまえで起こりました。きみには何が起こったのかわからなかったようだが、下地はすでにできあがっていたのです。ほかの男たちのまえでひどく恥をかかされた大佐の屈託は募る一方で、それが妻への深い恨みにふくらんでいったのです。

あのとき何があったか。正確に思い出してみてください。咽喉が渇いたとまずノートンが言います（彼には、そのときラトレル夫人が家の中にいて、大佐と鉢合わせするかもしれないことがわかっていたのでしょうか）。大佐はそれに応えて、気前のいいホストぶりを発揮し、飲みものをおごろうと言って、家の中に取りにいきます。男たちはみな窓の近くに陣取っています。そこへ妻が現われ、避けられない場面となるわけだが、それがすべて外の男たちに聞こえてしまったことを知りつつ、大佐はみんなのところに戻ってきます。それでも、みんなが素知らぬふりをしていれば、それですんでいたことでしょう。そういうことはボイド・キャリントンならお手のものです（あの男は世故に長けて如才がないですからね。ただしその点を除けば、私がこれまで出会った中で誰より尊大で、つまらない人間ですよ！　つまり、いかにもきみが感心しそうな男です！）。きみだってうまく対処できたでしょう。ところが、そこでノートンが堰を切ったように話しはじめる。不器用に、愚かしく、気を利かせたつもりが事態をいっそう悪化させてしまう。ブリッジの話をわざわざ持ち出して（そうやってわざと屈辱を思い出させ）、意味もなく狩猟事故の話までしました。すると、ノートンのその企みどおり、合図を受けたかのように、あの頭の悪いヌケ作、ボイド・キャリントンが兄を撃ったアイルランド人の従卒の話を披露するわけです。ヘイスティングズ、実のところ、これはノートンがボイド・キャリントンにした話なんですよ。ちゃんとしたきっかけさえ与えてやれば、あの愚か者が自分の逸話として得々と語りだすことを見越していたのです。わかるでしょう？　決定的な暗示の出所はノートンであってはならないのです。それは、はい、あってはならないのです（モン・デュー・ノン）！

　いずれにしろ、これで準備はすべて整いました。累積効果というやつで、最後には限界に達するわけです。ホストとして当然の行為を否定され、同じ男たちのまえで恥をかかされ、妻に面罵されてもおめおめと引きさがるしか能がない男。仲間にそんなふうに思われていることが自分でもわかってしまう辛さ——そんなところへ出口を示すキーワードが飛び出すわけです。鳥撃ちライフルに狩猟事故——兄を撃った男の話——さらにいきなり妻の頭がひょっこりのぞく……〝絶対に疑われない——これは事故なんだから……みんなに思い知らせてやる……女房に思い知らせてやる……ちくしょう！　あんな女は死んでしまえばいいんだ……このおれが死なせてやる！〟

　しかし、ヘイスティングズ、彼は細君を殺しはしませんでした。私自身はそのことをこう思っています。発砲した瞬間においてさえ命中しなければいいと思っており、本能的にはずしたのでしょう。そして、あとになって——あとになって、その恐ろしい呪縛は解けました。ラトレル夫人は彼の妻です。あれやこれやあったとしても大佐の愛する女性なのです。

これは成功例にならなかったノートンの犯罪のひとつでしょう。

ああ、しかし、彼の次の企みときたら！　ヘイスティングズ、次に狙われたのは自分だったことがきみにはわかっていますか？　思い返してみてください――すべて思い出してください。そう、きみだったのです。私の正直で親切なヘイスティングズだったのです！　彼はきみの心の弱点をすべて探りあてました――それに、はい、誠実で良心的なところもすべて。

アラートンというのは、きみが本能的に毛嫌いし、恐れるタイプの男です。抹殺されて当然ときみが思うようなタイプの男です。あまつさえ、きみが彼について聞いたこと、思ったことはすべて事実です。ノートンはそんなアラートンに関するある逸話をきみに明かします――事実関係で言えば、それもまったくもって真実の話でした（もっとも、問題の女性はいささかノイローゼ気味で、貧しい家の娘でしたが）。

それでも、その逸話はきみの因習的でいくぶん旧弊な直観に訴えかけます。この男は悪党だ、放蕩者だ、若い娘を破滅させ、自殺に追いやる男だ、と。ノートンはボイド・キャリントンも操って、きみにけしかけさせます。その結果、きみは〝ジュディスは自分の人生をする〟よう急き立てられます。当然予測されることですが、ジュディスは自分の人生は自分の好きなようにすると即答します。挙句、きみは最悪の事態を想像するわけです。

　ここでノートンが奏でたテーマを見てみましょう。子供へのきみの情愛。きみのような男が自分の子供に対して持つ、強くて古風な責任感。きみの性格の少し尊大なところ――〝私がどうにかしなければ。すべてが私にかかっているのだ〟。奥さんの賢明な判断にはもう頼れないことからくるきみの無力感。きみの律義さ――〝妻をがっかりさせるわけにはいかない〟。他方、もっと下世話な面ではきみのうぬぼれがあります。きみは私とのつきあいから探偵業のテクニックはすべて学んだと思っている！　最後に、娘に対して父親の大半が抱いているひそやかな思い――娘を自分から奪い去ってしまう男に対する理不尽な嫉妬と嫌悪感。ヘイスティングズ、ノートンはまるで巨匠のようにこれらのテーマすべてを奏で、きみはそれに踊らされたのです。

　だいたいきみには物事を額面どおりに受け取るきらいがあります。昔からそうでした。まず、アラートンが東屋で話しかけていた相手はジュディスだと端から思い込んだ。彼女の姿を眼にしたわけでも、その声を耳にしたわけでさえないのに。そして、信じられないことに、翌朝になってもまだそれがジュディスだと疑いもせず、ジュディスは考えを改めてくれたと喜んでいました。

　しかし、事実を仔細に検討する労を惜しまなければ、ジュディスがあの日ロンドンに行くなどありえないことがただちにわかったはずです！　それにもうひとつ、きみは明白な推論を立てそこねました。あの日休暇を取っていて――それが駄目になったので、ひどく腹を立てていたご仁がひとりいましたね。そう、クレイヴン看護婦です。アラートンはひとりの女性を追いまわすだけで満足できる男ではありません！　クレイヴン看護婦との関係は、ジュディスとのただの戯れよりずっとさきまで進展していました。

すべてはきみの思いちがい、これまたノートンの演出だったのです。

さらに、きみはアラートンとジュディスがキスをするところを目撃しました。ノートンはそのときさきみを屋敷の角まで押し戻しました。もちろん、アラートンがクレイヴン看護婦と東屋で会うことになっているのを知りながらのことです。そのあと少しばかりきみと押し問答をしてからきみを放すものの、それでもきみについていきます。きみが耳にするアラートンの台詞は彼にとってこの上なく都合がいいもので、その相手がジュディスでないことをきみに悟られるまえにすかさずきみを東屋から引き戻すのです。

そう、まさに巨匠です！　きみはこれらすべてのテーマに即座に完璧に反応します！　きみは応え、そして殺人を犯す決意を固めるのです。

しかし、幸いなことに、ヘイスティングズ、きみにはまだ脳がちゃんと機能している友人がいました。いや、機能していたのは脳だけではありません！

この手記の冒頭、私はきみがまだ真実を突き止めていないとしたら、それはきみが人を信じすぎるからだと言いました。きみには人の言うことをそのまま信じてしまうきらいがあります。そのため、私が言ったこともすんなりと信じてしまったのです……

しかし、真実を突き止めるのはいたって簡単だったはずです。私はジョージに暇を出しました。どうしてそんなことをしたのか。彼のかわりに、ジョージに比べたら、経験にも乏しく、明らかに知能も劣る男を雇いました。どうしてそんなことをしたのか。さらに私は医者にかかっていませんでした。健康には常にうるさかったこの私がどうしても医者にはかからないと言い張りました——どうしてそんなことをしたのか。

スタイルズ荘において私はどうしてきみを必要としたのか、これでわかりましたか？はい、なんの疑問もなく、私の言うことを受け容れてくれる人物が必要だったのです。きみは私がエジプト逗留で以前より逆に体を悪くして帰ってきたという話を信じました。それはほんとうではありませんでした。実のところ、ずっとよくなって帰ってきたのです！　それぐらい労を惜しまなければ、調べられたはずです。しかし、きみは信じたのです。私がジョージに暇を出したのは、突然手足の自由が利かなくなったなどと彼に信じ込ませるのは不可能だったからです。ジョージはとても鋭い観察眼の持ち主です。私の猿芝居などすぐに見抜いたことでしょう。

これでわかりましたか、ヘイスティングズ？　私はずっと人の助けを借りなければならないふりをして、カーティスを騙しつづけました。が、実のところ、まったく無力というわけでもなかったのです。歩くぐらいはできたのです。足を引きずりながらではあったにしろ。

あの夜のことですが、きみが二階にあがってくる足音が聞こえました。きみはためらってから、アラートンの部屋にはいりました。私はただちに警戒態勢にはいりました。はい、きみの精神状態についてはすでにずいぶんと心配していたのです。

だから、すぐに行動を起こしました。カーティスは階下（した）で夕食を食べていました。私は部屋を出ると、廊下を進みました。きみがアラートンのバスルームにいる物音がしました。私はすぐに、友よ、きみがあれほど嘆かわしく思っているやり方で、膝をつくと、バスルームのドアの鍵穴から中をのぞきました。うまい具合に閂（かんぬき）がかかり、鍵穴に鍵が差されたままになっていなければ、簡単にのぞくことができます。

きみが睡眠薬に何か細工をしているのが見え、私にはきみの考えが容易にわかりました。

それで、友よ、私は行動に出たのです。自室に戻ると、準備をしました。カーティスがあがってくるのを待って、きみを呼びにいかせました。きみはやってくるとあくびをしながら、頭痛がすると言いました。私はすかさずきみの世話を焼き、飲み薬をきみに勧めました。きみはと言えば、私をただ黙らせるためにココアを一杯飲むことに同意しました。しかし、友よ、私もまた睡眠薬を持っていたのです。

きみが眠り込んでしまったのはそういうわけだったのです――そして、翌朝、目覚めて正気を取り戻すと、きみはあともう少しで実行するところだった行為を思い起こし、ぞっとしたというわけです。

これできみの心配はなくなりました――いったん正気を取り戻したら、人はこんなことなど二度と試みようとはしないものです。

しかし、ヘイスティングズ、これで私の心は決まったのです！　ほかの人々に関しては私にもよくわからないことがあるでしょうが、きみのことならよく知っているからです。ヘイスティングズ、きみは殺人者などでは断じてありません！　にもかかわらず、殺人犯として絞首刑になったかもしれないのです――それも法律の眼には無実にしかならない男を殺したがために。

善良で、正直で、これほどに高貴な私のヘイスティングズが、です！　これほど親切で、これほど良心的で、これほど潔白なきみが、です！

はい、これで私としても行動を起こさなければならなくなったのです。私に時間はあまり残されていませんでした。それはもうわかっていました——が、そのことを私はありがたく思いました。というのも、殺人の最悪の部分は、ヘイスティングズ、犯行後に殺人犯に及ぼす影響にあるからです。その結果、誰にも彼にも墓場への切符を配るのが神に与えられた仕事だなどと、この私、エルキュール・ポアロが思い込むようにもなりかねない……しかし、ありがたいことに、そうなってしまう時間はもう残されていませんでした。終焉はもう間近に迫っていました。あまつさえ、私はわれわれふたりがことばにできないほど大切に思っている相手に、ノートンの魔手が及ぶことを恐れていました。きみのお嬢さんのことです……

さて。ここからはバーバラ・フランクリンの死についてですが、きみがこの件をどのように考えているにしろ、ヘイスティングズ、きみが真相に近づいたことは一度たりとなかったでしょう。

というのも、いいですか、ヘイスティングズ、バーバラ・フランクリンを殺したのはきみだからです。

はい、きみなのです！

実のところ、あの三角関係にはもうひとつのアングルがありました。私自身、充分考察していたとは言えないアングルです。実際、その点におけるノートンの策略については私たちの眼にも耳にもはいってきませんでした。それでも、彼が策略を用いたことに疑問の余地はありません……

ヘイスティングズ、フランクリン夫人はどうしてスタイルズ荘に来たがったのか、不思議に思ったことはありませんか？　考えてみると、ここはまったく彼女が来たがるようなところではありません。彼女は快適さや豪華な食事、それになにより人づきあいを好む女性でした。スタイルズ荘はまったくもって賑やかなところではありません。サーヴィスもとてもいいとは言えない。何もない田舎です。にもかかわらず、避暑にはここがいいと主張したのはフランクリン夫人でした。

そう、第三のアングルがあったのです。ボイド・キャリントン。フランクリン夫人は人生の希望をくじかれた女性でした。それが彼女の神経病の根源にありました。彼女は社会的にも経済的にも野心満々で、フランクリンと結婚したのも彼のすばらしい成功を見込んだ上でのことでした。

なるほど、彼は優秀な医師です。しかし、彼女が求めていたのはそういうことではなかったのです。彼の優秀さは、彼を新聞に載るような著名人にしたり、有名医が集まるハーリー街での評判をもたらす類いのものではありませんでした。彼は一握りの同業者に名を知られ、学会誌に論文を発表するだけでした。外の世界が彼の名を知ることはありません。さらに金持ちになることもまず望めませんでした。

そんなところへボイド・キャリントンが再登場するのです。東洋から帰国し、準男爵位と財産を受け継いだばかりのボイド・キャリントンは、自分があと一歩で結婚を申し込むところだった、あの可愛い十七歳の少女に対して、今も変わらぬやさしい気持ちを持ちつづけていました。そんな彼がスタイルズ荘に行くことになり、フランクリン夫妻にも来たらどうかと声をかけ——それでバーバラは来たわけです。

しかし、彼女にしてみればなんと苛立たしかったことか！　この魅力的な金持ちの男に対して、彼女は昔ながらの魅力を少しも失っていないのに、彼はいかにも昔気質の男です——離婚を口にするようなタイプではありませんでした。ジョン・フランクリンも離婚のことなど考えもしない男です。しかし、ジョン・フランクリンが死ぬことにでもなれば、彼女は晴れてレディ・ボイド・キャリントンです——そうなれば、なんとすばらしい人生が待っていることか！

ノートンにとってそんな彼女はいかにも扱いやすい道具だったことでしょう。

考えてみると、ヘイスティングズ、これはあまりに明らかなことでした。まず彼女は自分が夫をどれほど愛しているか、みんなに知らしめるためにあれこれ試します。ただ、ここでは少しやりすぎました——彼の足手まといにはなりたくないから、〝すべて終わりにしてしまいたい〟などと口走ったりしていたのがまずひとつ。

次はまったくの別路線で、夫は自らを実験台に使うのではないかと恐れてみせたのがそれです。

われわれとしてもこれぐらい見抜くべきだったのです、ヘイスティングズ！　はい、彼女はジョン・フランクリンがフィゾスチグミンで中毒死する準備を着々と整えていたのです！　でも、誰かが彼を毒殺しようとしていたなどという疑いを生じさせるわけにはいきません――そんなのは論外です――純粋な科学研究の結果でなければならなかった。つまり、彼は無害のアルカロイドを摂取したつもりだったのだが、その実、それはそれほど無害ではなかったというわけです。

ただ、問題は彼女がいささか焦りすぎたことでした。これはきみが教えてくれたことだが、ボイド・キャリントンがクレイヴン看護婦に手相を見てもらっているのに行き合わせ、夫人はひどく嫌な顔をしました。クレイヴン看護婦は魅力的な若い女性で、男好きです。それで、まずフランクリンを試したものの、あまりうまくいかなかった（彼女がジュディスを嫌っていたのはそのためです）。アラートンとは関係を持っていましたが、彼が本気ではないことぐらい充分承知していました。金持ちで今でも魅力的なボイド・キャリントンに彼女が眼をつけるのは当然のなりゆきでした。ボイド・キャリントトンのほうもおそらくまんざらでもなかったのでしょう。クレイヴン看護婦が健康的で器量のいい娘であることに、まえまえから気づいていたところを見ると。

焦ったバーバラ・フランクリンはただちに行動を起こします。気の毒な可愛い未亡人——といっても、慰めようがないほど悲嘆に暮れているわけでもない未亡人——になるのは早ければ早いほどいいというわけです。

で、午前中いっぱい苛々とあたり散らしたあと、舞台の準備に取りかかります。

モナミ、カラバルマメはなかなか侮れないものです。今回は、はい、それが真価を発揮します。無実の者を救い、罪のある者を死に追いやるのです。

フランクリン夫人はみんなを自室に招きます。そして、仰々しい大騒ぎを演じてみんなのまえでコーヒーを淹れます。きみが話してくれたところによれば、彼女のコーヒーカップは本人のすぐ脇に、夫のコーヒーカップは、本棚付きの回転テーブルの反対側に置かれていたということでした。

そのとき流れ星が見え、みんなで外に出ます。しかし、きみだけは、友よ、ひとり残りました。きみときみのクロスワードパズルときみの記憶力だけは！　そこできみは感情を隠すために、シェイクスピアの引用文を探そうと本棚をまわします。

そのあとみんなが部屋に戻ってきて、フランクリン夫人は、愛する科学者ジョンのために淹れたカラバルマメのアルカロイド入りコーヒーを飲み、ジョン・フランクリンは利口な妻が飲むはずだったおいしい普通のコーヒーを飲むのです。

しかし、ヘイスティングズ、少しでも考えたらきみにも理解できたはずです。何があったのかわかってはいても、私に選ぶ道はひとつしかなかったことが。何があったのか証明することはできなかったのですから。それに、フランクリン夫人の死が自殺だということにならなければ、容疑はまちがいなくフランクリンかジュディスのどちらかにかかってきます。まったくもって完璧に潔白なふたりに。だから、私はやって当然のことをやったのです。自ら命を絶つというフランクリン夫人のいささかも説得力のないことばを重視し、説得力を持たせたのです。

私にはそういうことができました。おそらく私はそういうことができるただひとりの人間だったでしょう。なぜなら、私の証言には重みがあったからです。殺人という問題に関して私は権威です。そんな私が自殺と確信しているなら、それは自殺ということになるのです。

きみがこのことに当惑もすれば、納得もしていなかったのはよくわかっています。ただ、ありがたいことにきみはほんとうの危険には気づいていませんでした。

それでもです。私がこの世を去ったあとも気づかないままでいるでしょうか？　もしかしたら、黒い蛇のように疑惑が時折鎌首をもたげ、こんなことを囁くこともあるのではないか――〝ひょっとしてジュディスが……？〟

そんなことにならないという保証はどこにもありません。だから、私はこの手記をしたためることにしたのです。きみもまた真相を知らなければなりません。

自殺の評決に満足しなかった人物はほかにもいました。ノートンです。『ヴェニスの商人』になぞらえて言えば、彼は肉一ポンドを手にしそこねたわけですから。まえにも言ったとおり、あの男はサディストでした。あらゆる感情、疑念、恐怖、それに法的な煩わしさを求めていたのに、どれも手にはいりませんでした。仕組んだ殺人が失敗に終わったために。

が、そのうち埋め合わせ（言うなれば）の方法を見つけると、何かとほのめかすようになります。双眼鏡で何かを目撃したふりをしたことがありましたが、そのときには彼の思いどおりになりました――つまり、見られてはまずいことをアラートンとジュディスがしているところをたまたま目撃した、ときみに思い込ませることに成功しました。しかし、そのときにははっきりしたことは何も言わなかったので、この一件を別の方法で再利用するのです。

たとえば、フランクリンとジュディスを見たと言えばどうなるか。これで自殺事件に興味深い新たな一面が出てきます！　もしかしたら、自殺かどうかも疑わしくなるかもしれない……

そのため、私は心を決めたのです、モナミ。しなければならないことはただちにしなければならないと。それで、あの夜、私はきみにノートンを私の部屋に寄越すように言ったのです……

何があったのか、正確に教えましょう。きっとノートンは喜んでつくり話をしたことでしょうが、私はその時間を与えませんでした。はっきりと、きっぱりと、私が彼について知っていることのすべてを伝えたのです。

彼は否定しませんでした。そうなのです、モナミ、彼はゆったりと椅子に腰かけて、にやりとしたのです。そして、その興味深い考えをあなたはどうするつもりなのかと訊いてきました。私は言いました、私はあなたを処刑するつもりだ、と。

〝なるほど〟と彼は言いました。〝短剣ですか、毒薬ですか？〟

私たちは一緒にココアを飲もうとしているところでした。ノートンは甘いものに眼がないのです。

〝一番単純な方法は〟と私は言いました。〝毒殺でしょう〟

そう言って、注いだばかりのココアのカップを手渡しました。

「それなら」と彼は言いました。「これではなく、あなたのカップをいただいてもかまいませんかね？」

「もちろん」と私は言いました。実際のところ、どちらでも同じだったのです。まえに言ったとおり、私も睡眠薬を常用していました。ただ、かなり長いこと毎晩飲んでいたので、耐性ができていました。つまり、ノートンを眠らせてしまう量でも私にはほとんど効果けなかったのです。その程度の分量の睡眠薬がココアにはいっていました。ふたりともどちらも同じものを飲み、そのうち、彼のほうには薬の効果が現われ、私のほうはほとんどなんの影響も受けませんでした。常用しているストリキニーネ・トニックの中和作用もあり、それはなおさらでした。

いよいよ最終章です。ノートンが眠り込むと、私は彼を車椅子に坐らせました。車椅子にはいろいろな装置がついており、坐らせるのはさほどむずかしいことではありません。私はいつも車椅子が置かれているカーテンの裏の隙間に彼を押し込みました。

そのあとカーティスが〝私を寝かしつけ〟、家の中が寝静まるのを待って、ノートンを彼の部屋まで車椅子で運びました。あとは私の優秀な友、ヘイスティングズの眼と耳を拝借するだけです。

きみは気づいていなかったようですが、私は鬘（かつら）をかぶっていたのですよ、ヘイスティングズ。さらにつけひげもつけていたとはきみは思いもよらなかったでしょうね（ジョージですらそのことは知らないのですから！）。つけひげは、カーティスを雇ってまもない頃、誤ってひげに火をつけてしまったふりをして、すぐにひとつ床屋につくらせておいたんです。

いずれにしろ、ノートンのガウンを身に着けると、私は白髪をもじゃもじゃにして立たせ、廊下を歩いてきみの部屋のドアを叩きました。すると、きみは起きてきて、眠そうな眼で廊下を見渡し、ノートンがバスルームから出てきて、自分の部屋へ足を引きずって戻るのを眼にしました。さらに、彼が部屋の中からドアに鍵をかける音も聞きました。

そのあと私はノートンにガウンを着せ、ベッドに横たわらせると、拳銃で彼を撃ちました。それは外国で買い求めた小さな拳銃で、普段は厳重にしまってあったのですが、（あたりに誰もいないときに）これ見よがしに二度だけノートンの部屋の化粧テーブルに置いておきました。ノートンがどこかよそに行っている朝を狙って。

私は鍵をノートンのガウンのポケットに入れると、部屋を出ました。そして、かなりまえに手に入れておいた合い鍵を使って外から鍵をかけ、車椅子でまた自室まで戻ったのです。

この手記を書きはじめたのはそのあとのことです。

疲れました――大仕事をやり通したわけで、疲労困憊しました。もう長くはないでしょう……

ただ、あともうひとつふたつ、強調しておきたいことがあります。

ノートンの犯罪は完全犯罪でした。

一方、私の犯罪はそうではありません。もともとそういうことは考えていませんでした。

私にとって、彼を殺す最も簡単で最善の方法は公然と殺すことでした――たとえば、私の小型拳銃による事故とか。それで私はすっかり取り乱し、後悔し――なんとも不幸な事故だったとでも言ってみせるわけです。それで、みんなは〝爺さん、弾丸（たま）が込められてることに気づかなかったんだ――気の毒に（ス・ポーヴル・ヴィユー）〟とでも言い合ったことでしょう。

しかし、私はそうはしませんでした。

なぜか教えましょう。

それは、ヘイスティングズ、〝フェアに〟やることにしたからです。

はい（メ・ウィ）、フェアプレーです！　私に欠けているときみにずっと非難されてきたフェアプレーの精神で行くことにしたのです。私はきみともフェアプレーをしていました。きみも満足できるように。ルールに則ってきちんとゲームをしていました。実際、きみが真相を突き止めるチャンスはいくらでもあったのです。

信じてもらえないといけないので、その手がかりのすべてを明かしましょう。

まず鍵です。

ノートンがスタイルズ荘にやってきたのは私よりあとでした。それはきみも知っているはずです。この私がそう言ったのですから。また、スタイルズ荘に来てから、私が部屋を変えたこともきみは知っています。これまた私がきみに話したことです。さらに、スタイルズ荘にきたあと私の部屋の鍵がなくなり、合い鍵をつくったこともきみは知っています。これまた私が話したことです。

だから、きみはただ自問すればよかったのです。誰にノートンを殺すことができたのか。彼を撃ったあと、部屋の鍵はノートンのポケットにはいっているわけですから、部屋の中から鍵をかけたように見せて部屋を出ることができたのは誰か――

答は〝エルキュール・ポアロ。スタイルズ荘に来たあと、ある部屋の合い鍵を持っているのは彼なのだから〟ということになります。

次はきみが廊下で見かけた人物についてです。

きみが廊下で見かけた男は確かにノートンだったのか。それは私自身がきみに尋ねたことです。きみは驚き、ノートンではなかったと言うつもりか、と私に訊き返してきました。そんなことを言うつもりはまったくない、と私は正直に答えました（当然でしょう、ノートンと思わせるためにずいぶん苦労したのですから）。ただ、身長のことは指摘しました。ここにいる男はみなノートンよりはるかに背が高い、と。しかし、ノートンより背が低い男がただひとりいたのです――エルキュール・ポアロです。靴底の厚い靴やヒールの高い靴を履きさえすれば、身長というものは比較的簡単に足すことができます。

きみは私のことを手足の自由が利かない病人だと思っていました。それはなぜです？ただひとえに私がそう言ったからにすぎません。それに私はジョージに暇を出しました。それがきみへの最後のヒントでした――〝私の世話係のジョージと話すように〟

Xがノートンだったことは、オセロとクルーティ・ジョンのおかげで知ることができます。

では、誰にいったいノートンを殺すことができたのか？

ひとりエルキュール・ポアロだけです。

そのことにさえ思い至れば、あとはすべてが符合したはずです。私の言動も不可解な沈黙も。エジプトの医者や私のロンドンの主治医に問い合わせれば、私が歩行不能でなかったことはすぐにわかったでしょう。鬘をつけていたことはジョージが証言したでしょう。ただ、私にはごまかすことができず、きみのほうは気づくべきだった事実があります。それは、私のほうはノートンよりさらにひどく足を引きずるということです。

そして、最後に銃創の問題があります。私のひとつの弱みです。こめかみを撃つべきだったことはわかっています。しかし、そのようにいびつで、そのように行きあたりばったりの印象を残すようなことは、どうしてもできなかったのです。はい、それでシンメトリーを考慮し、額のちょうど真ん中を撃ったのです……

ああ、ヘイスティングズ、ヘイスティングズ、それできみにも真相が知れたはずなのに。

いや、もしかしたらきみももう真相に気づいていたのでしょうか？　これを読むときにはもうわかっているのでしょうか。

私にはどうにもそうは思えませんが……

はい、きみは人を信頼しすぎるのです……

きみは人がよすぎるのです……

これ以上きみに何を言えばいいでしょう？　フランクリンとジュディスはおそらく真実を知っていることでしょう。そのことをきみには教えていないかもしれませんが。彼らはふたりで手を取り合って、きっと幸せになるでしょう、あのふたりなら。貧乏暮らしで、数かぎりない熱帯雨林の昆虫に刺され、謎の熱病にもかかることでしょうが――しかし、完璧な人生の定義というのは人それぞれ異なるものです。でしょう？

そして、きみ、哀れで孤独な私のヘイスティングズは？　ああ、親愛なる友よ、きみのことを思うと、胸が痛くなります。最後に一度だけきみの老いたるポアロの助言に耳を傾けてくれませんか？

これを読みおえたら、電車と自動車とバスを乗り継いで、エリザベス・コール、またの名をエリザベス・リッチフィールドを訪ねることです。そして、彼女にこの手記を見せるか、この手記の内容を教えてあげてください。きみ自身、彼女のお姉さんのマーガレットがしたことをしそうになったと言うのです――ただ、マーガレット・リッチフィールドのそばではポアロが眼を光らせていなかった、と。そして、彼女の悪夢を取り払い、彼女の父親は、マーガレットに殺されたのではなく、あの親切で思いやりに満ちた一家の友人、〝正直者のイアーゴー〟たるスティーヴン・ノートンに殺されたのだと教えてあげるのです。

友よ、彼女のようなまだ歳も若く、まだ魅力的な女性が、呪われた血を引いているなどと言って、人生を拒絶するなどまちがったことです。はい、まったくもって正しくありません。そのことを、友よ、きみが彼女に伝えるのです――女性に対してなにがしかの魅力をまだ失っていないきみが……

さて。もうこれ以上言うことはありません。ヘイスティングズ、自分のしたことは正当化できることなのか、できないことなのか、私にはわかりません。そう――私にはわからない。ただ、人は自分の手で法の裁きをくだすべきだとは思いませんが……

しかし、その一方で私は法なのです！　若かりし日、ベルギーの警察にいた頃のことです。自暴自棄になって屋上から路上の人々に発砲していた犯罪者を撃ち殺したことがあります。非常事態では戒厳令が敷かれるものです。

ノートンの命を奪うことで、私はほかの人々の命を救いました――なんの罪もない命を。しかし、それでもわかりません……おそらくわからなくていいのでしょう。私は常に自信を持ってことにあたってきました――ときに持ちすぎるくらいの自信を持って……

しかし、今の私はなんともつつましいものです。小さな子供のように〝わかりません……〟としか言えないのですから。

シェラミ、いよいよお別れです。硝酸アミルのアンプルはもう枕元から遠ざけました。自らを善き神(ボン・デュー)の手に委ねたいと思います。願わくは、神の懲罰、あるいは慈悲の速やかならんことを！

友よ、もうふたりで狩りに出ることはありません。初めての狩りがここでした——そして、最後の狩りもまた……

思えばすばらしい日々でした。

はい、ずっとすばらしい日々でした……

（エルキュール・ポアロの手記はここで終わる）

アーサー・ヘイスティングズ大尉、最後の付記——読みおえた……まだすべてが信じられない……それでも彼の言うとおりだ。私にもわかって当然だった。左右のバランスの取れた額中央の銃創を見たときに悟るべきだったのだ。

おかしなものだ——たった今思い出した——あの朝、ふと思ったことを。

ノートンの額のあの銃創——あれはカインの烙印さながらだった……

ポアロ最後の「最後の事件」

作家
山田正紀

『カーテン』は一九七五年に発表された。エルキュール・ポアロはこの『カーテン』事件を最後に帰らぬ人となる。そして、この作品が発表された直後に、アガサ・クリスティーご当人も不帰の客となる。事実上、『カーテン』は遺作も同然の作品となった。

当時、ぼくはSF作家たらんと悪戦苦闘している真っ最中で、しかも決してアガサ・クリスティーの熱心な読者ではなかったのだが、それでも『カーテン』だけは単行本で読んでいる。それだけポアロ最後の事件ということで読書界の話題を呼んだのだろう。

ポアロ最初の事件の舞台になった——アガサのデビュー作といったほうがいいか——スタイルズ荘がふたたび舞台に選ばれていて、いかにも「最後の事件」たるにふさわしい。当時、そのことでもずいぶん話題になったようである。

だが、ぼくに関していえば、一読、傑作なのかそうでないのか、それさえ決めかねて、なにかボンヤリしてしまった記憶がある。いま読み返せば、まぎれもなしに傑作であるのだか、あのとき二十五歳のぼくにはそれを読み取るだけの力がなかった。

何といってもあのころのぼくは若かったし、アガサがこの作品にこめたある種の老いの苦さのようなものを十分に読み取ることができなかったのだろう。さらに言えば、これはアガサが矢継ぎばやに傑作を執筆したころの（なにしろ『そして誰もいなくなった』がある。『白昼の悪魔』がある。『五匹の子豚』がある）、その一連の流れのなかで読んでこそ真価を発揮すべき作品であるのだが、当時、ぼくにはそれだけの知識がなかった。

ここで大急ぎで断っておくのだが、『カーテン』は予備知識がないから、あるいは読み手が若いから、その面白さが損なわれる、といったタイプの作品ではない。アガサ・クリスティーはそうした気むずかしい作品を書く人ではない。

ただ、この作品が執筆されるに当たっては、それなりのバックグラウンドのようなものがあって、それを知ったうえで読めば、なおさら面白さが増す――『カーテン』がそうした種類の作品であるのは間違いない。願わくば、この解説がその一助になってくれれば、と思う。

周知のことであるが、発表されたのこそ一九七五年だが、『カーテン』が実際に執筆されたのは一九四〇年代初頭のことである。アガサが最も脂が乗っていた時期の作品といっていいいと思うが、と同時に第二次世界大戦の最中でもあったことは留意されていい。もう一冊、やはり一九七六年に発表された『スリーピング・マーダー』もこの時期に書かれている。

彼女の伝記によれば、このころアガサは多少、経済的に不安定な状態にあったらしい。そのこともあってか、金銭的な必要に迫られて執筆しなければならない苦しさを（そうか、苦しいのか。どうしてぼくが連日、あんなに執筆に苦しんでいるのか、その理由が初めてわかった）二度と味わいたくないために、小説のストックを用意しておくことを思いついた。それがすなわち『カーテン』と『スリーピング・マーダー』の二冊なのだという。

ポアロがすでに老いて立ちふるまいも自由にならない、ということに加えて、ヘイスティングズも愛する妻を失ったばかりでその寂寥感に耐えかねている……そうした双方の事情があいまって、この『カーテン』に一種独特の陰影をもたらしている。さらには、ここで描かれる犯人にしても、非常に狡猾で、陰険で、爽快感など（殺人者に爽快感などあろうはずがない、と言われるかもしれないが、ミステリにかぎってはそうではない。

ある種の殺人者にはたしかに爽快感があるようなのだ）かけらもない。

要するに、『カーテン』は、どんなに陰惨で、悲惨な事件を書いても、けっしてそのユーモアと明るさを失わないアガサにしてはめずらしい種類の作品といっていい。どうして、そうなのか。

前記の伝記によれば、このころ彼女の夫は近東の専門家としてカイロに派遣され、娘はすでに結婚している。そのためにアガサはロンドンで一人暮らしを余儀なくされたのだという。アガサ自身も週に三回、大学病院の薬局で篤志薬剤助手で働かなければならなかったというから（時代はまさに戦時下だったのだ）、なかなかに大変な日々だったようである。

一人暮らしの寂寥感に加え、五十代に入って、心身ともに老いを感じるようにもなっていたことだろう。そのことが『カーテン』に一種独特の陰影をもたらしていることは否めないであろうが——ぼくが思うに必ずしもそればかりが『カーテン』を独特ならしめている要因ではない。

独断と偏見を承知であえて言わせてもらおう。

『カーテン』がこれほどまでに暗い印象をもたらしているのは、これが一種の「戦争小説」だからではないだろうか。

たしかに『カーテン』というミステリは「戦火を遠く離れて」成立している。というか、この小説のどこにも戦争の影など落ちていないかのようである。多分、この小説においては、大陸でナチスも台頭していないし、イギリスも参戦などしていない。いつとも知れぬ時代のスタイルズ荘といっていい。

アガサにしてみれば、遠い将来に発表するはずの作品なのだから、これは当然の配慮だったかもしれない。

『カーテン』はロンドン大空襲の夜に書き始められたのだという。が、ぼくはそのことをもってして『カーテン』を戦争小説と呼ぶわけではない。そうではないのだ。

たとえばディクスン・カーを例にとってみよう。カーもやはり同じように、空襲の夜にミステリを書いているが、彼にあっては見事なほどその作品から戦争の影が払拭されている。どこからどこまで、いつものカーであって、一夜、自宅が直撃されたということだが、にもかかわらず、その創作姿勢には微塵も揺るぎが見られない。じつに賞賛に値するといっていい。

だが、アガサにあっては必ずしもそうではない。というか、そもそもエルキュール・ポアロという人物が、その最初の登場のときから戦争の影を引きずっていた。

一九一四年、ベルギーはドイツに占拠されてしまう。第一次世界大戦が始まる。そのために警察を退職していたポアロは難民としてイギリスに避難してきたのだった。そしてスタイルズ・セント・メアリという一小村に滞在することになる。そこで『スタイルズ荘の怪事件』に遭遇することになる……

どうだろう。第二次大戦が勃発し、ロンドン大空襲のさなか、ふたたびポアロを「スタイルズ荘」に帰還させ、その「最後の事件」を執筆することになったアガサが、戦争を意識しなかったなどということがありうるだろうか。

『カーテン』に一見戦争の影が落ちていないように見えるからといってそのことにだまされてはいけない。アガサの胸裏に、ポアロという人物を戦争から戦争に、戦争と戦争とのあいだに封じ込んでしまおう、という意図があったのは間違いないように思われる。

ミステリの宿命であって、「解説」ではそのことに詳細に触れるわけにはいかないが、この『カーテン』で描かれる「究極の悪」こそは、なにより「戦争」の象徴たるべきものではないか。この恐るべき犯人の、犯行の動機ともいえない動機こそは、「戦争」の純粋悪そのものではないだろうか。

じつは執筆順から言えば、アガサはこのあとにもポアロに何度か「最後の事件」を体験させている。

四〇年代末に発表された短篇集『ヘラクレスの冒険』においても、これをもってして自分の最後の事件にしよう、とポアロに言わせている。そもそも最初の『スタイルズ荘の怪事件』にしてからが、ポアロは警察を退職していた年齢であって、すでに六十歳をこえていることは疑いようもない。ポアロはいわば「最後の事件」からそのイギリスでのキャリアをスタートさせたと言っても過言ではないのだ。

にもかかわらず、アガサにあってはなにより『カーテン』こそがポアロ「最後の事件」でなければならなかった。ポアロは『カーテン』において「戦争」という究極の悪と対決しなければならなかったのだから、これ以外の「最後の事件」などありえなかったわけなのである。

『カーテン』には妙な場面がある。ある登場人物の葬儀のときにヘイスティングズは、い、か、い、か、い、気持ちのわるい悪鬼のような老婆に声をかけられる。この老婆は『スタイルズ荘の怪事件』を二十数年まえのことだった、と断言するのだから、これをそのままにしておいてはポアロ「最後の事件」に時系列的に矛盾が生じることになる。ポアロは戦後にも元気に活躍しているからである。

いかに老いたりとはいえ、アガサ・クリスティーともあろう人が、一九七五年、『カーテン』を発表するときにこの矛盾に気がつかなかったはずがない。アガサ本人が気がつかなくても、編集者は当然、その矛盾に気がついたはずではないか。
にもかかわらずアガサはこの項を削ろうとはしなかった。何故か？　この事件の真犯人であるべき「戦争」を告発するためにはこの老婆の存在を削るわけにはいかなかったからである。

この老婆は、こんなことが二度も起こるなんて不思議だとは思わないか、とそう言う。つまり、この老婆こそはカッサンドラその人なのだろう。

ギリシア神話によればカッサンドラはトロイの滅亡を予言したが誰もその言を信じなかったという。ハーキュリー（ヘラクレス）でもあるポアロの「最後の事件」にはふさわしい登場人物といっていい。

アガサにどうして老婆を消すことなどできるだろうか。二度の世界大戦を経験し、『カーテン』ではついにその「戦争」と対決せざるをえなかったアガサ・クリスティーが！

二〇〇四年十月

本書は、二〇〇四年十一月にクリスティー文庫より刊行された『カーテン』を新訳にしたものです。

翻訳の底本にはHarperCollins社のペイパーバック版を使用しています。

灰色の脳細胞と異名をとる

〈名探偵ポアロ〉シリーズ

本名エルキュール・ポアロ。イギリスの私立探偵。元ベルギー警察の捜査員。卵形の顔とぴんとたった口髭が特徴の小柄なベルギー人で、「灰色の脳細胞」を駆使し、難事件に挑む。『スタイルズ荘の怪事件』（一九二〇）に初登場し、友人のヘイスティングズ大尉とともに事件を追う。フェアかアンフェアかとミステリ・ファンのあいだで議論が巻き起こった『アクロイド殺し』（一九二六）、イニシャルのＡＢＣ順に殺人事件が起きる奇怪なストーリーが話題をよんだ『ＡＢＣ殺人事件』（一九三六）、閉ざされた船上での殺人事件を巧みに描いた『ナイルに死す』（一九三七）など多くの作品で活躍し、最後の登場になる『カーテン』（一九七五）まで活躍した。イギリスだけでなく、イラク、フランス、イタリアなど各地で起きた事件にも挑んだ。

映像化作品では、アルバート・フィニー（映画《オリエント急行殺人事件》）、ピーター・ユスチノフ（映画《ナイル殺人事件》）、デビッド・スーシェ（ＴＶシリーズ）らがポアロを演じ、人気を博している。

1 スタイルズ荘の怪事件
2 ゴルフ場殺人事件
3 アクロイド殺し
4 ビッグ4
5 青列車の秘密
6 邪悪の家
7 エッジウェア卿の死
8 オリエント急行の殺人
9 三幕の殺人
10 雲をつかむ死
11 ＡＢＣ殺人事件
12 メソポタミヤの殺人
13 ひらいたトランプ
14 もの言えぬ証人
15 ナイルに死す
16 死との約束
17 ポアロのクリスマス
18 杉の柩
19 愛国殺人
20 白昼の悪魔
21 五匹の子豚
22 ホロー荘の殺人
23 満潮に乗って
24 マギンティ夫人は死んだ
25 葬儀を終えて
26 ヒッコリー・ロードの殺人
27 死者のあやまち
28 鳩のなかの猫
29 複数の時計
30 第三の女
31 ハロウィーン・パーティ
32 象は忘れない
33 カーテン
34 ブラック・コーヒー〈小説版〉

好奇心旺盛な老婦人探偵
〈ミス・マープル〉シリーズ

本名ジェーン・マープル。イギリスの素人探偵。ロンドンから一時間ほどのところにあるセント・メアリ・ミードという村に住んでいる、色白で上品な雰囲気を漂わせる編み物好きの老婦人。村の人々を観察するのが好きで、そのうちに直感力と観察力が発達してしまい、警察も手をやくような難事件を解決するまでになった。新聞の情報に目をくばり、村のゴシップに聞き耳をたて、それらを総合して事件の謎を解いてゆく。家にいながら、あるいは椅子に座りながらゆったりと推理を繰り広げることが多いが、敵に襲われるのもいとわず、みずから危険に飛び込んでいく行動的な面ももつ。

長篇初登場は『牧師館の殺人』(一九三〇)。「殺人をお知らせ申し上げます」という衝撃的な文章が新聞にのり、ミス・マープルがその謎に挑む『予告殺人』(一九五〇)や、その他にも、連作短篇形式をとりミステリ・ファンに高い評価を得ている『火曜クラブ』(一九三二)、『カリブ海の秘密』(一九六四）とその続篇『復讐の女神』（一九七一）などに登場し、最終作『スリーピング・マーダー』（一九七六）まで、息長く活躍した。

バラエティに富んだ作品の数々

〈ノン・シリーズ〉

名探偵ポアロもミス・マープルも登場しない作品の中で、最も広く知られているのが『そして誰もいなくなった』（一九三九）である。マザーグースになぞらえて殺人事件が次々と起きるこの作品は、不可能状況やサスペンス性など、クリスティーの本格ミステリ作品の中でも特に評価が高い。日本人の本格ミステリ作家にも多大な影響を与え、多くの読者に支持されてきた。

その他、紀元前二〇〇〇年のエジプトで起きた殺人事件を描いた『死が最後にやってくる』（一九四四）、『チムニーズ館の秘密』（一九二五）に出てきたロンドン警視庁のバトル警視が主役級で活躍する『ゼロ時間へ』（一九四四）、オカルティズムに満ちた『蒼ざめた馬』（一九六一）、スパイ・スリラーの『フランクフルトへの乗客』（一九七〇）や『バグダッドの秘密』（一九五一）などのノン・シリーズがある。

また、メアリ・ウェストマコット名義で『春にして君を離れ』（一九四四）をはじめとする恋愛小説を執筆したことでも知られるが、クリスティー自身は四半世紀近くも関係者に自分が著者であることをもらさないよう箝口令をしいてきた。これは、「アガサ・クリスティー」の名で本を出した場合、ミステリと勘違いして買った読者が失望するのではと配慮したものであったが、多くの読者からは好評を博している。

訳者略歴　1950年生，早稲田大学文学部卒，英米文学翻訳家　訳書『刑事の誇り』リューイン，『名探偵ポアロ ABC殺人事件』クリスティー，『卵をめぐる祖父の戦争』ベニオフ（以上早川書房刊）他多数

Agatha Christie

カーテン

―ポアロ最後の事件―

〈クリスティー文庫 33〉

二〇一一年十月　十五日　発行
二〇二五年三月二十五日　九刷

（定価はカバーに表示してあります）

著者　アガサ・クリスティー
訳者　田口俊樹（たぐちとしき）
発行者　早川浩
発行所　株式会社早川書房

郵便番号一〇一 - 〇〇四六
東京都千代田区神田多町二ノ二
電話　〇三 - 三二五二 - 三一一一
振替　〇〇一六〇 - 三 - 四七七九九
https://www.hayakawa-online.co.jp

乱丁・落丁本は小社制作部宛お送り下さい。
送料小社負担にてお取りかえいたします。

印刷・三松堂株式会社　製本・株式会社明光社
Printed and bound in Japan
ISBN978-4-15-131033-1 C0197

本書のコピー、スキャン、デジタル化等の無断複製は著作権法上の例外を除き禁じられています。

本書は活字が大きく読みやすい〈トールサイズ〉です。